Ein Thriller von Axel Fischer

Alle Rechte vorbehalten

Die Geschichte sowie alle Personen sind frei erfunden. Jede Ähnlichkeit mit lebenden Personen ist rein zufällig.

Copyright © Axel Fischer 2015
Covergestaltung: Heike Fischer
Textbearbeitung: Heike Fischer
E-Mail: manax22@web.de

Herstellung und Verlag:
BoD - Books on Demand, Norderstedt
ISBN: 978-3-738616705

Bereits erschienen von Axel Fischer

Späte Rache
BoD - Books on Demand GmbH, Norderstedt
ISBN: 978-3-738607208

Ihre letzte Chance
BoD - Books on Demand GmbH, Norderstedt
ISBN: 978-3-73228256-2

Der Schneekrieg
BoD - Books on Demand GmbH, Norderstedt
ISBN: 978-3-8482-2370-1

Ein Neuanfang nach Maß
BoD - Books on Demand GmbH, Norderstedt
ISBN: 978-3-8391-4167-0

Bleib bei mir
BoD - Books on Demand GmbH, Norderstedt
ISBN: 978-3-734730450

Augen ohne Gesicht

Kapitel 1

Schmunzelnd betrachtete Karin das postkartengroße Foto, das sie sanft wie ein rohes Ei in ihren Händen hielt. Das Portrait, das einen freundlich lächelnden Mann mit strahlend weißen Zähnen abbildete, stellte für sie zurzeit das einzig Positive in ihrem Leben dar. Seine tiefblauen Augen hatten sie gleich beim ersten Hinsehen in ihren Bann gezogen. Wenn sie jedoch ihren Blick über den Rand des Bilderrahmens zum Flipchart gegenüber ihrem Schreibtisch schweifen ließ, starrte sie ungeschönt dem Grauen ins Gesicht. Mehrere mahnende Augenpaare aus tiefen Augenhöhlen flehten sie mit gebrochenem Blick aus grässlich bleichen Schädeln an, doch schnellstens dem sinnlosen Töten des Serienkillers ein Ende zu bereiten. Der Täter hatte den ehemals bildhübschen Frauen jegliche Würde genommen, indem er akribisch deren zarte und wohl gepflegte Gesichtshäute abpräparierte und nur das fleischige, sehnige Unterhautgewebe auf dem nackten Schädelknochen zurückließ. Karin Weber lief es eiskalt den Rücken herunter und ein Würgereiz, ausgehend von ihrer Magengrube, mahnte zum schnellen Wegschauen. Rasch sah sie zurück auf das Foto und wartete, bis sich die grässlichen Fratzen des Todes verflüchtigt hatten. Sie musste sich irgendwie ablenken. Zu gewaltig war die Belastung, die ihre

Psyche in diesem Fall zu ertragen hatte, und schlimmer noch die Tatsache, dass sie bereits davor stand, einfach an dem Erlebten und Gesehenen zu zerbrechen. Fünfundzwanzig Jahre arbeitete sie nun als Polizeibeamtin. Die entsprechende Urkunde, die sie vor drei Jahren verliehen bekommen hatte, hing gleich rechts neben ihr in einem schlichten Glasrahmen an der weiß gestrichenen Wand. Sie war sich nie für irgendeinen Job bei der Polizei zu schade gewesen. Bei der Sitte hatte sie sich mit diversen Zuhältern herumgeprügelt. Einer davon hatte ihr, während einer Festnahme, in den linken Oberschenkel geschossen. Drei Wochen später saß Karin Weber wieder hinter ihrem Schreibtisch und bereitete schon den nächsten Einsatz vor. Kurz bevor sie die Leitung des Kommissariats Mord in Köln übernahm, sprengte sie als stellvertretende Leiterin des Sittendezernats mit ihrem Team einen Mädchenschlepperring aus Osteuropa und sorgte damit für eine Menge Aufsehen. Doch das, was sie bisher in vielen Mordfällen mit ansehen musste, stand in keinem Verhältnis zu ihrem jetzigen Fall. Die Kaltblütigkeit, mit der der Serienmörder vorging, war einfach unbeschreiblich, nein, menschlich gesehen einfach unglaublich. Mehrfach hatte sie schon darüber nachgedacht, wie ein Mensch nur so brutal, so gefühllos sein konnte, andere Menschen unter grauenvollen Schmerzen derart zu misshandeln und letztendlich zu töten.

Karin legte sich zur Entspannung ganz in ihrem Schreibtischsessel zurück. Sie schlüpfte aus den kurzen Cowboystiefeln und legte ihre nackten Füße auf die Schreibtischplatte. Die Gefahr, bei diesem frevelhaften Verhalten ertappt zu werden, schien ihr gering, da sich die meisten Kollegen bereits ins Wochenende verabschiedet hatten. Immer wieder musste sie in das lächelnde Gesicht von Dr. Udo Stein blicken. Letzte Woche hatte sie ihn im Schlösschen kennen gelernt. Es war reiner Zufall gewesen, als sie ihn im Freitagabendgetümmel in der gemütlichen Kneipe unvermittelt angerempelt hatte. Sogleich waren ihr seine dunkelblauen Augen aufgefallen, aus denen er sie freundlich anblickte. Udo war so ganz nach Karins Geschmack. Er trug sein dunkelblondes Haar kurz geschnitten. Seine Hände schienen professionell gepflegt zu sein. Sein ganzer Körper strotzte vor Kraft, jedoch nicht prollig auffallend. Er schien wie sie selbst ein Faible für Cowboystiefel zu haben, denn auch seine Füße steckten in dunkelbraunen Wildlederboots. Sie waren sich sehr sympathisch gewesen und hatten den ganzen Abend verquatscht. Was sie sehr gefreut hatte war die Tatsache, dass Udo sie nicht gleich am ersten Abend abschleppen wollte. Auf diese One-Night-Stands stand sie schon lange nicht mehr. Irgendwie fühlte sie sich mit achtundvierzig mittlerweile zu alt dafür. In der ersten Zeit nach ihrer Scheidung von Herbert vor fünf Jahren meinte sie etwas im Leben verpasst zu haben, gerade was den Sex anbetraf. Einige Monate lang tobte sie sich aus und ließ garantiert nichts anbrennen. Doch schon bald hasste sie diese Leere nach jeder durchlebten Nacht, wenn sie sich am nächsten Morgen leise aus der Wohnung ihres jeweiligen Beischlafpartners schlich, ohne glückliche Gefühle erlebt zu haben. Als sie eines Samstags morgens nach wenig erfüllter Nacht von ihrer Eroberung aufgeweckt und daraufhin gebeten wurde, rasch zu verschwinden, weil sich dessen Ehefrau von der Nachtschicht auf dem Heimweg befand und wohl gleich in Erscheinung treten würde, entschied sie, ein anderes Leben zu beginnen.

Udo hatte sie für heute Abend zu sich nach Hause zum Essen eingeladen. Wahrscheinlich ein Wink mit dem Zaunpfahl. Oder doch nicht? Sie konnte ihn noch nicht so richtig einschätzen. Attraktiv genug war er allemal, um sich in seine kräftigen Arme zu legen. Doch ob er das auch von ihr wollte, konnte sie nicht ermitteln. Sie musste lächeln: Der Begriff ermitteln war ja mal wieder typisch für sie. Als gestandener Weiberbulle konnte sie einfach nicht aus ihrer Haut. Udo hatte vier Jahre weniger als sie auf dem Buckel und selbst seine vierundvierzig sah man dem Kerl nicht an. Aber auch sie selbst konnte sich nicht beklagen. Mit einer Körperlänge von knapp unter einsachtzig und einem Gewicht von um die siebzig Kilogramm befand sie sich für richtig griffig. Da kaum eine Woche verging, in der sie nicht etwas Kampf- oder Ausdauersport betrieb, widersetzte sich auch ihre ordentliche Oberweite jeglicher Schwerkraft.

Das Klingeln ihres Telefons riss Karin aus ihren Gedanken. „Weber? Ach, hallo, Ernst. Du bist noch nicht nach Hause gegangen?" „Hallo, Karin. Nein, ich habe gerade deine letzte Leiche obduziert." „Und?" „Auch diesmal hat unser Täter der jungen Frau bei lebendigem Leib die Gesichtshaut heruntergepräpariert. Und wieder hat er ein Medikament dazu verwendet, das sein Opfer willenlos machte. In wie weit auch eine gewisse Schmerzfreiheit damit erzielt wird, kann ich noch nicht sagen. Ich komme immer noch nicht hinter die Herkunft der Mixtur." „Das bedeutet, die arme Frau musste, genau wie ihre drei Vorgängerinnen auch, erleben, wie unser Täter ihr gemächlich die Haut vom Gesicht entfernt hat?" „So ist es." „Wie viele kranke, paranoide Irre haben wir schon gemeinsam geschnappt, Ernst?" „Es waren schon eine ganze Menge, Karin." „Aber so ein perverses Schwein hatten wir noch nicht darunter. Was hast du sonst noch?" „Das Ejakulat, das wir auf ihrem rechten Fuß gefunden haben, hat die gleiche DNA wie bei unseren übrigen Opfern auch." „Was heißen könnte, dass unser Täter gefunden werden möchte." „Davon kannst du ausgehen." „Aber ohne eine Gegenprobe können wir seine DNA nicht zuordnen." „Auch das ist richtig und soll ich dir etwas sagen, Karin: Der Täter weiß das ganz genau. Er neckt dich, will dich provozieren und wartet, bis du ausrastest." „Wenn ich den zu fassen bekomme …." „Was dann, Karin?" „Ach, ich weiß auch nicht. Ich fühle mich ausgebrannt, niedergeschlagen und finde einfach keinen Ausweg aus dieser Tretmühle."

„Gönn dir einfach mal ein ruhiges Wochenende, Karin. Fahr mal in so ein Wellnesshotel und lass dich nach Strich und Faden durchkneten und verwöhnen." „Ach, Ernst, du kennst mich doch lange genug. Ich geb doch nichts um stinkende Schlammpackungen und grünes Algenzeugs im Gesicht." „Das war auch nur ein Vorschlag. Du solltest nur einfach mal zur Ruhe kommen." „Ich werde deinen Rat berücksichtigen, Ernst. Hast du sonst noch etwas gefunden?" „Keine Fesselspuren an Hand- und Fußgelenken. Keine Penetration im Genital- oder Analbereich." „Kein Wunder, er spielt ja immer mit den Füßen seiner Opfer und spritzt sein Sperma stets auf deren Zehen am rechten Fuß." „Ja, richtig, die Zehnägel waren wieder sehr sorgfältig pediküert und lackiert." „Alles wie bei den übrigen Opfern auch?" „So ist es, Karin." „Dann lass uns Feierabend machen, Ernst. Wir sprechen uns Montag. Schönes Wochenende." „Dir auch."

Sie ließ sich wieder in ihren Stuhl zurückfallen. Unbehagen überkam sie und ein leichter Kopfschmerz zog sich von den Schläfen herunter zum Hals in den Nackenbereich hinein. „Du hast eigentlich Recht, Ernst, ich sollte mal so eine Massagefarm aufsuchen und mich von oben bis unten durchkneten lassen", flüsterte sie leise vor sich hin und rieb sich dabei mit den Fingerspitzen ihre Schläfen. Sie blickte hinüber zu ihrer Schreibtischuhr. „Ist ja erst kurz nach fünf. Hast ja noch massig Zeit, Frau Hauptkommissarin", sprach sie wieder zu sich selbst. „Los, fahr Heim und mach mal wieder sauber. Duschen möchtest du dich ja auch noch und eine Maschine Wäsche ist auch wieder fällig. Dein Kühlschrank arbeitet zurzeit auch nur just for fun. Jedenfalls gibt es nicht viel an Inhalt, welchen er kühlen muss. Also kauf mal wieder ein, Karin", befahl sie sich. Ihre rechte Hand fuhr bereits den PC herunter. Rasch schlüpfte sie wieder in ihre Stiefel und erhob sich aus ihrem Sessel. Sie tat drei Schritte und öffnete ihren Kleiderschrank, dem sie den schwarzen Integralhelm, ihre Handschuhe und ihre schwere Lederjacke entnahm. Obwohl das Thermometer immer noch gute achtundzwanzig Grad anzeigte, zog sie die Jacke an und den Reißverschluss zu. Der metallisch, kühle Druck an ihrer rechten Hüfte signalisierte ihr ein gewisses Maß an Sicherheit, denn dort fühlte sie ihre Dienstwaffe mit den zwei Reservemagazinen im Holster. Kurz ließ sie noch ihren Blick umher schweifen, ob alles ihren Wünschen entsprach. Sie fand nichts, dass einem schönen Wochenende jetzt noch im Wege stand. Dafür hatte sie sich extra mit dem Rücken zu ihrem Flipchart gestellt, um sich den Anblick der gebrochenen Augen der vier toten Frauen zu ersparen, denen die Freude an schönen Stunden während der freien Tage am Wochenende für immer genommen wurde.

Kapitel 2

Die Kälte der Glasscheibe, die die Brustspitzen der jungen Frau zu harten, kleinen Kirschkernen anschwellen ließ, bemerkte sie schon länger nicht mehr. Wie ein Lurch, der gleich mit seinen

Saugnäpfen daran hochzuklettern gedachte, stand sie an die kalte Glaswand gepresst und stierte hindurch in eine andere, angenehme Welt. Auf ihrer Seite herrschte Dunkelheit, feuchte Kälte und Mangel, während es hinter der Glasscheibe Wärme und Komfort im Überfluss zu genießen gab. Zwei starke Scheinwerfer, deren Temperaturen jedoch nicht durch die Dicke des Glases hindurch drang, beleuchteten eine hübsch drapierte Pflanzenwelt mit einem kleinen Pool, eine breite, bequeme Liege, einen Tisch, auf dem eine prall gefüllte Obstschale und ein gewaltiger Schinken in einem Holzgestell präsentiert standen und zum Zugreifen einluden. Einen Sektkühler, in dem eine Flasche Mineralwasser zum Durstlöschen animierte, konnte sie ebenfalls erkennen. Beate wusste nicht, wo sie sich befand. Sie hatte auch schon beinahe vergessen, wer und was sie war, doch zwei Dinge sorgten bei ihr für ein unbändiges Verlangen: Sie hatte Durst, gewaltigen Durst und Hunger und gleich vor ihr, zum Greifen nah und doch unerreichbar, erblickte sie die Obstschale, den Schinken und die Flasche Wasser. Wann er sie wieder trinken und essen ließ, wusste sie nicht. Überhaupt hatte sie bereits jedes Zeitgefühl verloren, denn da, wo sie sich befand, herrschte ausnahmslos Dunkelheit. Lediglich die beiden Punktstrahler, die automatisch in ungleichen Intervallen ein- und ausgeschaltet wurden und Licht auf die Objekte ihrer Begierde warfen, sorgten hin und wieder für Helligkeit. Wenn er sie jedoch holte, schaltete er zusätzlich die Deckenbeleuchtung ein. Dann führte er sie ins Paradies hinter der Scheibe, und wenn sie dann tat, wonach es ihn gelüstete, durfte sie essen und trinken. Das Procedere war stets das Gleiche: Er holte sie, gewährte ihr den Gang zur Toilette und ein kurzes Duschbad. Sie musste sich im Anschluss abtrocknen, sich mit einer Bodylotion eincremen und ihre Haare fönen und kämmen. Dann kontrollierte er den Nagellack an ihren Händen und vor allem an ihren Füßen. Während sie dann endlich etwas essen und trinken durfte, entfernte ihr der Unbekannte mit der venezianischen Maske den Lack von ihren Fußnägeln und trug gleich neuen auf. Gleichzeitig entfernte er mit einer Feile jegliche Schrunden oder verhärtete Haut. Mit großem Aufwand salbte er sodann ihre Füße. Eigentlich gefiel ihr diese Prozedur sogar. Doch sie befand sich ohnehin außer Stande, sich gegen sein Tun zur Wehr zu setzen. Sie fühlte auch keine Schmerzen, selbst wenn er ihr wieder eine Injektion verabreichte. Nur der Drang, Essen und Trinken zu können, verfolgte sie ständig.

Gerade fühlte sie wieder diese extreme Gier nach Wasser und etwas Essbarem, die unaufhaltsam in ihr hochstieg. Jeder Tropfen Kondenswasser, der am Rand des Sektkühlers herab lief und ungetrunken auf dem Tischtuch vertrocknete, brannte sich in ihr Bewusstsein und bereitete ihr schwerste Entbehrungsschmerzen. „Wann kommst du wieder? Bitte, bitte, komm schnell wieder", hauchte sie gegen die Glasscheibe. Ihre rechte Wange drückte sie fest gegen das kühle Glas wie auch ihre Zunge, in der Hoffnung etwas von der Feuchtigkeit zu erhaschen, die in Form einer Träne ihr rechtes Auge verließ. Urplötzlich verloschen die Scheinwerfer wieder und tiefe Dunkelheit umgab sie. Leise begann sie ein Kinderlied zu summen. Weil ihre Blase drückte, ließ sie sich an der Scheibe auf den Boden gleiten. Auf allen Vieren kriechend tastete sie sich dem Eimer entgegen, in den sie sich entleeren konnte. In Zeitlupe, sich wie ein Chamäleon vor und zurück tastend, kroch sie über den rauen Betonboden. Es kam ihr wie eine Ewigkeit vor, bis ihre linke Hand endlich den großen Eimer ertastete. Ermattet und völlig dehydriert sackte sie neben ihrer Ersatzlatrine zusammen. Wie lange sie dort gelegen hatte, konnte sie nicht sagen. Ganz sicher hatte sie der Druck auf ihre Blase zurück in die Wirklichkeit geholt. Verzweifelt versuchte Beate Müller, sich auf den Eimerrand aufzustützen. Ihre linke Hand drückte einen Hauch zu früh auf den Rand des Gummibehältnisses auf, was dazu führte, dass der Eimer umschlug, sie zu Boden fiel, währenddessen der harte Rand ihr ungehemmt gegen den Kopf schlug. Benommen sackte sie in einer Lache aus Urin, die von ihrer letzten Notdurft stammte, in sich zusammen, während sich unkontrolliert ihre Blase entleerte. Von einem Weinkrampf geschüttelt, blieb Beate Müller auf dem kalten Betonboden liegen. Eine ganze Zeit später raffte sie sich noch einmal auf und suchte nach ihrem Schlaflager, das aus einer einfachen Matratze mit einer Decke bestand. Sie schaffte es gerade noch, sich auf ihre Schlafstadt zu ziehen und unter die Decke zu schlüpfen. Kurz darauf fiel sie in tiefe Agonie.

Kapitel 3

Karin Weber drehte rechts am Gasgriff ihrer schweren BMW-Enduro. Wieder und wieder war es ihr ein Genuss, die Kraft ihrer Maschine zu spüren. Der durchzugsstarke Motor der Geländemaschine schnurrte wie ein Uhrwerk und beschleunigte in wenigen Sekunden auf Tempo neunzig. Sofort nahm Karin das Gas zurück, da auf der Zoobrücke nur Tempo achtzig erlaubt war. Ohne Hast schwamm sie im Freitagnachmittagsverkehr mit und erreichte schon nach kurzer Zeit auf der Inneren Kanalstraße den Zubringer am Gleisdreieck auf die A 57. Als sie endlich den Autobahnabschnitt ohne Geschwindigkeitsbeschränkung erreichte, gab sie Gas. Die 1000-er BMW reagierte sofort und nahm Fahrt auf. Leider lagen nur knapp sechs Kilometer Fahrstrecke vor ihr. Schon hatte sie die Abfahrt nach Pesch erreicht. Gefühlvoll legte sich Karin in die Kurve und verließ die Autobahn. Bei Edeka erstand sie noch das Nötigste als Futter für ihren leeren Kühlschrank und stopfte alles in ihre beiden Satteltaschen. Zweimal musste sie nun noch links abbiegen, bevor sie langsam in ihre Garage rollte. Eigentlich war das Fünfzigerjahre Häuschen, das sie von ihren Eltern geerbt hatte, viel zu groß für sie alleine. Jedes Jahr nahm sie sich aufs Neue vor, wegen der bestehenden Wohnungsnot die untere Etage an Studenten zu vermieten und jedes Mal kam ihr irgendetwas dazwischen. Karin verschloss per Knopfdruck das Garagentor. Langsam schleppte sie ihre beiden Einkauftüten die Treppe hoch in ihre gemütliche Behausung. Als sie ihren Einkauf sortiert und verstaut hatte, stieg sie aus ihren Stiefeln und befreite sich von ihrer Jeans. Karin goss sich ein Glas Mineralwasser ein und pflanzte sich damit auf ihrer hübsch gestylten Terrasse in einen Gartenstuhl. Als Alibi und um wenigstens eines ihrer hauswirtschaftlichen Vorhaben für den Nachmittag in die Tat umgesetzt zu haben, stopfte sie ihre Buntwäsche in die Waschmaschine und schaltete diese ein. Damit hatte sich auch schon ihr Arbeitseifer verflüchtigt. Irgendwie beruhigt nahm sie wieder auf ihrer Terrasse Platz. Sie legte den Kopf zurück und gewährte den letzten Abendsonnenstrahlen ihre Gesichtshaut zu pieksen.

Urplötzlich schreckte Karin hoch. Sie musste eingenickt sein. Als sie sich verwundert und verschlafen umschaute, war die Sonne bereits am Horizont verschwunden. Ein Blick auf ihre Armbanduhr riet ein wenig zur Eile. Wenn sie auf die Minute pünktlich sein wollte, verblieben ihr jetzt noch genau dreiunddreißig Minuten fürs Wäsche aufhängen, duschen, anziehen und die Anfahrt nach Bayenthal. „Eins nach dem anderen", sprach sie, sich selbst beruhigend, vor sich hin und erhob sich gemächlich von ihrem bequemen Terrassenstuhl. Zuerst verschaffte sie ihrer Wäsche einen Ausflug auf das Wäschereck. Ihr nächster Weg führte Karin in ihr Bad und dort unter die Dusche. Die Haare sparte sie aus, weil sie diese bereits am Morgen gewaschen hatte. Nur in ein Handtuch gewickelt und mit einer schweren Haarklammer auf dem Kopf tänzelte sie vor ihrem Kleiderschrank hin und her um abzuwägen, was wohl dem Anlass entsprechend die richtige Bekleidung für den Abend darstellen könnte. Weil sie aus Zeitgründen auf ihren Mustang-Cabrio Oldtimer verzichten wollte, blieb ihr nicht viel Auswahl für die Abendgarderobe. Sie griff sich eine hellblaue Jeans und ein weißes Leinenhemd aus dem Schrank. Bei der Unterwäsche ging sie ebenfalls keine Kompromisse ein. Der feine Markenslip formte gleichzeitig noch einen flachen Bauch und der Sport-BH vom gleichen Hersteller verhalf ihr zu einer makellos sitzenden Oberweite, ohne das jede Bodenwelle ihre Brüste in ungewollte Schwingungen versetzte. Ohne Strümpfe rutsche sie wieder in die Cowboystiefel. Weil ein Handtäschchen weder zu ihr noch zu ihrer Motorradkluft passte, wählte sie den kleinen, nietenbesetzten Rucksack für den Abend. Jetzt noch eben die Lederjacke, den Helm und ihre Handschuhe und fertig war Karin Weber für das Rendezvous. Wenig später summte der Anlasser ihrer schweren BMW-Maschine und startete den Motor. Hart klackte es, als sie den ersten Gang einlegte. Gefühlvoll ließ sie die Kupplung kommen und rauschte aus dem Kölner Stadtteil Pesch hinaus auf den Militärring. Karin fuhr hart am Limit der Geschwindigkeitsbegrenzung von Tempo siebzig. Sie bremste kurz vor der Abfahrt zum Containerterminal wegen eines fest installierten Starenkastens ab und brauste weiter vorbei am Heeresamt zum Köln/Bonner Verteiler. Als dort die Ampel auf grün sprang, fädelte sie sich ganz links ein und verließ den Verteiler in Richtung Rheinufer. Hart legte sie sich in die Kurve. Es war ihr ein Genuss zu spüren, wie die schwere Maschine artig ihren Lenkbewegungen folgte, um dann kraftvoll die Kehre zu verlassen. Eigentlich wäre sie jetzt gern noch ein halbes Stündchen gefahren, doch sie wollte ihren Gastgeber nicht über Gebühr warten lassen. Noch gut in der Karenz des akademischen Viertels drückte sie auf den Klingelknopf von Dr. Udo Stein.

Krächzend vernahm sie die Stimme von Udo aus der Gegensprechanlage. „Karin? Bist du`s?" „Kripo Köln. Ich komme, um Sie zu verhaften", antworte sie mit einem verschmitzten Lächeln und hielt ihr Gesicht ganz nah vor die Kamera. Der Türsummer gab ihr den Zugang gleich frei. Karin drückte die schwere Glastür auf und betrat einen äußerst gepflegten Hausflur, den Blumenkübel und mehrere Kunstdrucke an den Wänden wohnlich aussehen ließen. Die Wohneinheiten schienen ziemlich groß zu sein, da Karin an Hand der sechs Klingelknöpfe nur sechs Wohnungen ausmachen konnte. Udo Steins Behausung lag auf der dritten Etage, und weil sie Aufzüge wie der Teufel das Weihwasser mied, machte sie sich zu Fuß auf den Weg ins dritte Obergeschoss. Die weißen Marmorstufen hinterließen einen sehr gediegenen Eindruck. Karin bereiteten die vielen Stufen nach oben keine Probleme. Wenn es ihre Zeit erlaubte, joggte sie täglich durch den Grüngürtel und erhielt so ihre Top-Kondition. „Du scheinst etwas gegen meinen Aufzug zu haben, sonst wärst du nicht zu Fuß hier herauf gelaufen. Hallo, Karin." „Hi, Udo. Damit könntest du Recht haben. Ich mag diese Enge in den Kabinen nicht, und schneller als er bin ich alle Male", erwiderte sie grinsend. Sie hatte gleich erkannt, dass Udo heute noch besser aussah als bei ihren letzten Treffen. Seine mittelblonden Haare waren ganz frisch gewaschen und ohne Kamm oder Bürste nur vom Fön getrocknet, wenn er überhaupt einen benutzt hatte. Seine wachen, blauen Augen schienen seinem Hirn zu signalisieren, dass sie mit ihrem Outfit seinen Geschmack getroffen hatte. Jedenfalls lächelte er sie sehr erfreut an. Udo trug ein naturfarbenes Leinenhemd lässig über einer leichten, weißen Baumwollhose. Seine Füße steckten in ledernen Zehensandalen. Irgendwie standen sie sich unschlüssig gegenüber. „Möchtest du im Hausflur essen oder kommst du rein?", fragte er frech nach, sicher auch, um ein wenig seine Verlegenheit zu überspielen. „Ich wurde noch nicht hereingebeten, Herr Doktor", konterte Karin gespielt zickig. Udo trat lächelnd einen Schritt vor und fasste mit seinen kräftigen Händen an ihre Schultern. Sanft, beinahe unbemerkt küssten seine Lippen ihre Stirn. „Komm doch herein. Herzlich willkommen. Ich freue mich sehr, dass du gekommen bist." Karins Nase konnte sich beim Betreten der Wohnung nicht entscheiden, ob der Duft nach Knoblauch und frischen Kräutern ihr mehr zusagte, als der seines Eau de

Toilette, das ebenfalls sehr würzig, nur halt anders, ihre Geruchsrezeptoren verwöhnte. Udo half ihr erst mal aus der schweren Lederjacke. Karin warf ihre Handschuhe in den Helm und legte diesen auf eine kleine Kommode.

Kapitel 4

Karin war von dem Ambiente seiner Wohnung mehr als überrascht. Überall erinnerten geschnitzte, afrikanische Masken, die manches Mal drohend von den Wänden herabschauten, und das Mobiliar an den Innenraum einer afrikanischen Lodge. Zwei gekreuzte Speere und ein lederner Schild hingen gleich über der breiten Terrassentüre. Verschiedene hölzerne Raumteiler wie auch ein leichter Schreibtisch hätten auch einer Buschklinik gut gestanden. Die Polstergarnitur war mit schwarzem, schweren Leder bezogen, dass sich jedoch ganz weich anfühlte. Auch die riesige Dachterrasse war ausschließlich in afrikanischem Stil gestaltet. In Holzgestellen schwebende, gut gepolsterte breite Sessel luden zum Chillen ein. Karin beeindruckte der fest gemauerte Grill auf der linken Seite der Terrasse ganz besonders, da sie richtig Hunger verspürte. Riesige Garnelen brutzelten auf dem Rost, genauso wie ein ordentliches Stück dunklen Fleisches. Udo beobachtete sie ganz genau, und es blieb ihm nicht verborgen, dass es Karin hier zu gefallen schien.

Der Hausherr hatte den für acht Personen ausgelegten, grob gehauenen, schweren Holztisch fein eingedeckt. „Möchtest du Wein, Bier oder etwas Antialkoholisches zum Essen trinken?" „Weißwein." Das Udos Gesicht jetzt einen freudigen Ausdruck annahm, lag ganz sicher daran, dass sich Karin offensichtlich auf eine Übernachtung bei ihm eingestellt hatte. Er schloss dies daraus, da sie ihm schon bei ihrem letzten Treffen erzählt hatte, dass sie keinen Tropfen Alkohol anrührte, wenn sie noch fahren musste. „Grins nicht so, Udo, ich kann mir auch ein Taxi nehmen", konterte sie lächelnd. Sie schien seine Gedanken erraten zu haben. „Jetzt setz dich erst mal hin und mach es dir gemütlich." Karin ließ sich dies nicht zweimal sagen und pflanzte sich auf einen der beiden eingedeckten Essplätze. Ungeniert schlüpfte sie aus ihren Stiefeln und stellte sie unter ihren Stuhl. Karin fühlte sich ohne ihre Stiefel gleich besser. „Darf ich zuerst ein paar Meeresfrüchte als Vorspeise servieren?" „Ja, gern." Karin sprang auf und lief zum Grill. Udo griff gerade mit einer gewaltigen Zange nach zwei Riesengambas, die er auf einen Teller drapierte. Dazu legte er kurz angebratene Jakobsmuscheln und Stücke vom Seeteufel. „Das sieht aber lecker aus." „Ich hoffe, es schmeckt auch so wie es aussieht." Udo balancierte ihre beiden Vorspeisenteller zum Tisch herüber. Er nahm Karin gegenüber Platz und goss gut gekühlten Frascati in ihre Weingläser. Karin schlemmte begeistert alles weg, was Udo ihr aufgetischt hatte. Nie zuvor hatte sie ein Mann kulinarisch so verwöhnt. Sie musste kurz an Herbert, ihren Exmann denken, dem das Braten eines

Spiegeleis für sie schon zu viel Mühe bereitet hatte. Einmal richtete er eine Platte mit Broten für sie an, die soweit OK waren. Doch dies war alles lange her und gerade jetzt wollte sie nur den Moment genießen. „Schmeckt es dir?", wurde sie von Udo zurück in die Realität gerufen. „Und wie, vorzüglich sogar. Du solltest ein Restaurant eröffnen." „Ach, ich weiß nicht. Ich koche ja sehr gern. Aber immer nur für andere Leute kochen würde mir dann auch nicht gefallen."

Weil ihre Hauptspeise noch etwas Garzeit benötigte, legten sie sich in ihren Stühlen zurück und schauten sich an. „Warum ist eigentlich so viel Afrika in deiner Wohnung?" „Ich habe nach meiner Facharztausbildung mehrere Jahre als plastischer Chirurg für verschiedene Institutionen in Afrika gearbeitet." „Und wo überall?" „In beinahe jedem Krisengebiet. Meine fachärztliche Spezialität liegt in der Rekonstruktion von zerstörten Gesichtern und Schädelverletzungen. Und glaub mir, Arbeit in dieser Richtung gab es reichlich in allen Kriegsgebieten. Alleine die Operationen unter äußerst schwierigen Bedingungen stellten jedes Mal eine gewaltige Herausforderung dar. Meine ganzen Möbel stammen aus Afrika und wurden dort, natürlich gegen Honorar, für mich angefertigt. Noch heute fahre ich manchmal in verschiedene Regionen und besuche meine ehemaligen Patienten, von denen leider schon eine Menge in folgenden Auseinandersetzungen getötet worden sind. Am schlimmsten waren für mich immer die begangenen Grausamkeiten und Gräueltaten, wenn nicht einmal vor Frauen und Kindern halt gemacht wurde. Oder Minenopfer, denen neben ihren Extremitäten häufig das ganze Gesicht fehlte. Es war oft furchtbar und dann doch wieder schön, wenn meine dankbaren Patienten nach überstandener OP geheilt zu Besuch erschienen. Udo starrte eine Zeit lang ins Leere und Karin fühlte, dass er mit seinen Gedanken weit weg war.

Kapitel 5

Sie erwachte wieder mit dem Gefühl unbändigen Durstes. Stark dehydriert erhob sie sich vorsichtig und setzte sich auf den Matratzenrand. Schwindel überfiel sie und ihr Magen stieß Magensäure nach oben. Sie schluckte heftig und vermied so, sich übergeben zu müssen. Doch der ekelig, saure Geschmack in ihrem Mund nahm wieder zu. Wieder musste sie würgen, und wieder kämpfte sie gegen den aufkeimenden Brechreiz an. Unerwartet flackerte die Deckenlampe auf, die in unregelmäßigen Abständen für eine kurze Dauer ihr Gefängnis erhellte. Es benötigte stets eine kurze Zeit, bis sich ihre Augen an das diffuse Licht gewöhnt hatten. Unsicher blickte sie sich um. Ihre Lethargie wandelte sich gleich in Euphorie um, als sie auf dem kleinen Tischchen neben der Zellentüre eine volle Flasche Mineralwasser und einen Teller mit Broten erblickte. Sie interessierte nun nicht mehr, dass sich der Inhalt ihres Toiletteneimers über dem Boden verteilte, genauso wenig wie die Tatsache, dass sie ihre

Tage bekommen hatte und ihr das Blut an den Beinen herunter lief. Sie wollte jetzt nur noch essen und trinken. Langsam kam sie auf ihre Füße, doch diese trugen sie nicht mehr. Torkelnd brach sie zusammen. Nach kurzer Zeit kam sie wieder zu sich. Dann verlosch das Licht. Die totale Dunkelheit raubte ihr jede Orientierung. Vorsichtig ging sie auf die Knie. Wie ein Faultier, das sich in den Baumwipfeln nach Nahrung suchend bewegte, krabbelte sie auf allen Vieren los. Nach nur einer Minute, die ihr wie Stunden vorkam, schlug sie mit ihrem Kopf gegen eine der Wände ihrer Zelle. Der Schmerz war erträglich, da sie sich nur sehr langsam fortbewegte. Sie kroch nun weiter immer an der Wand entlang, bis sie wirklich irgendwann den kleinen Tisch erreichte. Gierig griff sie nach dem Teller mit den Broten, der gleich herunter fiel und dem Geräusch nach zerbrach. Doch die Brote rettete sie und verschlang sie beinahe ohne zu kauen. Mit dem stillen Wasser spülte sie ihre Mahlzeit herunter. Vorsichtig und mit dem Rücken gegen die Wand gepresst, schob sie sich hoch auf ihre Füße. Die Haut auf ihrem Rücken schmerzte dabei stark.

Sie fühlte sich gestärkt, wenn sie auch nicht wusste, wohin sie nun zu gehen hatte, um ihre Matratze zu erreichen. Mit beiden Händen tastete sie sich an der Wand entlang, bis sie irgendwann die große Glasscheibe fühlte. Von hier aus musste sie jetzt nur noch schnurstracks geradeaus gehen und nach wenigen Schritten würde sie ihr Lager wieder finden. Mit beiden

Händen umklammerte sie ihre halbleere Wasserflasche wie einen eben ausgegrabenen Goldschatz. Doch sie war wackelig auf den Beinen, und schon nach zwei Schritten glitt sie auf den Überresten aus ihrem Toiletteneimer aus. Unglücklich fiel sie dabei auf ihr rechtes Knie und den Ellenbogen. Körperliche Schmerzen verspürte sie keine, der Verlust der Wasserflasche, die ihr beim Sturz aus der Hand gefallen war, tat ihr viel mehr weh. Wieder tastete sie sich auf allen Vieren voran und schnell war ihr Flüssigkeitsspender gefunden. Ein Seufzer der Freude entfuhr ihr, während sie sich weiter zu ihrem Schlaflager vortastete. Mit ihrer Flasche im Arm wickelte sie sich in ihre Decke ein und versank in einen traumlosen Tiefschlaf.

Kapitel 6

„Unser Braten ist jetzt soweit. Ich habe Folienkartoffel mit Kräutersauerrahm und Salat dazu vorgesehen." „Was hast du für Fleisch?" „Antilope. Ist sehr kalorienarm, äußerst zart und sehr schmackhaft." „Hab ich noch nie gegessen." „Dann lass dich einfach überraschen." Udo behielt Recht: Karin schmeckte der Antilopenbraten vorzüglich. Doch nach einer Scheibe Fleisch und einer Kartoffel ging einfach nichts mehr. „Das war verdammt lecker, aber ich glaube, ich platze gleich." „Mal den Teufel nicht an die Wand. Ich habe kein Nahtmaterial im Haus, damit ich dich wieder zunähen kann." Sie mussten beide über seine Äußerung lachen.

„Komm, lass uns abräumen und die Kühle des Abends genießen." Rasch hatten sie in seiner Küche wieder Ordnung geschaffen und die Spülmaschine befüllt. Zur Belohnung ließ Udo leckere, heiße Espressi durch seine Maschine sprudeln. „Magst du einen Cognac dazu?" „Nein danke, ich steh nicht so auf harte Spirituosen." Sie genehmigten sich jeder drei der knapp siebzig Grad heißen Starkkaffeegetränke und schlenderten zurück auf die Terrasse. Ganz in einer Ecke, ein wenig abgeschottet vom restlichen Terrassengeländer, warfen sie sich auf eine breite Liege. Udo öffnete die nächste Flasche Wein und schenkte wieder ein. „Was für eine Maschine fährst du eigentlich?" „Eine 1000-er BMW-Enduro, warum?" „Weil ich auch Motorrad fahre. Ich habe eine Harley Chopper in der Garage stehen. Leider komme ich nur noch selten zum Fahren." Karin war gleich Feuer und Flamme. Einen Typen, der auch Motorrad fuhr, gleichzeitig gut aussah und sich nicht aufführte wie die Axt im Walde, hatte sie noch nie kennen gelernt. „Das ist ja super. Wir können nächstes Wochenende bei schönem Wetter eine Tour machen. Was meinst du?" „Das ist eine tolle Idee. Wohin fahren wir?" „Ich liebe das Meer. Wir könnten nach Holland an die See fahren. Noordwijk wäre da ein schönes Ziel." „Ja, das machen wir. Wenn wir Freitagnachmittag losdüsen, sind wir zum Abendessen an der See und können den Sonnenuntergang am Strand genießen."

Karin kuschelte sich fest an Udo heran. Hier in der abgetrennten Ecke der Terrasse wärmte sie noch die Resthitze, die vom Mauerwerk abstrahlte. Sie hatte sich tatsächlich ein wenig in ihn verliebt, Motorradfahrer war er auch und schließlich sorgte auch der Wein für eine wohlige Stimmung. Schon bald berührten sich ihre Lippen. Als sie dann seine Zunge an der ihren spürte und diese mit dem Liebesspiel begannen, erhöhten sich ihr Blutdruck sowie ihre Atemfrequenz überproportional. Ob Udo sie auf sich gezogen hatte oder sie sich auf ihn legte, war ihnen letztendlich völlig egal. Karin öffnete seine Hemdknöpfe und drückte ihm mit den Fingern die Brustwarzen. Leise stöhnend zog er ihr das Hemd und den BH aus. Seine Hände umfassten ihre festen Brüste. Auch er beschäftigte sich gleich mit ihren Brustwarzen, die vor Lust zu zerplatzen drohten. Dann ging alles sehr schnell. Sie befreiten sich gegenseitig von den Resten ihrer Bekleidung. Beruhigt sah Karin im Augenwinkel, dass sich Udo ein Kondom überstreifte, bevor er mit ziemlich viel Schwung in sie eindrang. Karin schrie leise auf, doch der Schmerz steigerte nur noch mehr ihre Lust. Fest schwang sie ihre Schenkel um seinen Leib, während er stoßweise vor und zurück glitt. Noch bevor beide zum Orgasmus kamen, griff er fest nach ihren Schenkeln und legte sich diese zusammen gegen seine rechte Schulter. Diese Verengung steigerte nur noch ihr Vergnügen, und als er sich ihren rechten Fuß nahm und an ihrem großen Zeh saugte, explodierte Karin förmlich. Udo folgte ihr in kurzem Abstand. „Das war einfach grandios, Udo. Ich bin ein wenig aus der Übung und hatte dem Sex schon abgeschworen, aber daran könnte ich mich wieder gewöhnen." Udo schmunzelte nur und nahm Karin in seinen kräftigen, rechten Arm. Mit der linken Hand angelte er nach der Decke mit dem Leopardenmuster, die neben der großen Liege auf dem Boden lag und deckte sie beide damit zu. Irgendwann schliefen sie unter der wärmenden Decke ein.

Von den kitzelnden Strahlen der Sonne geweckt, erwachte Karin als erste gegen kurz nach acht am nächsten Morgen. Sie rieb sich die noch etwas müden Augen, deren Blick sich als nächstes auf ihren völlig nackt daliegenden Helden richtete. Sanft streichelte sie seine unbehaarte Brust, bis auch er seine Augen öffnete. „Morgen, Karin, bin ich verhaftet?" „Morgen, Udo. Ja, die Delinquenten, die ich früh morgens als erste verhafte, müssen mir ein Frühstück bereiten, sonst werfe ich sie für immer in den tiefen Kerker." „Oh, welch grausam Weib ich mir da eingefangen habe. Was hältst du denn davon, wenn wir in die Innenstadt zum Kaffee Reichert fahren und dort auf der Terrasse speisen?" „Nicht übel, deine Idee, aber nur, wenn ich dich dazu einladen darf." „Damit kann ich wohl leben. Fahren wir mit den Mopeds?" „Au ja. Obwohl, dann sehe ich mal wieder einen von diesen Sonntagsfahrern auf ihren teuren Maschinen herumeiern, die mit lebensgefährlichen Manövern andere Verkehrsteilnehmer gefährden." Udo sprang urplötzlich auf und kitzelte Karin durch. „Das werden wir ja noch sehen. Mädchen auf Motorrädern. Na ja, brauchen sie sich wenigstens nicht mit den Mühen des Einparkens abzuquälen." Wenn Karin bisher still gehalten hatte, wendete sie nun einen ihrer Judogriffe an und legte Udo damit rücklings flach auf die Matratze. „Ich geb dir gleich Mädchen und nicht einparken können." Blitzschnell setzte sie sich auf ihn. „Das war nicht deine schlechteste Idee", kommentierte er ihre Reaktion, und als sie etwas auf ihm zu seinen Füßen herunter rutschte, spürte sie auch warum. Es folgte eine kurze Fortsetzung des Liebesspiels der letzten Nacht und doch schafften sie es noch so gerade, kurz vor Buffetschluss auf der Terrasse des Nobelcafes in der Kölner Innenstadt einen Platz zu finden.

Kapitel 7

„Und? Fahre ich nun wie ein Anfänger?" „Nein, ganz und gar nicht. Ich hatte weder Angst um den Straßenverkehr im Allgemeinen noch um dich." „Das ist ja beruhigend, dass du erst einmal Angst um die Allgemeinheit hast und dann um mich." Sie blödelten eine ganze Zeit herum und ließen sich die frischen Brötchen mit allerlei Aufschnitt, Eierspezialitäten und leckeren Marmeladen schmecken. Als Karin gerade ihre zweite Tasse Kaffee schlürfte, summte ihr Handy. „Hallo, Ernst, warum störst du mich beim Frühstück?" „Hallo, Karin, eigentlich wollte ich dir diesen Anruf ersparen, aber wir haben wieder eine Leiche, wahrscheinlich von unserem

Serientäter." „Scheiße. Wo liegt sie?" „In einem Bootshaus in Worringen, Hansekai." „Ich komme vorbei. Bis gleich." „Lass dir Zeit, Karin, unser Täter hat wie gewöhnlich eine Riesensauerei hinterlassen. Bis die Spusi und ich da durch sind, ist ohnehin Abend." „Ja, dann bis später, Ernst." Nachdenklich drückte Karin auf die rote Taste ihres Handys und beendete das Telefonat. „Du siehst aus, als ob es Ärger gegeben hat, Karin. Ist es so?" „Ärger ist die falsche Bezeichnung. Wir haben wieder eine Tote." „Von diesem Frauenmörder?" „Ja." „Ich habe davon in der Zeitung gelesen." „Ich muss leider los, Udo." „Das kann ich verstehen. Du bist plötzlich ganz blass im Gesicht. Geht es dir gut?" „Doch, doch, keine Sorge." „Sehen wir uns heute Abend?" „Kann ich dir noch nicht sagen. Ich weiß nicht, wie lange ich am Tatort zu tun habe, aber wenn es nicht zu spät wird, warum nicht. Ich rufe dich an." Karin winkte bereits der Zahlkellnerin zu. „Geht es dir wirklich gut?" „Was soll deine Fragerei, Udo? Das ist halt mein Job und ich weiß damit umzugehen. Es ist nicht die erste Tote, die mir unter die Augen kommt und ganz sicher nicht meine letzte. Ich brauche keinen Aufpasser." Karin drückte der Kellnerin das Geld für die Rechnung und ein anständiges Trinkgeld in die Hand und stand gleich auf. „Ich melde mich bei dir, Udo." Ohne einen Abschiedskuss oder weitere Erklärungen abzugeben, stiefelte Karin zu ihrem Motorrad herüber. Sie zog nur noch den Helm und ihre Handschuhe an und rauschte mit ordentlich viel Gas davon.

Licht flammte hinter der Glasscheibe auf und gab wieder den Blick auf die kulinarischen Köstlichkeiten und das Kleinod frei, worauf Beate schon mehr als sehnsüchtig wartete. Sie hatte nicht sofort reagiert, da sie ihren Kopf unter der Decke versteckt hatte. Als sie sich jedoch umdrehte, sah sie, dass es wohl wieder Zeit für ihre Erholungsphase war. Schon wurde die Türe geöffnet und der Mann mit der Maske betrat ihr Gefängnis. „Hallo, Beate, willst du nicht zur Oase gehen?" Sie nickte nur kurz und lief ein wenig torkelnd und schweigend dem Eingang entgegen. Wie in Trance ging sie erst zur Toilette und trat dann in die Duschkabine, wo sie sich ausgiebig duschte. Der Mann mit der Maske hatte kein Auge von ihr gelassen. Wie jedes Mal, wenn sie ihre Erholungsphase zum Reinigen ihres Körpers und zum Essen und Trinken nutzte, saß er ihr schräg gegenüber in einem Sessel und beobachtete sie. Sie genoss diese Momente, weil sie dann das Gefühl hatte, ihren Peiniger endlich einmal unter Kontrolle zu haben, obwohl dem keineswegs so war. Gierig fiel sie über die Früchte und den Schinken her. Eine weitere Portion drapierte sie auf einen Teller und nahm diesen mit in den kleinen Pool. Entspannt fläzte sie sich in den aufblasbaren Schwimmsessel. Vergessen schienen all die Qualen, die sie bisher erleiden musste. Ihre pedikürten Füße plätscherten im Wasser und spielten mit den Tropfen, die sie hoch schleuderte. Sie schien einfach zu ignorieren, dass ihr gegenüber am Beckenrand des kleinen Pools ein Mann saß, der sie unentwegt betrachtete. Weil er jedoch diese venezianische Maske trug, konnte sie nicht erkennen, wohin er gerade schaute. Dass sie dabei völlig nackt war, störte sie nicht im Geringsten. Wie lange sie mit dem Gummisessel dahin gedümpelt war, konnte sie nicht mehr abschätzen. Ihr Gefühl für Raum und Zeit, Tag und Nacht war einfach verloren gegangen. Auch wie lange sie bereits in diesem Gefängnis saß, konnte sie nicht mehr ermessen. Ihre letzte Erinnerung an ihr Leben in Freiheit verließ auch ganz allmählich ihr Gedächtnis. Sie kam aus Berlin mit Flugnummer 3314. Die Maschine war bis auf den letzten Platz besetzt gewesen und es gab leichte Turbulenzen, was wieder einmal bedeutete, dass sie einmal zusätzlich und das sehr schnell alle Gläser und Flaschen abräumen mussten, damit nichts zu Boden fiel. Am Morgen hatte sie sich noch mit Tom von der Condor zum After Job Drink in der Interconti Lounge in der Kölner Innenstadt verabredet, doch er saß in Warschau im Nebel fest. Per Handy hatte er sie kurzfristig informiert. Eigentlich wollte sie schon gehen, als sie ein gut aussehender Mann ansprach und sie zu einem Drink einlud. Weil auch sie wie ein Modell aussah und häufiger von Männern während ihrer Hotelaufenthalte auf einen Drink eingeladen wurde, hatte sie sich nichts dabei gedacht. Sie lebte als Single a la carte, und wenn ihr mal ein Mann gefiel, ging sie auch mit ihm ins Bett oder besser, wie sie es selbst bezeichnete, holte sie sich den Kerl zu sich ins Bett. So war auch diesmal geschehen. Sie wusste noch, dass sie sich ziemlich heftig geliebt hatten. Danach jedoch versagte ihr

Erinnerungsvermögen. Irgendwann wachte sie auf dieser ekeligen Matratze auf. Von da an lebte sie wie in Trance.

Das zweimalige Klatschen in die Hände gab ihr zu verstehen, dass nun genug war mit ihrem Poolvergnügen. Ohne zu zögern erhob sie sich und verließ das kleine Becken. In unguter Erinnerung war ihr geblieben, als sie sich beim ersten Poolplanschen seinen Anweisungen widersetzte und er sie mit Stromstößen traktierte. Es dauerte ganz sicher eine ganze Weile, bis ihre Wunden verheilt sein würden. Sie trocknete sich ordentlich ab und cremte sich mit der extra dafür bereit stehenden Lotion ein. Bei der folgenden Prozedur wusste sie nie so recht, ob sie diese genießen oder sich ängstigen sollte. Unbekleidet wie sie war folgte sie dem Mann mit der Maske in das Nachbarzimmer. Dort musste sie in einem Stuhl Platz nehmen, wie ihn Podologen oder Kosmetikerinnen auch benutzen. Blitzschnell fesselte dann ihr Peiniger Hände und Füße an den Lehnen und Fußstützen. Wie ein Profi entfernte der Maskenmann ihr den teuren, roten Nagellack von den Fuß- und Fingernägeln, um im Anschluss wieder äußerst sorgfältig neuen Lack aufzutragen. Bevor er jedoch den Lack wieder auftrug, kontrollierte er die Qualität des Nagelschnitts und korrigierte diese bei Nichtgefallen mit einer Feile. Dies machte er so professionell, dass sie ihn glatt engagieren würde, wäre sie in Freiheit.

Auch mit dem, was dann folgte, konnte sie unbeschadet umgehen. Schließlich war sie eine aufgeklärte, junge Frau, die auch so ihre Vorlieben besaß. Wenn der Nagellack auf den Füßen getrocknet war - er startete immer erst mit dem Bearbeiten ihrer Füße, bevor er zu den Fingernägeln überging - löste er die Fessel von ihrem rechten Fuß. Mit seinem Rollhocker fuhr er an das Fußende und prüfte, ob ihr Fuß wohl seinen Qualitätsvorstellungen entsprach. Dabei streichelte er die Sohle und cremte den Fuß mit einer Salbe komplett ein. War er dann mit dem Fuß zufrieden, schob er ihn ins rechte Hosenbein seiner Boxershorts. Sogleich konnte sie seine starke Erregung fühlen. Kurz bevor es ihm kam, zog er seine Shorts ganz aus und spritzte sein Sperma auf die Zehenpartie des rechten Fußes. Diese Prozedur törnte sie manchmal auch an, doch jede weitere, gemeinsame sexuelle Handlung war ausgeschlossen. „Was für ein bescheuerter Typ", flüsterte sie leise vor sich hin. Diesmal jedoch wich er von seinen sonstigen Gepflogenheiten, sich befriedigt zurückzulehnen, ab. Blitzschnell hatte er eine Spritze in der Hand und führte die Nadel direkt in ihre Armvene ein. Das Mittel, dass er ihr applizierte, wirkte rasch und stellte sie ruhig. Jetzt war ihr einfach alles gleichgültig. Zwar spürte sie, dass heute irgendetwas anders war als sonst, doch sie befand sich außer Stande, darüber nachzudenken. Warum der Maskenmann urplötzlich mit einem Skalpell über ihr stand und die Rückenlehne des Stuhls nach hinten fuhr, störte sie herzlich wenig. Auch als er die extrem scharfe Klinge unterhalb des Haaransatzes ansetzte und sie bis auf den Schädelknochen in die Haut hineindrückte, verspürte sie keine Schmerzen. Professionell führte der Maskenmann das chirurgische Instrument an der Stirn entlang und ließ es an der rechten Schläfe in der Haut bis zum Unterkieferknochen herunter gleiten. Von da aus weiter am Kinn entlang und an der anderen Seite wieder an der Schläfe hoch. Doch die eigentliche, schwierigere Prozedur folgte noch.

Kapitel 8

Karin fand das Bootshaus nicht auf Anhieb. Immer wieder musste sie mit ihrer Maschine wenden, bis sie endlich den Schotterweg zum Fundort der Leiche erreichte. Einmal auf dem richtigen Weg war dann auch das Aufgebot an Polizeifahrzeugen kaum zu übersehen, nach deren Standort sie sich nun richtete. Rasch stellte sie die Maschine ab und eilte durch die offen stehende Holztür in das kleine Bootshaus hinein. Gespenstisch hell erleuchteten die grellen Scheinwerfer, die die Spurensicherung aufgestellt hatte, das Szenario. Ernst trat sofort auf Karin Weber zu. „Es tut mir leid, dass ich dir an deinem freien Wochenende keinen schöneren Anblick bieten konnte, aber ich glaubte, es ist dir lieber, informiert zu sein." „Ja, natürlich. Schließlich ist es mein Fall." Auch ihr Stellvertreter Olaf Salcher und die Kollegin Edith Steinbach standen fassungslos und schweigend vor dem Leichnam, der einstmals sicher einer bildhübschen Frau gehörte, deren Gesicht bis zur Unkenntlichkeit entstellt war. „Gibt es Abweichungen zu den letzten Morden, Ernst?" „Nein, schau selbst. Unsere Tote heißt Josefa Rodrigues, ist gebürtige Spanierin, 27 Jahre alt, ledig und Außendienstmitarbeiterin bei Steyer-Pharma." „Das zum Thema: Der Täter bevorzugt nur blonde Frauen. Unsere Tote ist schwarzhaarig." „Ja, korrekt, Karin, das hatte ich glatt übersehen. Hände und Füße sind professionell gepflegt und makellos, während die restliche Haut ihres Köpers Schürfwunden aufweist. Prellungen und andere leichte Verletzungen liegen ebenfalls vor." „Also genau wie bei den anderen Opfern?" „Das kann ich so bestätigen."

Karin drehte sich um und trat an den Tisch, auf dem die Leiche lag. Optisch gesehen war nicht mehr zu erkennen, wie die junge Frau einst ausgesehen hat. Muskelgewebe, Sehnen und nekrotisches Fleisch bildete dort eine zerklüftete Masse, wo einst eine zarte Haut ein Frauengesicht überzog, das ganz sicher ein hübsches, strahlendes Lächeln verbreitet hatte. Karin musste immer wieder ihre Zehen bewegen, um sich nicht übergeben zu müssen. „Schau her, hier ist wieder das obligate Sperma auf ihrem rechten Fuß", holte sie der Chefpathologe in die Realität zurück. „Kannst du schon etwas zur Todesursache sagen?" „Ich muss zwar erst noch einige Untersuchungen durchführen, aber ich möchte wetten, dass das Ergebnis wieder lautet: Tod durch Schlaganfall oder Infarkt. Der Mörder hat seinem Opfer nach der Gesichtshautentfernung einen Spiegel vor die Augen gehalten, woraufhin die Frau einen Schock erlitt und an einem Herzinfarkt oder einem Schlaganfall verstarb. Das unbekannte Sedativum, das ich bisher in allen Opfer nachweisen konnte, tat sicher sein übriges dazu. Spuren, die auf eine Vergewaltigung schließen lassen, liegen nach ersten Erkenntnissen wieder nicht vor." Karin musste sich wegdrehen, um nicht in die Augen der Toten blicken zu müssen. „Todeszeitpunkt?" „Wenn ich mir die bereits nachlassende Totenstarre so ansehe, den Grad der Gerinnselbildung und die Lebertemperatur in Betracht ziehe, ganz sicher länger als 36 Stunden." Karin war froh, als Ernst endlich die Leiche freigab und der Bestatter sie abdeckte und schließlich abtransportieren durfte. „Unsere Tote ist aber ganz sicher nicht hier gehäutet worden. Sie wurde hier lediglich abgelegt. Unser Täter versteht auf jeden Fall etwas von Medizin. Die Entfernung der Gesichtshaut wurde wieder ziemlich professionell durchgeführt." „Warum ist denn hier Blut auf dem Boden, wenn der Täter die Frau an einem anderen Ort getötet hat?" „Das kann ich auch nur vermuten, Karin. Er hat dem Opfer beide Halsaorten eröffnet. Nach meinem Dafürhalten möchte ich einfach behaupten, dass unser Täter nur auf sich aufmerksam machen möchte. Ein zwingender Grund zu dieser Maßnahme bestand jedenfalls nicht. Die ausgetretene Blutmenge ist nicht besonders groß, da das Herz der jungen Frau bereits nicht mehr schlug." „Was ist das nur für ein Mensch?" „Ein leider nicht mehr normaler, Karin. Ich schaue mir die Leiche am Montag genau an. Vielleicht finde ich ja auch einen Hinweis auf die Substanz, die unser Täter den Opfern bisher jedes Mal gespritzt hat." „Es wäre schön, wenn wir endlich mal einen Erfolg in diesem Fall vorzuweisen hätten, weil mir schon einige stets bekannte Herren aus dem Hause im Nacken sitzen." „Leider können wir noch nicht hexen, Karin." „Das ist wohl wahr, aber anscheinend wissen das nur wir." „So, jetzt hau ab, fahr nach Hause und nutze das restliche Wochenende noch zur Erholung." „Leichter gesagt als getan, Ernst. Ich werde es jedenfalls versuchen."

Karin ließ die Enduro einfach so über den Militärring rollen. Sie war mit ihren Gedanken ganz woanders, nur nicht beim Motorradfahren und dies hätte sich beinahe gerächt, als ihr ein Kaninchen vor die Räder lief. In allerletzter Sekunde wich sie dem Nager aus und rettete ganz sicher ihm und wahrscheinlich auch sich selbst das Leben. Sie wollte nicht gleich zu Udo fahren, auch wenn sie jetzt gern mit ihm geredet hätte. Dieser Fall machte ihr verdammt zu schaffen. Verärgert darüber, dass sie nur auf der Stelle trat und ein Fortkommen nicht in Sicht war, gab sie Gas. Zehn Minuten später ließ sie ihre Maschine vor ihrer Garage ausrollen. Sie verschwand gleich in der Küche und setzte sich einen Kaffee auf. Erst als sie das heiße, schwarze Gebräu vorsichtig in sich hinein schlürfte, kehrten allmählich ihre Lebensgeister zurück. Noch während sie von ihrer kleinen Terrasse aus zwei Spatzen beobachtete, die sich heftig stritten, summte ihr Handy. „Weber?" „Hallo, Karin, ich bin´s, Udo. Hast du deinen Einsatz einigermaßen überstanden?" „Hi, es geht so." „Du magst nicht drüber reden?" „Ich darf nicht drüber reden, Udo." „Du weißt aber auch, dass ich vom Fach bin und dir vielleicht bei der Suche nach dem Täter helfen könnte. Manchmal erkennt man an der Schnittführung, welcher Kollege sich bei einer OP verewigt hat." „Glaubst du wirklich, ein Arztkollege könnte unser Täter sein?" „Ich glaube gar nichts, Karin. Du hast in einer Presseerklärung angedeutet, dass der Täter gute medizinische Vorkenntnisse besitzen muss, weil er ohne diese seine Morde mit den dazu gehörenden Ritualen nicht begehen könnte. Ich verfolge den Fall ein wenig in der Presse, weil der Täter unsere Zunft der plastischen Chirurgen ins Gerede bringt." „Ich denke drüber nach, Udo. Auf jeden Fall danke ich dir für dein Hilfsangebot." „Das ist doch selbstverständlich. Ich möchte dir noch etwas sagen, Karin, doch dies geht nicht am Telefon. Sehen wir uns später noch?" „Ja, gern, ich komme gleich bei dir vorbei. Das Wetter soll schon morgen schlechter werden, und deshalb möchte ich diesen schönen Abend mit dir irgendwo verbringen, wo wir draußen sitzen können. Ich hole dich gleich mit meinem Cabrio ab, einverstanden?" „Du besitzt ein Cabrio? Was für eins?" „Lass dich überraschen, Udo." „Jetzt bin ich wirklich gespannt. Ich kenne in der Eifel ein nettes, kleines, gut bürgerliches Gasthaus, wo man schön draußen sitzen kann. Ist etwa eine Stunde Fahrt. Was meinst du?" „Genau da fahren wir hin. Ich bin in einer halben Stunden bei dir." „Fahr vorsichtig, bis gleich."

Röchelnd und leicht hustend bewegte sich ihr Mustang aus der Garage. Wenn der Achtzylinder länger gestanden hatte, brauchte er nach dem Anlassen immer erst einen Moment, bis alle Zylinder korrekt und gleichmäßig liefen. Karin kannte dieses Phänomen und gewährte ihrem besten Stück die Zeit des Warmlaufens. Das Wummern der Kolben in dem gewaltigen Motorblock übertrug sich in der Kaltlaufphase auf die gesamte Karosserie und sorgte bei den Fahrzeuginsassen für nicht unangenehme Gefühle. Doch schon nachdem Karin das Garagentor verschlossen hatte und sich wieder in den neu aufgepolsterten, roten, ledernen Fahrersitz fallen ließ, spürte sie die good vibrations schon nicht mehr. Karin trat auf das gewaltige Bremspedal und schob den Getriebewahlhebel auf D. Ein kräftiger Ruck signalisierte ihr, dass die etwa vierhundert Pferdchen unter ihrer Haube nun losrennen wollten. Sie nahm den Fuß von der Bremse und schon rollte ihr Prachtstück an. Als dann die mit Benzin vollgelaufenen Schwimmerkammern der Doppelvergaseranlage, die das Husten des Motors beim Anfahren verursachten, endlich auf Normalniveau liefen, marschierte ihr Prachtstück heftig knurrend über den Asphalt. Zwanzig Minuten später stand sie bei Udo Stein vor der Haustüre.

„Das Teil ist ja einfach phänomenal! In einem echten Mustang dieses Jahrgangs bin ich noch nie gefahren. Da geht mir ein Traum in Erfüllung. Dann lass uns mal auf die A 61 fahren Richtung Mayen." Karin ließ sich dies nicht zweimal sagen und schon bald brausten sie der Eifel entgegen. Der kleine Ort war in keiner großen Straßenkarte verzeichnet und doch gab es hier Menschen, ein paar Häuser, eine kleine Kapelle und eben diesen gemütlichen Gasthof, den Udo für den Abend auserkoren hatte. Karin parkte das cremeweiße Oldtimercabrio gleich vor der mit Blumen verzierten Holzbalustrade der Außenterrasse des Gasthofes. Als der Wirt Udo den Gästebereich betreten sah, kam er gleich auf ihn zugelaufen und begrüßte ihn wie auch Karin sehr herzlich. „Das ist aber ein tolles Geschoss von Auto. Eine Replique?" „Nein, ein wirkliches Original, jedoch in Deutschland neu aufgebaut und fahrtüchtig gemacht", erläuterte Karin. Der Wirt ging vor und begleitete seine neuen Gäste zu einem hübschen Zweiertisch. Die Terrasse war bis zum letzten Platz besetzt, wobei die Gäste meist von weiter her zum Essen angereist waren. Die PKW-Kennzeichen führten als ersten Buchstaben ein großes K oder BN. „Sag, Rolf, was kannst du uns heute besonderes empfehlen?" Udo legte sich leicht in seinem bequemen Gartenstuhl zurück und schaute den Wirt erwartungsvoll an. „Das kommt darauf an, worauf ihr Hunger habt. Als Vorspeise außerhalb der Karte gibt es heute Carpaccio aus der Lende vom geräucherten Weideochsen mit einer

Meerrettichcreme auf Waldorfsalat. Geräucherten Aal auf hauseigenem Schwarzbrot mit Himbeermeerrettich oder als warme Vorspeise Weinbergschnecken in Tomatenkräuterjuice mit Weißbrot." „Das hört sich alles sehr schmackhaft an", kommentierte Udo die Ausführungen des Wirtes, während Karin still da saß und abzuwägen schien, welche der genannten Köstlichkeiten sie zu sich nehmen wollte. „Als Hauptgericht servieren wir heute einen selbst eingelegten, rheinischen Sauer-braten mit Klößen und Apfelmus, einen Hirschkalbsbraten in Rotweintunke mit Spätzlen oder Klößen und Brokkoli oder Zanderfilet in Rieslingsauce mit Wildreis und Rote Bete Gemüse." Udo wählte die Schnecken und den Zander während sich Karin für einen knackigen Salat mit Meeresfrüchten von der großen Karte und den Sauerbraten entschied. Dazu wählte Udo ein Viertel Weißburgunder und Karin eine Literflasche Wasser ohne Kohlensäure. Udo spürte, dass er Karin erst mal etwas zur Ruhe kommen lassen musste. Nach der äußerst schmackhaften Vorspeise schaute er lange in ihre Augen. „Ich hab mich in dich verliebt, Karin", fiel er gleich mit der Türe ins Haus und schaute sie erwartungsvoll an. Karin schmunzelte. „Nach so kurzer Zeit bist du dir da schon sicher?" „Ja, warum nicht. Ich liebe viele Dinge an dir." „Und die wären?" „Ich mag deine Art, wie du die Dinge angehst. Ich mag, dass du nie um den heißen Brei herumredest und alles gerade heraus sagst. Du bist eine ehrliche Haut und auch das gefällt mir. Du siehst super aus. Hast eine tolle Figur und ein Lächeln, ohne das ich nicht mehr leben möchte." „Wow, was für eine lyrische Beschreibung. Hätte ich dir gar nicht zugetraut. Aber ich gebe zu, du gefällst mir auch. Doch um in Liebe zu entbrennen, fehlt mir die nötige Emotion." „Auch das habe ich schon bemerkt. Ist sicher berufsbedingt." „Das könnte durchaus sein." Sie nahm seine rechte Hand in ihre Hände und streichelte sie. „Lass es uns einfach mal versuchen. Große Reden schwingen bringt uns ohnehin nicht weiter." „Genauso machen wir das. Wir lassen alles auf uns zukommen." Karin lächelte ihn an und freute sich, einen Mann gefunden zu haben, der soviel Verständnis für sie aufbrachte.

Kapitel 9

Wortlos verspeisten sie ihre Hauptgerichte und erfreuten sich an der hervorragenden Qualität der Speisen. Zwischendurch schaute der Wirt kurz bei ihnen vorbei und erkundigte sich, ob Karin und Udo zufrieden seien, was beide mit heftigem Kopfnicken bestätigten. Für ein Dessert fehlte es ihnen dann doch an Raum in ihren Mägen. Auch ein vom Wirt selbst gebrannter Schnaps, den sich Udo bestellte, änderte diese Tatsache nicht. Karin trank ohnehin keine harten Spirituosen. Dafür orderte sie noch zwei Espresso. „Möchtest du mit mir über deinen Fall reden?" Karin schaute Udo tief in die Augen, so als wollte sie abwägen, ob sie ihm wirklich vertrauen konnte. „Ich weiß nicht, ob dies der richtige Zeitpunkt und der richtige Ort für die Erörterung so grauenhafter Morde sind." „Ich bin plastischer Chirurg, Karin, und an den für dich furchtbaren Anblick fehlender Hautpartien und gewaltiger Oberhautverletzungen gewöhnt." „Das mag ja sein, Udo, aber ich kann mir nicht vorstellen, dass du deine Patienten bei lebendigem Leib häutest und im Anschluss zum Hirnschlag oder Infarkt treibst?" Zu spät bemerkte sie, dass sie jetzt eigentlich schon viel zu viel erzählt hatte. „Vergiss das jetzt bitte wieder, was ich gerade gesagt habe", versuchte sie ihre Mordbeschreibung ungesagt werden zu lassen. „Du vertraust mir nicht, stimmt´s?" „Ich denke, dass es besser ist, wenn wir berufliches und privates trennen", wich sie aus. „Du musst mir ja auch nichts erzählen. Ich möchte dir nur bei der Findung des Täters helfen." „Ja, ich weiß, entschuldige bitte meine Skepsis, aber der Fall ist einfach zu brisant geworden." „Möchtest du nun, dass ich dir helfe?" „OK, hier schau dir mal die Bilder des letzten Opfers an. Vielleicht kennst du ja jemanden, der unser Täter sein könnte."

„Kennen wäre vielleicht zu viel gesagt, denn ich verkehre nicht im Kreis von Psychopathen, aber unter Umständen erkenne ich an Hand der Schnitte oder der Art der Präparation, wo dein Täter ausgebildet wurde." Mit nur wenigen Knopfdrücken lud Karin die Bilder von ihrer letzten Leiche in ihrem I-Pad hoch. Ihr fiel sofort auf, dass Udo nicht einmal mit der Wimper zuckte, als er die grauenhaften Entstellungen der jungen Frau betrachtete. Der gebrochene Blick der Toten, der jeden Betrachter aus den frei präparierten, knöchernen Augenhöhlen aus dem Schädelknochen anstarrte, sorgte bei ihr für eine Gänsehaut. „Eine absolut handwerklich saubere Arbeit. Schau hier, so wie er die Augen, ohne die Augäpfel zu verletzen, frei präparierte, lässt auf einen wirklichen Fachmann schließen. Ich möchte mich hier jetzt nicht als Gutachter aufspielen, aber es könnte durchaus sein, dass dein Täter in Süddeutschland studiert hat." „Du meinst wirklich, dass du das so ad hoc feststellen kannst?" „Es sieht nach meinem Dafürhalten jedenfalls so aus. Aber natürlich kann ich mich auch täuschen." „Ich werde jedenfalls deinen Hinweis bei unseren Ermittlungen berücksichtigen."

„Wollen wir los?" „Ja, lass uns nach Hause fahren. Es wird langsam kühl." Udo übernahm die Rechnung und zahlte beim Wirt. „Wart ihr zufrieden?" „Es war sehr lecker, nicht wahr, Karin?" „Doch, es hat mir sehr gut geschmeckt. Wir werden ganz bestimmt wieder kommen." Als sie sich mit Mühe ob ihrer vollen Bäuche erhoben hatten und schon beinahe am Tor der Terrasse angelangt waren, stürmte ein junges Mädchen auf Udo zu. Er bückte sich gleich herunter und nahm die junge Dame auf den Arm. „Hallo, Onkel Udo. Hat es dir bei uns geschmeckt?" „Und wie! Hallo, Prinzessin. Wie geht es dir?" „Gut, schau mal, man sieht schon fast nichts mehr. Ist das deine Freundin?" „Das ist meine Freundin Karin." „Die sieht gut aus." Karin musste schmunzeln. „Hallo, Karin." „Hallo, kleine Prinzessin. Schön dich kennen zu lernen.

Hast du auch einen Namen?" „Julia, ich heiße, Julia. Wann kommt ihr wieder?" „Ganz sicher bald, Prinzessin. Und jetzt ab ins Bett mit dir." „Ja, ja, gute Heimfahrt wünsche ich euch." Die Kleine winkte ihnen noch zum Abschied zu, während Karin den Motor startete. Mit nur wenig Gas ließ sie den Sportwagen vom Parkplatz rollen. Im Rückspiegel sah sie, wie die Umrisse der Kleinen mehr und mehr schrumpften, Doch sie winkte immer noch. Dann fuhr sie in die erste Kehre und damit endete der Ausblick auf das Restaurant.

„Süßes Mädel, hast du sie mal behandelt?" „Das kann man wohl so sagen. Julia war mit ihren großen Brüdern und einigen Jungs aus dem Dorf auf einem abgeernteten Feld spielen. Wie Jungs nun mal so sind, haben sie mit Streichhölzern herumgekokelt. Julia hockte zu diesem Zeitpunkt auf einem der riesigen Heuballen. Irgendwann fing der Ballen Feuer und brannte innerhalb von Sekunden lichterloh. Bis man sie aus dem Feuerball befreien konnte, war ihre Gesichts- wie auch Teile ihrer Rückenhaut stark verbrannt, teilweise sogar dritten Grades. Ich hatte gerade im Gartenrestaurant zu Abend gegessen, als ich hörte was geschehen war. Ich habe sofort die Erstversorgung übernommen, bevor die Kleine in eine Spezialklinik geflogen wurde. Danach habe ich sie im Laufe von zwei Jahren insgesamt zehn Mal operiert. Das Ergebnis hast du eben gesehen. Julia hatte wirklich Glück, dass ich gerade vor Ort war. Ich möchte mich ganz bestimmt nicht selbst loben, aber ohne mein sofortiges Eingreifen wäre sie für ihr ganzes Leben entstellt geblieben." „Da hast du dich aber scheinbar selbst übertroffen. Die Kleine hat ein wirklich hübsches Puppengesicht." „Danke für die Blumen, aber wenn du sie im Hellen siehst, wirst du am Hinterkopf noch Narben entdecken. Deren Beseitigung haben wir noch für einige Jahre zugestellt. Doch wenn der liebe Gott will, wird sie ein hübsches Mädel bleiben.

Sie ließen sich Zeit mit ihrer Rückfahrt. Die Temperaturen lagen immer noch weit über zwanzig Grad und je näher sie Köln entgegen fuhren, nahmen diese sogar noch zu. Der Achtzylinder schnurrte und knurrte brav vor sich hin, während Karin ihr Prachtstück durch die schöne Landschaft der Eifel, die zwischenzeitlich in dunkle Nacht verfallen war, lenkte. Sie hatten eine ganze Zeit lang nicht miteinander gesprochen. Irgendwie ging jeder seinen Gedanken nach. Kurz vor dem Ortseingangsschild von Köln fragte Udo: „Kommst du mit zu mir?" Karin dachte einen kurzen Moment darüber nach, ob sie auch die nächste Nacht noch bei Udo verbringen wollte. Sie legte ihren Kopf ein wenig zur Seite und lächelte ihn an. „Ist das jetzt ein Ja?" Verschmitzt nickte sie ihm zu. „Fahr gleich zum Tor der Tiefgarage, Karin, ich möchte dieses Prachtstück von Auto nicht unbewacht die ganze Nacht auf der Straße stehen lassen." Auf dem Stellplatz im Tiefgeschoss klappten sie gemeinsam das schwere Stoffdach zu, das nicht per Knopfdruck, sondern noch per Muskelkraft geschlossen werden musste. Als sie Udos Wohnung betraten, war er eindeutig derjenige, der mehr nach Luft schnappte als Karin. Sie hatte die vielen Stufen lockerer genommen und amüsierte sich köstlich über Udos Luftnot. „Ich glaube, du musst etwas mehr trainieren. Sonst benötigst du noch ein Sauerstoffzelt, wenn ich häufiger mit dir die Treppen hoch jogge." Das sich Udo diese Schmähungen nicht einfach so anhören wollte, war klar, und um ihr zu zeigen, dass es um seine Kondition besser gestellt war, als sie vermutete, zog er sie gleich ins Schlafzimmer.

Kapitel 10

Die Lautstärke ihres Staubsaugers trieb sie heute regelrecht in den Wahnsinn. Nur schweren Herzens hatte sie Udos Versuchung widerstanden, noch ein wenig offen durchs Bergische Land zu fahren. Doch sie blieb hart gegen sich selbst und fuhr nach Hause, um mal wieder richtig sauber zu machen. Gleich nach Mittag hatte sogar Petrus ein Einsehen mit ihr und ließ es regnen, was jedoch ihren Arbeitseifer nicht unbedingt verstärkte. Doch Karin war eine Kämpferin, und wenn sie sich etwas in den Kopf gesetzt hatte, dann zog sie das auch gnadenlos durch. So war ihr Haus erfüllt vom Lärm eifrig schaffender Elektrohausgeräte. Wasch- und Spülmaschine liefen, und auch ihr Trockner mühte sich bereits mit einer Füllung heller Wäsche, diese schranktrocken zu blasen. Das höllische Kreischen des Staubsaugers vervollständigte nur noch das Konzert der Hausarbeit.

Drei Stunden hielt Karin eifrig durch, putzte ihr Bad und die Küche, saugte alle Böden und faltete zu guter Letzt noch die Wäsche, die ihr Trockner als letzte Instanz zum Einräumen in den Wäscheschrank herausgab. Zum Bügeln hatte sie jetzt wirklich keine Lust mehr. Karin Weber ging noch einmal durch alle gereinigten Räume und erfreute sich an der strahlenden Sauberkeit und dem Duft, der laut Aufdruck des Herstellers nach April riechen sollte, obwohl es schon Juli war. Letztendlich war ihr dies auch völlig egal. Sie war froh, ihren Hausputz mal wieder für einige Wochen erledigt zu haben.

Durch die große Scheibe zum Garten hin beobachtete sie den Regen, der wie Bindfäden beinahe senkrecht, und das schon seit mehreren Stunden, vom Himmel auf den sehr trockenen Boden fiel. Karin beschloss, sich für den Rest des Tages mit ihrem Körper zu befassen und diesem mal wieder etwas Gutes zu tun. Sie stieg die Stufen zur ersten Etage hoch und betrat ihr erst vor zwei Jahren komplett neu gestaltetes Badezimmer. Erst wählte sie eine Duftessenz aus, von der sie einen ordentlichen Spritzer in ihre cremefarbene, ovale Badewanne gab. Den Temperaturregler stellte sie auf wohlig warm und nicht zu heiß. Während sich das ölige, grünliche und wohlriechende Gebräu im angenehm warmen Wasser verteilte und einen feinen Schaum an der Wasseroberfläche bildete, prüfte sie ihre Beine auf Haarbewuchs. Erfreut stellte sie fest, dass eine Epilierung noch nicht fällig war. Dafür nahm sie sich ihre Füße vor. Als sie damit fertig war, befand sich auch ausreichend Wasser für ihr Wellnessbad in der Wanne. Sie zündete sich noch zwei Duftkerzen an, schaltete den CD-Player ein und zog sich anschließend völlig aus. Mit dem rechten Fuß testete sie die Wassertemperatur, die sie gleich für gut befand und schon wenig später lag sie der Länge nach in der Wanne und verschloss ihre Augen. Die ätherischen Öle taten ihrer Haut wie auch ihrer Seele gut und die leise Musik der Cafe del Mar CD, die andere zum Essen einlegten, verstärkten noch ihr Wohlgefühl.

Karin ließ in Gedanken die letzten achtundvierzig Stunden Revue passieren. Sie hatten ihr verdammt gut getan. So wie es schien, hatte sie mit Udo einen wirklich netten Kerl kennen gelernt, der sie zum Lachen brachte, mit ihr diskutieren konnte, der mit seiner Lebenseinstellung der ihren sehr nahe kam, und der darüber hinaus ein verdammt guter Liebhaber war. Ein Lächeln huschte über ihre Gesichtszüge und irgendwie hatte sie das Gefühl, Udo gerade wieder in sich zu spüren. Sanft streichelte sie sich über ihren Körper und hielt ihre Augen geschlossen. Zu den beschaulichen Klängen von der CD mischte sich noch das monotone Klopfen der Regentropfen, die gegen ihre Fensterscheibe prasselten. Karin hoffte, dass dieser Zustand hier in ihrer Wanne noch ein paar Stunden so anhalten könnte, obwohl sie doch wusste, dass nach etwa zwanzig Minuten ihre Haut langsam schrumpelig wurde und das Wasser stark abkühlte. „Also muss ich etwas schneller genießen", sprach sie leise vor sich hin. Tief atmete sie durch und sog den Duft der Essenz in sich hinein. Doch ein kaum spürbarer Windzug sorgte für eine leichte Dissonanz bei ihrem Wohlgefühl. Auch ein ganz leises, unbekanntes Geräusch, beinahe nicht wahrnehmbar, störte ihre Harmonie. Karin öffnete ihre Augen. Sie griff nach der Fernbedienung des CD-Players und schaltete den Ton stumm. Langsam kam sie aus der liegenden Position hoch und setzte sich auf. Urplötzlich war das Geräusch verschwunden. Auch die Flammen der beiden Kerzen standen wieder senkrecht nach oben, ohne sich zu bewegen. Karin überlegte. Sie hatte alle Türen und Fenster verschlossen, bevor sie baden gegangen war. Sie besaß keine Haustiere und ihre Nachbarin, die als einzige einen Haustürschlüssel besaß, hatte sie eben noch gesehen und ihr zugewinkt. Außerdem würde Eva niemals unangemeldet ihr Haus betreten, wenn sie wusste, dass sie zu Hause war. In Bruchteilen von Sekunden schossen Karin verschiedene Szenarien durch den Kopf, die für die Ursache des Windzuges und der Geräusche verantwortlich sein konnten. Sie glich diese alle im Kopf ab und kam zu dem Schluss: Du bist nicht alleine im Haus.

Jetzt galt es einfach Ruhe zu bewahren. Langsam und ohne viele Geräusche zu machen, entstieg sie der Wanne. Dem Griff nach dem Badetuch folgte schnelles Abtrocknen. Rasch zog sie sich ihren Bademantel über. Vorsichtig öffnete sie die nur angelehnte Badezimmertüre.

Auf dem Gang war niemand zu sehen. Der Wandsafe, in dem sie ihre Schusswaffen gut verschlossen aufbewahrte, befand sich im Schlafzimmer, nur eine Türe weiter. Ohne einen Laut von sich zu geben, lief sie barfuß ins Schlafzimmer hinein. Sofort verschloss sie die Türe und drehte den Schlüssel herum. Ein starkes Gefühl an Sicherheit keimte in ihr auf, als sie ihrem Panzerschrank ihre Dienstwaffe entnahm und diese durchlud. Nun würde ein Einzeltäter überhaupt keine Chance und mehrere nur eine geringe haben, sie überwältigen zu können. Karin Weber schloss die Türe wieder auf und trat in den Flur. Nach wie vor vernahm sie kein Geräusch mehr im Haus. Wie während einer Polizeiaktion üblich, durchsuchte sie professionell das Gäste- und das Arbeitszimmer, doch nirgends fand sie eine Einbruchsspur. Allmählich entspannte sich Karin wieder, jedoch ohne die nötige Wachsamkeit beim Herunterlaufen ins Erdgeschoss zu vernachlässigen. Auch ihre Küche war sauber, doch in der Gästetoilette wurde sie fündig. Karin hatte das Fenster gekippt gelassen und damit einem potentiellen Einbrecher quasi den Fensterflügel aufgehalten. Rasch zog sie ihre Waffe aus der Tasche ihres Bademantels und begab sich leise der Wohnzimmertüre entgegen. Sie ließ diese, wenn sie den Wohnraum verließ, stets offen stehen, doch jetzt war sie fest verschlossen. Mit dem Rücken gegen die Wand gelehnt und der Waffe im Anschlag stand sie ganz ruhig und leicht in den Knien federnd da. Leise zählte sie bis drei. Mit dem linken Ellenbogen drückte sie den Türgriff herunter und schob die Türe mit dem linken Fuß auf. Dunkelheit und ein fremdartiger Geruch nach Kupfer empfing sie. Schnell hatten sich ihre Augen an das fehlende Licht gewöhnt. Kurzer Hand betätige Karin den Lichtschalter. Als sie sich herumdrehte, stockte ihr der Atem. Nicht einen einzigen Laut brachte sie hervor.

Tränen schossen ihr aus den Augen, während langsam ihre Beine nachgaben und sie rücklings an ihrer Wohnzimmertüre auf ihren Po rutschte. Ohne einen klaren Gedanken fassen zu können, starrte sie permanent ihren Wohnzimmertisch an, auf dem der nackte Körper einer jungen Frau lag. Der Kopf lag leicht schräg auf einem ihrer Wohnzimmerkissen. Weit aufgerissene Augen starrten Karin aus einem nicht mehr vorhandenen Gesicht an. Schlaff hingen Beine und Arme am Tisch herunter und berührten den Boden. So wie es schien, hatte die Tote kein Blut in ihrer Wohnung verloren. Jedenfalls konnte Karin nichts dergleichen auf ihrem Parkett erkennen. Auf allen Vieren kroch sie ihrem Wohnzimmertisch entgegen. Der Geruch von geronnenem Blut nahm immer mehr zu. Eine Hausfliege krabbelte brummend in Seelenruhe über das nackte, matt dunkel schimmernde, blutige Gesichtsfleisch des Opfers. Wo einst mal ein ganz sicher hübsches Gesicht ein freundliches Lächeln verbreitet hatte, grinste den Betrachter nur noch die grausam entstellte Maske eines leblosen Körpers an. Karin versuchte mit allen Mitteln, nicht ohnmächtig zu werden. Sie wand sich von der Toten ab und ihrem Telefon entgegen. Über Kurzwahl wählte sie die Handynummer von Ernst. Dreimal summte es, bis er abnahm. „Brandt?" Der Pathologe musste genau hinhören, um zu erkennen, wer ihn da gerade angerufen hatte, so leise und verheult war die Stimme. „Karin? Was ist los? Wo bist du?" „Ernst, er hat sein nächstes Opfer bei mir im Haus abgelegt", brachte Karin so gerade noch heraus. „Bleib ganz ruhig, Karin, wir kommen sofort zu dir."

Kapitel 11

Kaum zwanzig Minuten später wuselte ein Heer von Menschen durch das sonst so heimelig anmutende Haus von Karin Weber. Der Gerichtsmediziner hatte alles an Kollegen mitgebracht, was eine ordentliche Tatortuntersuchung erforderte. Ein Notarzt und zwei Sanitäter kümmerten sich um die immer noch unter Schock stehende Karin Weber. Ihre Kollegen Olaf Salchert und Edith Stein fragten bereits in der Nachbarschaft herum, ob es Zeugen gab, doch keiner der Nachbarn hatte etwas mitbekommen oder war zum Tatzeitpunkt zu Hause gewesen. Das Zucken der Blitze von den Kameras der Tatortermittler schmerzte in den Augen. „Herr Dr. Brandt? Schauen Sie bitte mal, wir haben hier etwas gefunden." Ein DIN A4 Blatt wechselte aus einer Handschuhhand in die nächste. Dr. Brandt las laut vor: „Fang mich, bitte, bitte fang mich, sonst werden noch mehr Frauen sterben." „Was hast du da, Ernst?", rief Karin ihm fragend zu. Der Pathologe drehte sich um und schaute sie an. „Unser Täter hat dir eine Botschaft hinterlassen und bittet dich flehend, dass du ihn bald fangen mögest. Eine typische Handlungsweise eines paranoiden Serienmörders, der am Ende zu sein scheint. Einerseits möchte er mit dem Töten aufhören und ermittelt werden, andererseits ist jedoch der Drang einfach zu groß, doch weiter zu machen. Außerdem sammelt er die Gesichter als Trophäen." „Hier liegt noch eine Plastiktüte mit persönlichen Habseligkeiten und der Kleidung der Frau, Doktor Brandt". „Packen Sie es ein. Wir nehmen die Sachen mit und untersuchen sie im Kriminallabor."

Kurz nach zweiundzwanzig Uhr holten zwei Mitarbeiter die Leiche bei Karin ab und verbrachten sie in die Kölner Gerichtsmedizin. Wenig später war nur noch Ernst Brandt bei Karin zu Hause und saß mit ihr am Küchentisch. „Kommst du gleich alleine klar, wenn ich nach Hause fahre, Karin?" „Ja, mach dir da bloß mal keine Sorgen." „Du solltest die Nacht keinesfalls alleine verbringen. Kannst du irgendwo anders unter kommen?" „Ja, geht schon. Ich brauche jetzt ein wenig Zeit für mich." „Dann versuche mal zur Ruhe zu kommen. Ich rufe dich morgen im Büro an." „Danke für alles, Ernst." „Keine Ursache, Karin." Ernst Brandt zog sich seinen leichten Regenmantel über und verließ nachdenklich das Haus. Karin Weber erhob sich langsam von ihrem Küchenstuhl. Sie goss sich ein Glas Mineralwasser ein und dachte kurz nach, was sie nun machen sollte. Ein Blick ins

Wohnzimmer zeigte ihr, dass alles wieder so hergestellt war wie vorher, und doch war alles anders. Der Serienkiller wusste genau, wo sie wohnte. Er war sogar bei ihr eingedrungen und hatte ihr eine Leiche präsentiert. Doch unterkriegen lassen wollte sie sich auch nicht. Karin ging die Treppe hoch ins Obergeschoss. Sie ließ das Badewasser ab, spülte kurz die Wanne durch und löschte die Duftkerzen. Dann zog sie sich komplett an. Entschlossen griff sie nach ihrem Handy. Doch bevor sie die Kurzwahlnummer von Udo eingab, schaute sie sich noch einmal die beiden Fotos an, die sie von der Leiche der jungen Frau gemacht hatte. Sofort glotzten sie die Augen der Toten aus dem bis zur Unkenntlichkeit entstellten Gesicht an. Karin fing an zu weinen, doch sie weinte leise ohne Schluchzen oder Jammern. Sie ließ ihren still fließenden Tränen einfach freien Lauf. Irgendwann drückte sie auf die grüne Taste ihres Mobiltelefons und setzte den Wahlvorgang in Gang. „Stein", klang es ihr leicht verschlafen entgegen? „Ich bin`s, Karin. Hab ich dich geweckt, Udo?" „Kann man so sagen. Ist aber keineswegs schlimm. Was ist los? Du hörst dich verheult an." „Er war in meinem Haus, während ich gebadet habe, und hat mir eines seiner Opfer im Wohnzimmer abgelegt. Kann ich bei dir schlafen?" „Was für eine Frage, natürlich. Soll ich dich holen kommen?" „Nein, ich fahre selbst. Dann bis später." Karin nahm schon den Hinweis von ihm, bloß vorsichtig zu fahren, nicht mehr wahr, da sie das Gespräch bereits beendet hatte.

Es war schon weit nach Mitternacht, als sie bei Udo an der Türe schellte. „Komm herein", begrüßte er Karin mehr als liebevoll und nahm sie in seine Arme. „Danke, dass ich bei dir bleiben kann." „Du brauchst dich nicht zu bedanken. Wenn es nach mir ging, könntest du schon morgen bei mir einziehen." „Damit lassen wir uns dann doch noch ein wenig mehr Zeit, Udo." Karin tat es gut, seine Wärme und seine Liebe zu spüren, als er sie so in seinen Armen hielt. „Magst du etwas trinken?" „Ja, etwas wirklich hartes, wenn du hast." „Whisky, Cognac, einen Klaren oder einen Obstbrand?" „Ich nehme einen Cognac." Geschwind füllte Udo etwas von dem feinen, sehr alten Cognac in einen gewaltigen Schwenker und drückte ihr das Glas in beide Hände. „Wärme ihn etwas an, dann schmeckt er noch einmal so gut." Karin hatte sich in eine der gemütlichen Sofaecken von Udo zurückgezogen. „Komm, ich setz mich zu dir. Du zitterst ein wenig. Trink mal einen Schluck. Ist zwar nicht die richtige Behandlungsform bei Schock, aber in diesem Fall glaube ich, gibt es nichts Besseres." Tatsächlich wurde Karin schnell ruhiger und ihre Gesichtsfarbe wechselte langsam wieder zu rosa. Sie nahm noch zwei Schlucke des hochprozentigen Getränks und alsbald ging es ihr wieder besser. „Hast du Fotos gemacht?" „Ja, zwei." Karin gab Udo das Handy mit den grausamen Nahaufnahmen. „Er arbeitet unsauberer. Schau her, die Schnittführung ist nicht mehr annähernd so sauber wie bei seinem letzten Opfer. Es könnte sogar sein, dass er unter Zeitdruck arbeiten musste." „Das habe ich noch gar nicht bemerkt." „Das ist auch nur für einen Profi gut erkennbar. Er hat auch das linke Auge des Mädchens verletzt. Hier, sieh her: Im Glaskörper hat sich ein wenig Blut gestaut. Es ist jetzt genug für dich für heute. Komm, lass uns zu Bett gehen."

Karin verbrachte eine unruhige Nacht. Obwohl Udo sie immer wieder in den Arm nahm, wenn sie von Alpträumen geschüttelt wurde, wachte sie andauernd auf. Von der sonst so toughen Hauptkommissarin Karin Weber war nicht viel übriggeblieben. Als sie endlich tief und fest eingeschlafen war, weckte sie schon wenig später der Wecker und rief sie zur Arbeit. Udo hatte für beide Frühstück gemacht. Sein heißer, aromatischer Kaffee weckte auch bei Karin die Lebensgeister. „Besuch doch heute einfach mal euren Polizeipsychologen, Karin, und lass dich ein paar Tage krankschreiben. Du brauchst jetzt professionelle Hilfe." „Ach, Udo, ich habe schon so viele Leichen ansehen müssen, und ich möchte auch jetzt während dieser schwierigen Phase der Ermittlungen mein Team nicht alleine lassen." „Warum versuchst du, die Heldin zu spielen? Deine Batterien sind leer und du brauchst dringend mal eine Verschnaufpause." „Lass mich das bitte selber entscheiden, Udo. Ich bin auch ohne deine Ratschläge achtundvierzig Jahre alt geworden." „Warum reagierst du jetzt so über? Ich meine es doch nur gut. Ich besitze nun mal die größere Erfahrung in solchen Fällen. Deshalb bitte ich dich ja auch, meinen Rat anzunehmen. Wärst du mir egal, würde ich das ganz sicher nicht machen. Ich habe mich in dich verliebt, Karin, und wünsche mir nur das Allerbeste für dich." „Ist ja gut, Udo, ich hab es nicht so gemeint." Karin schüttete noch rasch den Rest Kaffee aus dem großen Becher in sich hinein und erhob sich. Aus dem Schlafzimmer holte sie ihre Reisetasche und entnahm dieser ihren Pistolenholster mit der Dienstwaffe und den restlichen Utensilien, die sie stets am Gürtel trug. Als sie sich komplett aufgerüstet hatte, trat sie an den Frühstückstisch. „Ich haue jetzt ab. Hast du heute viel Arbeit?" „Heute ist nur Schönheitstag in meiner Praxis. Ich korrigiere zwei Nasen und rekonstruiere zwei Patientinnen nach Tumoroperationen ihre Brüste. Nichts Weltbewegendes und doch für die Patientinnen ein wichtiger Tag." Karin setzte sich zu Udo auf den Schoß. „Es tut mit leid, Udo, ich habe es nicht so gemeint." „Lass mal gut sein, Mädel. Du wirst schon wissen, was gut für dich ist. Sehen wir uns heute Abend?" „Ich weiß es noch nicht. Ich ruf dich in der Praxis an." „OK, mein Schatz, dann hau ab und fang diesen Kerl. Vielleicht ist dein Mörder ja auch eine Frau?" „Darüber habe ich noch überhaupt nicht nachgedacht. Ich werde das im Team besprechen. Ciao, Udo." „Tschöö, Karin. Machs gut." Karin küsste ihren Freund und verließ seine Wohnung.

Kapitel 12

Sportlich nahm Karin die Treppen bis in die Tiefgarage und bestieg ihren Mustang. Sofort startete sie den Motor. Da es immer noch regnete, musste sie das Dach ihres Cabrios geschlossen lassen, was ihre Stimmung nicht gerade verbesserte. Mit Schwung nahm sie die Ausfahrt aus dem Tiefgeschoss und bog rechts ab in Richtung Rheinuferstraße. Das Rollgitter stand offen, sodass sie die Chipkarte zum Öffnen, die sie von Udo erhalten hatte, nicht gegen den Sensor halten musste. Wenig erfreut stellte sie jedoch fest, dass ihre Scheibenwischer leicht schmierten. Dies bedeute wieder eine teure Investition, da die Teile aus den USA herangeschafft werden mussten. Sie beschloss, ihren cremeweißen Hengst nur noch bei Sonnenschein zu bewegen und sich für Regentage einen gebrauchten Kleinwagen zuzulegen. Doch bei genauerer Betrachtung bemerke Karin, dass nicht ihre Wischblätter abgenutzt waren, sondern etwas die Gummilippe beim Scheibentrocknen behinderte. Ärgerlich fuhr sie rechts heran und schaltete den Wischer ab. Lässig sprang sie aus dem Wagen und besah sich die Ursache. Ein etwa 10 x 10 Zentimeter großes Stück weißes, unbekanntes Material klemmte unter dem Wischblatt. Verdammt sauer zog Karin es hinter dem Wischblattträger hervor. Es fühlte sich wie Gummi an, was jedoch überhaupt nicht zur Farbe des Materials passte. Sie wendete es um und erstarrte. Dort stand zu lesen: „Wann fängst du mich endlich? Tu es schnell, sonst wirst du bald mein Opfer sein." Karin betrachtete nun den quadratischen Fetzen genauer. „Es ist Haut, menschliche Haut ist das", schrie sie laut und warf das Stück auf die Motorhaube. Hastig trat sie einen Schritt zurück und wäre beinahe von einem Streifenwagen angefahren worden, der langsam an ihr vorbei fuhr.

„Was ist denn mit der Lady los? Entweder hat die eine Panne oder sie hat vielleicht etwas getrunken? Fahr mal rechts ran." Der Streifenwagen polterte auf die Bordsteinkante vor Karins Wagen und stoppte. Die Kollegen schalteten ihr Blaulicht und die Warnblinkanlage ein und verließen ihren Dienstwagen. „Guten Morgen, mein Name ist Melanie Pütz. Sie sind uns beinahe ins Auto gerannt. Haben Sie ein Problem?" Karin schüttelte nur den Kopf und trat wieder an ihr Fahrzeug. Dabei blieb sie mit ihrer Jacke am Außenspiegel hängen und gab so den Blick auf ihre Dienstwaffe frei. Die junge Polizistin reagiert sofort und zog ihre Waffe. „Legen Sie Ihre Hände sofort auf das Autodach, und bleiben Sie ganz still stehen", schrie sie Karin an. Durch diesen Anruf alarmiert, griff nun auch der Kollege der Polizistin zu seiner Waffe und brachte sie gegen Karin in Anschlag. Sogleich trat die junge Polizistin an Karin heran und hielt sie mit ihrer Waffe in Schach. „Ganz ruhig, Kollegen", versuchte Karin die Situation zu entspannen, als sie erkannte, in welch brenzlige Lage sie nun geraten war. „Mein Name ist Karin Weber. Ich bin die Leiterin der Mordkommission

Köln. Keine Panik, Kollegen, und stecken Sie die Waffen weg. Ich entnehme jetzt ganz langsam meiner rechten Hosentasche meine Dienstmarke." Vorsichtig ließ Karin die Marke aus der Hose gleiten und hielt sie der jungen Beamtin hin. „Entschuldigen Sie bitte, Frau Hauptkommissar", stammelte die junge Frau und steckte ihre Waffe weg. „Ist schon OK. Sie haben sich vollkommen richtig verhalten." Auch der männliche Beamte steckte nun seine Waffe zurück in das Holster. „Sie wirkten aber schon so, als hätten Sie ein Problem", versuchte die junge Streifenbeamtin ihre Reaktion noch zu begründen. „Das habe ich auch, Frau Kollegin." Karin Weber berichtete kurz, warum sie hier unerwartet stehen geblieben war. Angeekelt betrachteten die beiden Polizeibeamten das Stück menschliche Haut, das auf Karins Motorhaube lag. Karin hatte sich schnell wieder im Griff und fragte: „Habt ihr im Wagen einen PVC-Beutel, um Beweisstücke darin einzutüten?" „Ja, sicher, kleinen Moment, ich hole einen." Der junge Beamte brachte Karin einen der gewünschten Beutel. Sie hatte bereits ihrem Erste-Hilfe-Kasten eine Pinzette entnommen und griff damit vorsichtig das Hautstück, das sie in den Beutel steckte. Ziemlich geschockt von dem, was sie soeben von ihrer Kriminalkollegin erfahren hatten, verabschiedeten sich die beiden Streifenbeamten von ihr. Karin sprang schnell in ihren Wagen und fuhr auf direktem Weg ins Präsidium nach Kalk, wo sie schon sehnsüchtig erwartet wurde.

„Hallo, Karin, wie geht es dir?", begrüßte sie ihr Kollege Salcher, als sie das Büro der Abteilung betrat. „Hallo, Olaf, es geht so. Ich hatte heute Morgen schon die nächste Begegnung mit unserem Täter", berichtete sie etwas zu cool. Edith Steinbach winkte ihr auch aus ihrer Büroecke zu. „Schaut her, was ich hier habe", rief Karin in den Raum und hielt dabei den PVC-Beutel mit dem Hautstück hoch. „Oh Gott, was ist das?", erkundigte sich Olaf Salcher bei ihr. „Das ist ein Stück Haut. Ich werde es Ernst zur Untersuchung schicken." So locker, wie sie gerade das heute Morgen erlebte ihren Kollegen erläuterte, war ihr überhaupt nicht zu Mute. Sie war froh, als sie endlich in ihrem Büro alleine hinter ihrem Schreibtisch saß und einen Becher Kaffee schlürfte. Sie griff gleich nach dem Telefon und wählte über Kurzwahl die Rufnummer des Gerichtsmediziners. Ernst Brandt hatte direkt gesehen, wer ihn da angewählt hatte. „Morgen, Karin. Geht es dir schon besser?" „Morgen, Ernst, ach, es geht so. Du wirst mir nicht glauben, was mir heute ganz in der Früh widerfahren ist." Dann sprudelte es nur so aus ihr heraus. Immer wieder musste sie unterbrechen, weil sie von Weinattacken geschüttelt wurde. „Karin, du solltest unbedingt unseren Psychologen besuchen und um Rat fragen. Du machst dich kaputt damit, wenn du keine fremde Hilfe in Anspruch nimmst. Das Hautstück lasse ich gleich bei dir abholen. Ich kann dir aber schon mit großer Gewissheit sagen, dass es unserem letzten Opfer gehört, das wir in deiner Wohnung gefunden haben. Die junge Frau heißt übrigens Beate Müller. Sie ist einunddreißig Jahre alt und von Beruf Stewardess. Wir haben ihre Handtasche mit allen Ausweispapieren in dem Plastiksack neben der Leiche gefunden. Bargeld, Kredit- und Scheckkarten sind vorhanden. Es handelt sich keinesfalls um ein Eigentumsdelikt. Bist du noch dran, Karin?" „Ja, ja, ich höre dir zu, Ernst." „Das Hautstück unter deinem Scheibenwischer dürfte etwa 10 x 10 Zentimeter groß sein und wurde unserer Toten direkt oberhalb des Steißbeins herausgetrennt. Ich habe gerade per Mail den Auftrag erteilt, dass die Fahrbereitschaft das Fundstück bei dir abholt. Und jetzt ruf Doktor Kreutz an und mach einen Termin mit ihm aus." „Ich weiß nicht, Ernst. Jedenfalls danke für deine Beratung und die neuen Informationen. Weißt du schon, woran Beate Müller gestorben ist?" „Wie die anderen Frauen auch: An einem Infarkt, der durch einen Schock unter Einsatz eines unbekannten Stoffes ausgelöst wurde. Wir können den vom Täter verwendeten Wirkstoff immer noch nicht zuordnen. Es handelt sich um irgendein Gift aus der Tier- oder Pflanzenwelt, wahrscheinlich auf Eiweißbasis. Ich weiß es leider noch nicht. Mein Team bleibt aber am Ball, Karin." „Danke, Ernst, ich erwarte dann deinen Fahrer."

„Und wie gehen wir jetzt weiter vor?", fragte Edith Steinbach ihre Chefin. „Ich bin ehrlich, Edith, ich habe keinen blassen Schimmer." „Du wirst dir aber etwas einfallen lassen müssen, Karin. Der Polizeipräses hat schon zweimal angerufen und

erwartet einen Lösungsvorschlag von dir." „Ich hab einfach noch keinen. Wir können uns auch keinen aus dem Hut zaubern. Unser Täter geht äußerst geschickt vor, auch wenn er laut seinen Mitteilungen an mich rasch gefunden werden möchte, gibt er sich keine Blöße. Wir haben ja sogar seine DNA. Es scheint ihm überhaupt nichts auszumachen, dass wir seine Genanalyse vollständig vorliegen haben. Was fehlt, ist halt das Gegenstück, um ihn identifizieren zu können."
„Hallo, Hauptkommissarin Weber? Ich soll hier eine Probe für Dr. Brandt abholen." „Ja, kommen Sie herein. Hier ist das Kuvert für Doktor Brandt. Gute Fahrt." Karin Weber ließ sich noch die Übernahme quittieren, bevor der junge Fahrradkurier schon wieder verschwunden war.

„Frau Weber, was gedenken Sie zu unternehmen, um diesen Wahnsinnigen endlich zu fassen? Der Täter, ich gehe mal von einem Mann aus, ist völlig auf Sie fixiert. Da dürfte es doch wohl für Sie nicht allzu schwer sein, den Kerl endlich zu identifizieren und festzunehmen." „Herr Polizeipräsident, unser Täter machte bisher keine Fehler. Außerdem ist er nirgendwo aktenkundig. Ein DNA-Abgleich mit allen verfügbaren Dateien im In- und Ausland brachte nicht einen einzigen Hinweis. Der Kerl ist ein Geist." „Es dürfte auch Ihnen bekannt sein, dass es keine Geister gibt, Frau Weber. Stellen Sie unserem Täter eine Falle oder locken Sie ihn in einen Hinterhalt. Wir brauchen dringend Resultate. Die Presse wie auch der Innenminister des Landes sitzen mir im Nacken und fordern meinen Kopf, wenn wir den Fall nicht bald lösen. Also tun Sie etwas. Wenn Sie mehr Leute benötigen, besorge ich Ihnen diese. Es wird in Düsseldorf gemunkelt, dass man unserer Mordkommission den Fall in Kürze abnehmen möchte, um ihn an das LKA weiterzugeben. Ich sage nur, dass dies eine absolute Katastrophe darstellen würde, wenn man uns den Fall wegen Unfähigkeit entziehen würde. So, Frau Weber, Sie wissen nun Bescheid." „Ja, danke für Ihren Hinweis, Herr Präsident." Karin stand auf und verließ wutschnaubend das Büro des Polizeipräsidenten. „Blödmann", flüsterte sie vor sich hin, als sie alleine auf dem Gang stand. „Wir können uns den Täter nun halt mal nicht herzaubern."

Kapitel 13

„Oh, entschuldigen Sie bitte", äußerte der Mann mittleren Alters und hob die Handtasche der Dame auf, die er ihr mit einer unachtsamen Bewegung aus der Armbeuge geschlagen hatte. „Ist nicht so schlimm, Entschuldigung angenommen." „Danke schön. Darf ich Sie zur Versöhnung zu einem Drink einladen?" „Warum nicht, gern." „Dann darf ich Sie hier in die Bar bitten?" „Ja, bitte gehen Sie vor, mein Herr." Sie betraten nach einanander die sehr vornehme und gepflegte Bar des Fünf-Sterne-Hotels und wählten zwei Barhocker an der langen Theke ganz am Ende im etwas verschwiegeneren Teil des Raumes aus. „Ich habe mich noch gar nicht vorgestellt: Mein Name ist Anton Brückli. Ich bin

Schweizer Staatsbürger und geschäftlich in Köln. „Angenehm, mein Name ist Rachel Muller. Ich bin auch geschäftlich in Köln und komme aus den USA." Sie sprach mit deutlich amerikanischen Akzent und schob, während sie sprach, mit Daumen und Mittelfinger ihrer rechten Hand ihre blonden Haare zurück hinter ihre Ohren. Rachel Muller war eine äußerst gepflegte Frau. Alleine mit der Modellage und dem Auftragen des Nagellacks auf ihre Finger- und Fußnägel hatte eine Fachkraft ganz sicher mehrere Stunden zugebracht. Ihre Figur besaß Modelmaße und das eng anliegende, lindgrüne Kostüm stammte aus den Händen eines Edelschneiders. Ihr dezenter Brillantschmuck und die Armbanduhr reichten wertmäßig sicher für den Erwerb eines Nobelsportwagens aus der Zuffenhausener Fahrzeugschmiede aus. Sie kam seiner Rückfrage nach der Art ihrer Geschäfte zuvor und erklärte: „Ich bin Geschäftsführerin des größten Familienunternehmens der Foodbranche Amerikas. Mein Großvater hat das Unternehmen gegründet. Wir wollen mit unseren Fastfoodprodukten massiv in den europäischen Markt einsteigen und Deutschland bildet dafür unsere Plattform." „Interessant." „Und in welcher Branche sind Sie tätig?" „Ich handle mit Edelsteinen aller Art." „Wow, dann sind Sie ja der Traummann aller Frauen." Diese Bemerkung sorgte bei beiden für einen kurzen Lacher. „Nun ja, bei den Schmucksteinen gebe ich Ihnen Recht. Anders gestaltet sich dies bei den Industriediamanten, die ich ebenso vertreibe. Da freuen sich nur die Ingenieure, die nach Erdöl bohren. Was darf ich Ihnen zu trinken bestellen?" „Champagner, bitte." Brückli orderte beim Barkeeper ein Glas Champagner und für sich einen Früchtecocktail ohne Alkohol. „Sie mögen keinen Alkohol?" „Nein, ich bevorzuge nur antialkoholische Getränke. Cheers." Brückli hob sein Glas und prostete seiner bezaubernden Gesprächspartnerin zu, die ebenfalls ihr Glas hob und seinen Gruß erwiderte. „Die nächste Runde geht aber auf mich." „Ach, wissen Sie, ich werde schon nicht verarmen, wenn ich uns ein paar Drinks spendiere." „Na schön. Haben Sie heute Abend noch etwas vor, Herr Brückli?" „Sagen Sie doch einfach Toni zu mir. Nein, ich habe noch nichts vor und Sie?" „Aber nur, wenn Sie mich Rachel nennen und zu Ihrer Frage: Nein, ich hab auch noch nichts vor." „Und was schwebt Ihnen für die Gestaltung des Abends so vor?" „Ich würde gern eine Stripbar besuchen und mir einen Liveauftritt ansehen." „Sie meinen so einen Laden, wo man sich live auf der Bühne ansehen kann, wie es zwei miteinander treiben?", erkundigte er sich schmunzelnd „Ja, genau das meine ich." „Das müsste zu finden sein. Warten Sie einen Moment. Ich erkundige mich an der Rezeption."

Anton Brückli schob dem Mitarbeiter an der Rezeption dezent fünfzig Euro über die Theke zu und erkundigte sich nach einem entsprechenden Etablissement. Ohne große Erklärungen erhielt er gleich zwei Adresskärtchen, die er umgehend in der Brusttasche seines Sakkos verschwinden ließ. „Schau her, Rachel, ich hab gleich zwei

Adressen erhalten. Wollen wir dann los?" „Mit Vergnügen, Toni." Ohne Zögern beglich Brückli die Rechnung in bar. Dem jungen Mann hinter der Theke drückte er noch ein ordentliches Trinkgeld in die Hand. Rachel und Toni ließen sich mit dem Lift in die Tiefgarage befördern und bestiegen ein dunkelgrünes Jaguarcoupe. Er gab die Anschrift der ersten Bar in das Navigationsgerät ein und fuhr umgehend los. Etwa eine dreiviertel Stunde bewegten sie sich durch die Kölner Nacht, bevor sie den etwas versteckten Parkplatz der Bar Belami entdeckten. Anton Brückli parkte das Coupe in einer Lücke zwischen einem 7er BMW und einem Mercedes SL. Offensichtlich befanden sie sich unter Gleichgesinnten, zumindest was den Fahrzeuggeschmack und den Geldbeutel betraf. Er stieg sofort aus und öffnete seiner Begleiterin den Schlag. Auf ihren Highheel Peeptoes schwebte Rachel dem Eingang des Etablissements entgegen. Ohne Umschweife öffnete sie ihre Clutch und zahlte den Eintritt in Höhe von zweihundert Euro pro Kopf. Die Atmosphäre erschien sehr gediegen. Um eine hell erleuchtete, kleine Bühne, die gerade als Tanzfläche genutzt wurde, scharten sich etwa zehn Separees, die mit nicht einsehbaren, getönten Scheiben gegen neugierige Blicke geschützt waren. Davor stand noch eine Vielzahl von kleinen Tischchen, die beinahe alle besetzt waren. Das Etablissement erfreute sich offenbar großer Beliebtheit. Eine Menge Paare jeden Alters bewegte sich eng umschlungen auf dem Parkett. Rachel und Toni wurde auf ihren

Wunsch hin ein verschwiegenes Separee für zwei Personen zugeteilt. Ein Service, den sich Rachel noch einmal die gleiche Summe kosten ließ wie den Eintrittspreis. Toni bestellte gleich eine Flasche Champagner und für sich eine Flasche Mineralwasser. „Wann beginnt das Programm, Toni?", erkundigte sich Rachel. „In etwa fünfzehn Minuten." Auf das Klopfen an der Türe ihres kleinen abgetrennten Raumes hin öffnete Toni den Riegel der Türe und nahm ihre Getränke entgegen. Gentlemanlike öffnete er zuerst die Flasche Dom Perignon und befüllte Rachels Glas mit der sündhaft teuren Edelprickelbrause. Erst danach goss er sich ein Glas Wasser ein. Rachel prostete ihrer Neueroberung gleich zu und trank das erste Glas in einem Zug aus. Toni füllte ihr Glas sofort nach. Rachel zog derweil den Blazer ihres Jackenkleides aus, während Toni ihr das Teil abnahm und auf einen Bügel hängte. Auch er schlüpfte aus seinem Sakko. Ein wenig plauderten sie noch, bis sich vor ihrer Scheibe der Vorhang um die Tanzfläche schloss. „Gleich geht es los. Ich liebe diese Art Clubs mit Live Sex", sprach sie schon recht stark alkoholisiert und mit lasziven Blick laut aus. Fünfzehn Minuten später verlosch urplötzlich das Licht im Club und nur wenige, farbige Spots strahlten den Vorhang der kleinen Bühne an. Mit einem für sie nicht vernehmbaren Rauschen fuhr die schwere Stoffabtrennung nach oben und gab den Blick auf eine breite, lederbezogene Liege frei. Rachel rutsche auf ihrem Sofa ganz nah an Toni heran, der gleich seinen Arm um sie legte.

Wie aus dem Nichts trat ein gut gebauter, junger Mann mit stattlichen Körpermaßen auf die Bühne. Er trug nur schwarze, sehr enge Pants, deren vordere Nähte ob des enormen Inhalts zu bersten drohten. Tänzelnd und in der Hüfte schwingend bewegte er sich barfuß über das Parkett und zeigte sich den Gästen. Gierige weibliche Blicke verschlangen förmlich den guten gebauten Unterleib des Tänzers. Die Damen, die es ganz besonders wissen wollten, packten ihm in den Schritt seiner knappen Hose und schoben dem jungen Kerl zum Dank große Geldscheine in den Hosenbund, der diese Präsente stets mit einem freundlichen Lacher dankend entgegen nahm. Während der junge Mann die Hormone der Damenwelt bereits zum Kochen brachte, wurden die männlichen Gäste noch arg auf die Folter gespannt, bis sich endlich Lady Jane zu ihrem Koituspartner gesellte. Ihr kurzer, schwarzer Bob hüpfte bei jedem Schritt auf und ab. Die von den männlichen Besuchern besonders begehrten Partien ihres makellosen Körpers verdeckte ein winziger und doch ausreichend groß dimensionierter schwarzer Bikini. Nun tänzelte sie den männlichen Gästen entgegen und ließ sich unter den äußerst eifersüchtigen Blicken derer weiblichen Begleiterinnen ebenfalls Geldscheine in den Hauch ihres Slips stecken. Um sich bei besonders spendablen Besuchern stilecht zu bedanken, griff Lady Jane zu einer Federboa, die sie den gern gesehenen männlichen Gästen um die Hälse schlang, sie damit an sich zog und deren Lippen an ihre üppige Oberweite drückte. Nicht nur Rachel rutschte bereits unruhig auf ihrem Sofa hin und her, auch Toni verspürte eine merkliche Enge in seinen Beinkleidern.

Dann folgten einige südamerikanische Tänze von Lady Jane und ihrem Partner, die immer enger und erotischer verliefen, bis der kräftige Junge ihr das Oberteil vom Körper riss. Gespielt entsetzt hielt sich Lady Jane ihre Hände vor die Brüste, bis ihr Partner sie fest mit seinen großen Händen packte und ihr den Slip herunterzog. Als er dann seine Partnerin auf die Liege warf und sich ebenfalls von seiner Pants befreite, ging ein Raunen durch den Club, das selbst die Gäste in den Separees per Lautsprecher vernehmen konnten. Was folgte war der Liebesakt der beiden Clubangestellten in diversen Stellungen, bis Lady Jane irgendwann auf dem Schoß ihres Partners Platz nahm und unter heftigem Stöhnen zum gespielten Orgasmus fand. Dies bekamen Rachel und Toni jedoch schon nicht mehr mit, da er sich bereits wenige Minuten zuvor zwischen ihre Schenkel gedrängt hatte und sie mit heftigen Stößen seines Unterleibes beglückte. Als das Licht eingeschaltet wurde, zog sich Rachel schon wieder ihren Slip hoch, während Toni rasch seine Hose verschloss. Mit glänzenden Augen trank sie noch das letzte Glas aus ihrer Flasche Champagner leer, während er sich weiterhin an sein Mineralwasser hielt. Sie beschlossen, auf den Mainact nach Mitternacht zu verzichten und verließen den Club. Galant hielt Toni seiner Begleiterin wieder den Schlag des Jaguarcoupes auf. Er selbst nahm hinter dem Volant Platz und fuhr los. Da Rachel unentwegt über den eben erlebten, gewaltigen Orgasmus plapperte, bemerkte sie überhaupt nicht, wie ihr Fahrer links in das Seitenfach der Fahrertüre griff und eine bereits aufgezogene Injektionsnadel hervor holte. In einem unbeobachteten Moment, während er rechts abbog, stach er seiner Begleiterin die Injektionsnadel durch ihre Jacke und die Bluse in den Bauch und drückte das Medikament in ihren Leib. Ihre Gegenreaktion fing er problemlos ab und schon nach wenigen Sekunden sank Rachel in ihrem Sitz zusammen.

Kapitel 14

Karin hatte Udo für den heutigen Abend kurzfristig abgesagt. Sie war nach der Präsidentenschelte einfach nicht in Stimmung für einen romantischen Abend. Selbst für lange, interessante Gespräche fehlte ihr heute ein Draht. Sie wollte sich zu Hause auf die Couch legen und einfach fernsehen. Gegen sechzehn Uhr machte sie Schluss im Büro und fuhr zu einem Tür- und Fensterbauunternehmen, um sich ein Angebot zur besonderen Sicherung ihres Hauses einzuholen. Der Firmeninhaber war eine ordentliche Handwerkerhaut, von dem sie wusste, dass er sie nicht mit unnötigen Arbeiten über den Tisch zog. Alles in allem würden etwa zehntausend Euro fällig, wenn sie neue Tür- und Fensterbeschläge, eine entsprechende Schließ-anlage sowie elektrische Stahlrollladen und Führungsschienen an allen Fenstern montieren lassen wollte. Eine stattliche Summe, wie sie dem Meister erklärte, der jedoch nur mit dem Hochziehen der Schultern reagierte. Sie dankte dem Handwerker für den Kostenvoranschlag mit dem Hinweis, dass sie bei der hohen Summe erst noch ein paar Mal darüber schlafen müsse. Karin Weber fuhr auf dem Weg nach Hause noch beim Supermarkt ihres Vertrauens vorbei, wo sie eine Fertigpizza und einige weitere Köstlichkeiten für den Abend erstand.

Als sie den Taster des elektrischen Garagentores betätigte, hatte sie ein ungutes Gefühl und dachte darüber nach, was sie wohl heute Abend zu Hause erwartete. Sie stellte ihren Mustang zum Schlafen ab und verschloss das Tor. Als sie ihre Haustüre öffnete und ihre Wohnung betrat, war alles wieder so, wie vor dem Eindringen des Psychopathen in ihr Haus. Lediglich der Geruch nach Desinfektionsmitteln zeugte noch von dem Grauen, das sie hier erlebt hatte. Sie machte Licht und ging zuerst ins Wohnzimmer. Das Team der Tatortcleaner hatte ganze Arbeit geleistet. Nichts, aber auch gar nichts, wies noch auf das hin, was der Täter hier hinterlassen hatte. Karin schleppte ihren Einkauf in die Küche und verstaute alle verderblichen Lebensmittel im Kühlschrank. Die Pizza mit Thunfisch wanderte sofort in den Backofen. Sie drehte eine kurze Runde durch alle Räume im Erdgeschoss und ließ alle Rollläden herunter. Mit Genugtuung ging sie nach oben und zog sich ihren Jogginganzug an. Diesmal jedoch behielt sie ihre Dienstwaffe am Körper. Auch im Obergeschoss verschloss sie alle Rollläden und begab sich anschließend sofort nach unten, da der Duft der mittlerweile fertig gebackenen Pizza das ganze Haus erfüllte. Karin öffnete sich in der Küche eine Flasche Rotwein und goss sich ein ordentliches Glas davon voll. Auch wenn diese Position nicht gerade zum Essen einlud, setzte sie sich mit dem großen Pizzateller, Besteck und ihrem Glas Rotwein an ihren niedrigen Wohnzimmertisch. Gerade als sie sich das erste Stück aus der runden Pizza herausgeschnitten hatte und sich in den Mund schieben wollte, musste sie an die Leiche denken, die erst gestern noch hier auf diesem Tisch gelegen hatte. Karin schluckte mehrfach heftig, um sich nicht übergeben zu müssen. Sofort stand sie auf und trug ihr Abendessen zum Esstisch und nahm dort Platz. Zwar konnte sie nun beim Essen nicht so bequem fernsehen, doch war ihr der Platz hier erheblich angenehmer. Als sie aufgegessen hatte, brachte sie das benutzte Geschirr in die Küche und verstaute es in ihrer Spülmaschine. Um den Abend in Ruhe ausklingen zu lassen, flätzte sie sich nun doch auf ihr Sofa. Sie würde nicht umhin können, das Erlebte so schnell als möglich zu vergessen, wenn sie hier weiter wohnen bleiben wollte. Mit dem Willen, dies alles zu überstehen, riss sie die Tüte Chips auf und knabberte die knusprigen, dünnen Kartoffelscheiben in sich hinein. Ihre Anstrengungen schienen belohnt zu werden: Sie konnte wieder auf ihrem Lieblingsplatz sitzen und scheinbar ihren Feierabend in Ruhe genießen. Als ihre Schreibtischuhr elfmal ihren zarten Gong erklingen ließ, lag Karin bereits in ihrem Bett und las in einem Krimi.

Rachel Muller erwachte mit heftigen Kopfschmerzen. Die Dunkelheit, die sie umgab, verweigerte ihr jegliche Orientierung. Ihre Blase drückte heftig. Sofort startete sie den Versuch, eine Toilette zu finden. Sie setzte sich auf den Rand ihrer Schlafstadt und tastete an der Wand nach einem Lichtschalter, doch sie wurde nicht fündig. Nur der beißende Geruch eines starken Reinigungsmittels stieg ihr in die Nase. Sie ging auf die Knie und krabbelte wie ein kleines Kind, das des Laufens noch nicht kundig war, über den Betonboden bis sie gegen irgendetwas stieß, das wegen ihres Schwungs sofort umfiel. Mit den Händen ertastete sie einen Eimer mit Sitz, wie sie ihn von Campingtoiletten her kannte. Sie stellte den Eimer etwas ungelenk wieder auf und mühte sich so lange, bis sie aufrecht auf dem Hilfsabort sitzen konnte. Ihre Blasenentleerung kam ihr wie eine Erlösung vor. Doch war dies nicht ihr einziges Problem, dass es zu lösen galt. Schließlich wollte sie wissen, wo sie sich befand und wie sie sich aus dieser misslichen Situation wieder befreien konnte. Sie begann im Kopf zu rekonstruieren, wie sie überhaupt hier her gekommen war, doch sie fand nicht den Hauch eines Hinweises dazu. Plötzlich flackerte ein helles Licht auf, jedoch nicht gleich über ihr. Dass sie völlig unbekleidet war, störte sie nicht sonderlich. Gleich stand sie auf und wankte der großen Scheibe entgegen, hinter der sich ihrer Meinung nach eine Art Oase zu befinden schien.

Frisches Obst glänzte, von Wassertropfen überzogen, in einer Keramikschale. Auf einem kleinen Pool dümpelte ein aufblasbarer Sessel, der förmlich zum Planschen einlud. „Komm hierher", rief sie eine unbekannte Stimme herbei. Rachel wand wie in Trance ihren Kopf zur Seite und erkannte eine offen stehende Türe, in der eine Silhouette zu sehen war, die zuwinkte. Je näher sie dem Durchgang zum vermeintlichen Paradies kam, desto mehr wurde aus den Umrissen im Durchgang eine große Gestalt, die Rachel einlud, in den gut geheizten Raum einzutreten. Gierig stürzte sie sich gleich auf das Obst und die Wasserflasche. Doch eine laute Stimme gebot ihr sofort Einhalt. Eingeschüchtert blieb sie wie angewurzelt stehen. „Dort ist das Bad. Geh dich duschen, wasch dir die Haare und trockne dich ab! Ich warte!" Wie von einer unsichtbaren Hand geführt trottete Rachel dem Badezimmer entgegen und tat wie ihr befohlen. Fünfzehn Minuten später verließ sie das Bad. „So ist es brav. Iss und trink jetzt und lass es dir im Pool gut gehen!" Einem Roboter gleich wankte sie dem Tisch entgegen. Hungrig und durstig verschlang sie das ganze Obst und leerte die Flasche Wasser bis zur Hälfte. Dann trat sie langsam in den Pool. Etwas ungelenk ließ sie sich in den Schwimmsessel fallen. Rasch fand sie eine angenehme Sitzposition. Sie plätscherte mit den Füßen und ließ sich eine ganze Weile so treiben, bis sie die Stimme zurück an Land rief. Unwirklich gehorsam tat sie das, was ihr die Stimme befahl. Sie trocknete sich ab, cremte sich ein und folgte ihrem offensichtlich männlichen Gefängniswärter.

Wie angeordnet nahm sie auf dem merkwürdig anmutenden Stuhl Platz. Sie legte ihre Arme in die seitlichen Führungsschienen und schon bald spürte sie einen Einstich im rechten Arm, der sie in völlige Apathie versetzte. Anfangs erkannte sie noch, dass ihre Finger- und Fußnägel rot nachlackiert wurden. Das ihr Peiniger sein Sperma auf die Zehen ihres rechten Fußes spritzte, bereitete Rachel Muller keine besonderen Sorgen. Auch als der Mann mit der Maske sich mit dem metallisch glänzenden Skalpell über ihr Gesicht beugte und ihr die extrem scharfe Spitze bis zum Schädelknochen einsteckte und durch ihre Gesichtshaut gleiten ließ, beunruhigte sie nicht. Dies änderte sich rapide, als nach gut einer Stunde die Wirkung ihrer Injektion nachließ. Heftige Schmerzen im Bereich ihres Gesichts ließen sie aus ihrem komatösen Schlaf erwachen. Sie wollte ihre Lider öffnen, doch war ihr dies nicht mehr möglich. Ihr Herz begann zu rasen, und als sie ihren Kopf leicht zur Mitte drehte, starrte sie in ihre eigenen Augäpfel als dem letzten, dass von ihrem ehemals schönen, ebenen Gesicht übrig geblieben war. Ihre hübsche Nase wie auch ihre sinnlichen Lippen fehlten gänzlich und da, wo einst die zarte Haut über ihren Wangen zum Streicheln einlud, erblickte sie blutig rotes Fleisch, von Sehnen und Muskeln durchzogen. Als sie realisierte, was hier eben geschehen war, versagte ihr Herz. Sie starb noch bevor sie sich wegen des Ekel erregenden Anblicks übergeben musste.

Kapitel 15

Das Brummen einer ziemlich kräftigen Fliege ließ Karin Weber vor dem Wecker aus ihrem Schlaf erwachen. Verschreckt fuhr sie hoch, denn sofort erwachten auch ihre innersten Ängste, geschürt von den grauenvollen Gedanken, die sich vor ihre Augen schoben und widerspiegelten, was sie erst vor zwei Tagen in ihrem eigenen Haus mit ansehen musste. War dies etwa die gleiche Fliege, die sich am Blut ihres Opfers delektiert hatte? Sie wusste es nicht, und letztendlich war es ihr auch gleichgültig. Langsam erhob sie sich aus ihren Federn. Ihr nächster Weg führte sie zum Fenster, dass sie gleich öffnete, um damit dem Insekt den Weg in die Freiheit zu ebnen. Reckend und streckend schaute sie in ihren kleinen Garten, der bereits langsam von der aufgehenden Sonne geweckt wurde. Es würde ein heißer Tag werden. Dies hatte gestern die blonde, langmähnige Meteorologin im Vorabendprogramm prognostiziert und es schien sich zu bewahrheiten. Karin startete mit einer ausgiebigen Dusche und einem ordentlichen Frühstück in den neuen Tag. Mit dem zweiten Becher Kaffee setzte sie sich nach draußen. Sie hatte sich ihren kleinen Rucksack und das Bild von Udo mit hinausgenommen. Erst jetzt wurde ihr so richtig bewusst, dass sie sich tatsächlich mal wieder in einen Kerl verliebt hatte. Er brachte sie zum Lachen, war gebildet und diskutierte mit ihr stundenlang, ohne ihr nach dem Mund zu reden. Er fuhr gern Motorrad und besaß so ein gewisses Etwas, dass ihn verdammt anziehend für sie erscheinen ließ. Und das er sie auch im Bett glücklich machte, war ihr keinesfalls unangenehm. Sanft strich sie mit ihrer rechten Hand über das Foto. Ein kurzer Blick auf ihre Armbanduhr mahnte jedoch schon wieder zum Aufbruch. Sie steckte das Foto von Udo zurück in ihren Rucksack. Ihrem Becher verschaffte sie noch einen Platz in der oberen Abteilung der Spülmaschine. Sie verschloss alle Fenster und Türen, steckte sich ihre Dienstwaffe in das Holster und schnappte sich ihre Handtasche. Wenig später cruiste sie mit ihrem Mustang dem Präsidium entgegen. Karin liebte es, früh am Morgen mit offenem Verdeck zu fahren, wenn der Verkehr noch nicht ganz so extrem ausfiel. Kurz vor acht saß sie hinter ihrem Schreibtisch und lauschte dem Blubbern ihrer Kaffeemaschine.

Als auch ihre Kollegen eintrafen, hatte sich Karin schon in die neuen Unterlagen eingelesen, die Ernst aus der Gerichtsmedizin rübergeschickt hatte. In der Tat stammte das Hautstück von Beate Müller und wurde post mortem entfernt. Den Text hatte der Täter mit einem handelsüblichen, sehr feinen Filzschreiber darauf geschrieben. Sie las den Obduktionsbericht sicher zehnmal hintereinander und doch fand sei keine neuen Erkenntnisse darin. Der Täter schien tatsächlich ein Phantom zu sein. Karin legte ihren Kopf in ihre Hände und stützte die

Ellenbogen auf ihren Schreibtisch. Noch während sie darüber nachdachte, wie sie dem Täter eine Falle stellen könnten, betrat Edith Steinbach ihr Büro. „Morgen, Karin, alles OK bei dir?" „Nein, eigentlich nicht. Ich bin einfach mit meinem Latein am Ende. Hast du vielleicht eine Idee, wie wir unserem Täter auf die Spur kommen können?" „Nicht wirklich, Karin. Ich habe gestern noch lange mit Olaf darüber nachgedacht, aber auch er ist einfach ratlos." „Unser Täter hinterlässt absolut keine brauchbaren Spuren. Wir haben zwar seine komplette DNA, doch lässt sich diese Niemandem zuordnen. Unser Täter ist ein No-Name" „Ob er deshalb danach schreit, von dir gefasst zu werden?" „Das wäre schon möglich. Ein Schrei nach Anerkennung. Ach, was weiß ich." Auch Olaf Salcher betrat Karin Webers Büro. „Morgen, ihr beiden. Wenn ich euch so ansehe, scheint ihr darüber nachzugrübeln, wie wir unseren Serientäter schnappen können. Liege ich mit meiner Vermutung etwa richtig?" „Goldrichtig, Olaf, Morgen, setz dich und nimm dir einen Kaffee. Ich sage euch nun etwas, dass ich nicht an die große Glocke hängen möchte: Mein Lebensgefährte ist plastischer Chirurg. Ihm habe ich einige unserer Fotos gezeigt und er meint, dass es sich um einen Profi handelt, der wahrscheinlich sein Handwerk in Süddeutschland erlernt hat." „Ups, ein Wahrsager?" „Nein, Edith, Udo, so heißt mein Lebensgefährte, führt dies auf die Schnittführung unseres Täters zurück. Die Art, wie der Täter die Gesichtshaut seiner Opfer abpräpariert, könnte er im Süden der Republik erlernt haben." „Eine ziemlich gewagte Theorie und obendrein wird uns das nicht einen Millimeter weiterbringen. Wir können nicht alle Chirurgen auf ihre Studienherkunft befragen. Vielleicht weiß unser Täter sogar davon und schneidet extra wie die Weißwurstmetzger." „Edith, bitte!" „Ach, ja, Karin. Wir sind alle sehr dünnhäutig geworden, wenn es um diese Mordserie geht. Jede Frau in meinem Bekanntenkreis fragt mich, wann wir endlich diesen Mörder fangen. Wir würden doch schließlich dafür bezahlt, diese Wahnsinnigen hinter Gitter zu bringen." „Also, nun mal ganz langsam. Wir wissen doch alle, dass wir unser Bestes geben. Lass dich doch nicht von einzelnen Dauerstänkerern hochnehmen, Edith." Die Stimmung war bei Karin und ihren Kollegen ziemlich tief in den Keller gerutscht. Wortlos verließen die beiden das Büro von Karin Weber und nahmen wieder hinter ihren Bildschirmen Platz.

„Weber?" Karin hatte nach dem zweiten Klingeln den Hörer ihres Telefons abgenommen und gar nicht bemerkt, dass Dr. Ernst Brandt ihr Anrufer war. „Hallo, Karin, schlechte Stimmung?" „Das kannst du wohl laut sagen. Wir treten weiter auf der Stelle." „Hast du dich mal bei Dr. Kreutz gemeldet?" „Ach, Ernst, wie soll der Mann mir weiterhelfen, von dem wir nicht einmal wissen, um wen es sich handelt." „Karin, er soll dir nicht deinen Täter servieren. Er soll dir bei der Verarbeitung deines Traumas behilflich sein. Warum willst du dir nicht helfen lassen?" „Ich hab gerade dafür keine Muße, Ernst. Ich kann mich nicht auf die Liege des Psychologen legen, während hier der Bär los ist. Der Präses gibt mir nur noch eine Woche, bevor er den ganzen Fall nach Düsseldorf zum LKA gibt." „Was interessiert dich der Präses, wenn dir das Trauma dein Leben zerstört, Karin. Denk doch auch mal an dich." „Wenn ich dafür Zeit finde, sofort." „Na, dann sag aber nicht, ich hätte dich nicht gewarnt, Karin." „Ganz bestimmt nicht, Ernst. Wir hören voneinander." „Ganz sicher. Mach´s gut."

Wie schnell sich die zuletzt ausgesprochene Floskel von Dr. Brandt in Realität verwandelte, erfuhr Karin keine drei Stunden später. Als diesmal ihr Telefon schellte, erkannte sie bereits vorher, wer sie angewählt hatte. „Hallo, Ernst, wieder eine Schelte?" „Hallo, Karin, ganz bestimmt nicht. Du bist doch alt genug oder nicht?" „Damit könntest du Recht haben, Ernst. Doch deshalb hast du mich nicht angerufen. Was gibt´s?" „Wir haben auf freiwilliger Basis eine Massen-DNA Bestimmung bei allen Chirurgen und deren Hilfskräften im Regierungsbezirk Köln durchgeführt. Dabei sind wir auf einen jungen Kollegen gestoßen, dessen DNA mit dem Sperma auf den Füßen unserer Opfer übereinstimmt." „Das ist ja wohl jetzt nicht wahr, Ernst. Du führst Analysen durch, ohne diese mit mir abzustimmen?" „Möchtest du jetzt weiterhören oder mit mir über Kompetenz-gerangel streiten?" „Entschuldige, Ernst, erzähl weiter." „Dieser junge Mann hat in Nürnberg studiert und macht hier seine Facharztausbildung. Laut Rücksprache mit seinem Chef handelt es sich um einen angehenden Ausnahmechirurgen, der schon aus rein medizinisch-handwerklicher Sicht unser Täter sein könnte. Seine DNA spricht ebenfalls dafür. Du solltest dir das Kerlchen mal ansehen. Du findest ihn in der Uni Köln Abteilung Plastische Chirurgie." „Das ist ja mal endlich ein wirklicher Hinweis. Ich trommele unser Team zusammen und schaue mir den jungen Mann schnellstens an. Wie heißt es?" „Eduard Zumbichl. Er ist dreiunddreißig Jahre alt und etwa eins siebzig groß." „Danke, Ernst, wir fahren sofort hin."

Kaum dreißig Minuten später betraten Karin Weber und Edith Steinbach die Gebäude der Kölner Uniklinik. Sie fragten sich zur Abteilung Plastische Chirurgie durch und erwischten dort sogar deren stellvertretenden Leiter Dr. Walmrot. „Hauptkommissar Weber und Oberkommissarin Steinbach, guten Tag, Herr Doktor Walmrot. Wir möchten bitte Ihren Kollegen Dr. Zumbichl sprechen." „Guten Tag, Frau Weber, guten Tag, Frau Steinbach", begrüßte Dr. Walmrot die beiden Kripobeamtinnen. „Zumbichl müsste eigentlich gerade im Präp-Kurs II dozieren. Hier die Treppe herunter und dann rechts den Gang entlang bis zur letzten Türe Raum 011. Ach, noch etwas, erschrecken Sie sich bitte nicht. Die Kursteilnehmer sind heute mit der Freilegung des Mandibularis und der übrigen Gesichtsnerven beschäftigt. Ist nicht gerade ein ästhetischer Anblick für Menschen, die mit unserem Gewerbe nicht so vertraut sind." „Danke, Doktor Walmrot, auch für den Hinweis auf den momentanen Inhalt des Kurses, aber wir sind Kummer gewöhnt und mit dem Anblick des Todes gut vertraut." „Ja, dann viel Vergnügen." Die beiden Frauen nickten noch kurz und gingen gleich dem Treppenabgang entgegen, der sie ins Tiefgeschoss der Uni führte. Unheimlich hallte jeder Schritt der beiden Kripobeamtinnen auf dem glatten Steinboden. Als sie die Türe zum Kursraum 011 öffneten, schlug ihnen der beißende Geruch von Formalin entgegen. Um mehrere Tische versammelt standen oder saßen kleine Gruppen von Studenten und arbeiteten fieberhaft an menschlichen Köpfen, denen sie die Unterkiefer aufpräpariert hatten. Ein noch recht junger Assistenzarzt kontrollierte derweil die Arbeitsweise und besah sich jedes Präparat ganz genau. Als er urplötzlich hinterrücks von Karin Weber angesprochen wurde, zuckte er regelrecht zusammen. „Herr Doktor Zumbichl?" „Der bin ich", antwortete der etwas beleibte Arzt mit lupenreinem, fränkischem Akzent. „Sie sind einfach zu spät, meine Damen. Ich habe weder ein erforderliches Präparationsobjekt für Sie noch verbleibt genügend Zeit, den Rückstand zu Ihren Kommilitoninnen und Kommilitonen aufzuholen. Kommen Sie nächste Woche bitte zeitiger zum Kursbeginn." „Wir sind keine Studentinnen, Herr Doktor Zumbichl, wir sind von der Polizei und möchten Sie sprechen." „Das geht jetzt aber gar nicht. Mein Kurs ist in einer halben Stunde beendet." „So lange haben wir aber nicht Zeit. Wir können Sie auch vorladen, Doktor Zumbichl." „Das ist noch ungünstiger.

Worum geht es überhaupt?" „Sie stehen unter Mordverdacht, Doktor Zumbichl." Urplötzlich nahm des Doktors Gesichtsfarbe das Weiß der Wandfarbe an. „Sie finden mich fassungslos vor, meine Damen. Ich bin Arzt, aber doch kein Mörder. Das muss ein Irrtum sein." „Ist es aber anscheinend nicht, Herr Doktor. Wo können wir uns ungestört unterhalten?", wurde Karin nun energischer. „Folgen Sie mir bitte dort in den Aufenthaltsraum." Der Assistenzarzt gab noch rasch einige Anweisungen an seine Helfer und führte die beiden Polizeibeamtinnen in den vorher beschriebenen Raum.

„Was werfen Sie mir denn nun genau vor, Frau Weber?" „Laut dem Ergebnis der freiwilligen DNA-Analyse im Regierungsbezirk Köln stimmt Ihre DNA mit der auf mindestens fünf Frauenleichen überein." „Sie halten mich für den Frauenmörder, der seinen Opfern die Gesichtshaut entfernt?" „Genau den meinen wir!" „Ich kann mir nicht einmal vorstellen, eine solche Tat zu begehen, geschweige denn eine solche auszuführen und dann gleich fünfmal. Halten Sie mich etwa für paranoid?" „Diese Beurteilung kann ich nicht vornehmen. Dafür gibt es Gutachter bei Gericht. Meine Kollegen und ich sind nur dafür da, Fakten zu sammeln, Beweise abzugleichen und vorzulegen, und genau das haben wir getan und dabei wurden Sie als Verdächtiger ermittelt. Ich verhafte Sie deshalb wegen des dringenden Mordverdachts an fünf Frauen, Doktor Zumbichl." Edith Steinbach zog bereits ihre Handschellen aus dem kleinen Ledertäschchen, dass sie am Gürtel trug. „Ich gehe freiwillig mit Ihnen und leiste keinen Widerstand. Bitte verzichten Sie auf die Handschellen. Es wird sich alles aufklären und Sie werden sehen, dass ich nicht Ihr Mörder bin." Karin Weber nickte ihrer Kollegin kurz zu, die Doktor Zumbichl ebenfalls um beinahe einen Kopf überragte. „Bitte, meine Damen, Sie sind mir doch ohnehin körperlich überlegten", fügte der Arzt noch an. Die beiden Beamtinnen gewährten dem Arzt noch kurz die Möglichkeit, sich bei seinen Kursteilnehmern abzumelden. Von da aus verbrachten sie ihn sogleich zu ihrem Dienstwagen, um ihn zum Präsidium zu fahren.

Kapitel 16

„Wie oft soll ich das noch wiederholen, Frau Weber? Ich bin nicht der gesuchte Mörder. Für drei Tatzeiten habe ich ein wasserdichtes Alibi. Außerdem benötigt man für solche Taten Räumlichkeiten, die mir nicht zur Verfügung stehen. Ich war es nicht." „Ihre wasserdichten Alibis sind mehr als wackelig, Herr Doktor Zumbichl. Es wäre Ihnen in allen Fällen möglich gewesen, die Opfer umzubringen und an den jeweiligen Fundorten zu deponieren." „Ich möchte jetzt einen Anwalt." „Hier ist das Telefon. Rufen Sie einen an." „Ich habe keinen eigenen Anwalt wie die Ärzte, die sie aus den Fernsehkrimis kennen. Sie müssen mir schon einen Pflichtverteidiger stellen." „Übernimmst du das, Edith?" „Ja, ich rufe gleich bei Gericht an und frage nach, wer Dienst hat."

„Lassen Sie mich noch einmal auf das Thema DNA zurückkommen, Herr Doktor. Es gibt eigentlich kein probateres Mittel, einen Täter überführen zu können. Und wir haben Ihre DNA auf allen unseren Opfern gefunden. Erklären Sie mir das!" „Ich kann es nicht, Frau Weber, und obendrein fehlen mir dazu die Worte. Keines der Opfer habe ich gekannt. Gleiches gilt auch für die Fundorte. Ich lebe jetzt noch kein halbes Jahr in Köln. Woher soll ich wissen, wo das Bootshaus liegt und wo Sie wohnen, Frau Weber?" „Weil ich es nicht weiß, frag ich Sie ja. Sie sollen mir das erläutern, Herr Doktor, und ein Geständnis ablegen." „Ich kann nichts gestehen, was ich nicht verbrochen habe. Jetzt glauben Sie mir doch endlich." Edith Steinbach trat wieder in den Verhörraum ein. „Dr. Siebert ist auf dem Weg hierher. Er wird das Mandat von Dr. Zumbichl übernehmen." „OK, dann bringen wir Sie erstmal zurück in Ihre Zelle."

Karin Weber schaute auf ihre Armbanduhr. Es war schon wieder verdammt spät geworden. Ganz sicher füllte sich ihr Überstundenkonto erneut um drei Stunden. Sie hatte seit letztem Jahr aufgehört, die Stunden zu zählen. Diesen Job übernimmt für sie das digitale Zeiterfassungssystem am Eingang, das akribisch jeden ihrer Aufenthalte im Hause dokumentiert. „Ich bin in meinem Büro, Edith." „Du, sei mir nicht böse, aber ich haue jetzt ab." „Ja, sicher, ich fahre auch gleich nach Hause." Müde warf sie sich in ihren Schreibtischsessel. Der PC erwachte aus dem Standby-Modus, als sie gegen die Maus stieß. Sie rieb sich kurz ihre

Augen und schaute in die lange Liste der Mails, die sie kurz überflog, um weit über die Hälfte davon zu löschen. „Alles Schrott", schimpfte sie vor sich hin. Wieder legte sie ihren Kopf gegen die Rückenlehne und schloss die Augen. „Was für ein beschissener Fall", sprach sie vor sich bin. Unerwartet summte ihr Handy. „Weber?" „Hallo, Räuberfängerin. Würde es dir gefallen, wenn ich dich zu mir auf eine Ganzkörpermassage einlade mit nachfolgendem Abendessen?" „Hi, Udo, ein wirklich verlockendes Angebot. Weißt du was? Ich mache jetzt hier Schluss und komme zu dir." „Ich freue mich schon. Fahr vorsichtig." „Ich mich auch. Bis gleich."

Karin zog ihre Karte durch den Scannerschlitz und loggte sich für heute aus. Langsam schlenderte sie zu ihrem Mustang. Doch je näher sie dem Wagen kam, desto langsamer wurden ihre Schritte. Während sie sonst eher schnellen Schrittes zu ihrem Cabrio eilte, um die Freiheit des Fahrens ohne Dach zu genießen, erlahmten ihre Schritte förmlich. Als sie ihr Auto erreichte, drehte sie erst einmal eine Runde um den ganzen Wagen und inspizierte dessen Zustand. Das, was sie heute Morgen erlebt hatte, wollte sie nicht noch einmal mitmachen. Doch der Mustang war sauber. Weil die Sonne wieder vom Himmel lachte und die Schwüle des Tages sich in ihrem Auto breit gemacht hatte, öffnete sie rasch die verchromten Dachverschlüsse oberhalb der Frontscheibe. Sie bot nun alle Kräfte auf und schob das schwere Stoffdach

samt Konstruktion nach hinten in das dafür offen stehende Fach. Erst als ihr Achtzylinder sauber brabbelte, fühlte Karin sich besser. In Erwartung eines schönen Abends fingerte sie nach ihrer Sonnenbrille im Seitenfach der Fahrertüre und setzte sie auf die Nase. Mit sonorem Brummen nahm der Motor langsam Drehzahl auf. Sie fuhr erst kurz bei sich zu Hause vorbei und packte dort ein paar Sachen zusammen. Kurz vor acht rollte sie bei Udo in die Tiefgarage auf den für sie freigehaltenen Parkplatz. Sie verließ ihren Wagen und vergewisserte sich, dass das Rollgitter herunterfuhr. Mit ihrer kleinen Reisetasche unter dem Arm nahm sie die gewaltige Anzahl an Treppenstufen unter die Sohlen ihrer Sandalen, bis sie vor Udos Penthaustüre eintraf. Nur leicht außer Atem drückte sie auf den Klingelknopf. Der Hausherr öffnete ihr nur mit einer Badehose und einem langen Hemd darüber bekleidet.
„Bin ich hier richtig im Massagestudio Sanfte Hände? Mir wurde eine Gratisbehandlung offeriert." „Treten Sie ein, junge Frau. Unser bester Mann steht Ihnen ab sofort zur Verfügung." „Hallo, Udo, über deine Einladung habe ich mich total gefreut. Außerdem habe ich eine Entspannung dringend nötig." „Hallo, Karin, komm herein in die gute Stube. Was war los? War dein Tag so stressig?" „Eigentlich wollte ich dich ja nicht mit meinen Problemen belasten, aber heute Morgen ist folgendes geschehen." Karin berichtete in kurzen Worten, was ihr widerfahren war. „Das heißt im Umkehrschluss: Wir sind selbst in meinem Haus nicht mehr

sicher?" „Ich weiß es nicht, Udo. Ich kann dir auch nicht sagen, wie weit unser Täter wirklich gehen wird, wenn es um mich geht. Bisher hat er noch keine Anzeichen von Eifersucht gezeigt. Sollte dies aber noch der Fall werden, müssen wir für dich Personenschutz beantragen." „Ja, das fehlt noch. Aber ich rufe gleich mal den Hausmeister an und bitte ihn dringend dafür Sorge zu tragen, dass unser Rollgitter zur Tiefgarage überprüft wird. Eventuell lasse ich das Haus von einem Sicherheitsdienst überwachen, bis ihr den Täter gefasst habt. Das erhöht für uns alle den Sicherheitsstandard." „Das ist, wenn es dir nicht zu kostspielig wird, ganz sicher eine gute Maßnahme." „Wenn du magst, kannst du bis ihr den Täter ermittelt habt, auch gern bei mir wohnen." „Das ist ganz sicher ein völlig uneigennütziges Angebot, nicht wahr, mein lieber Udo?" Sein freches Grinsen aus dem leicht gebräunten Gesicht sprach Bände. „Wie lange soll ich denn jetzt noch auf meine Massage warten?" „Das liegt nur an dir. Ich bin bereit." „Dann lass mich eben noch unter die Dusche springen." „Kein Problem. Du kennst dich aus."

Karin verschwand mit ihrer Reisetasche im Schlafzimmer und zog sich aus. Ihre Dienstwaffe, die Reservemagazine und ihr Handy schob sie in die Seitentasche. Sie wollte schon ins Bad gehen, doch sie hielt noch einmal kurz inne. „Besser ist besser", flüsterte sie vor sich hin und nahm die Reisetasche mit ins Bad. Karin verließ es zehn Minuten später, nur in ein Handtuch gewickelt, duftend wie ein Strauß wilder Rosen. Mit den Worten: „Wow, was für ein Anblick und der herbe Duft", erwartete Udo seine Lebensgefährtin schon an der Massagebank. Karin wickelte sich aus dem Handtuch und legte sich splitterfasernackt bäuchlings auf die Liege. Udos Massage hätte ein Profimasseur kaum besser hinbekommen. Im Gegenteil: Seine manchmal streichelnden und oft auch kräftig zupackenden Hände bereiteten ihr erholsame Entspannung und dazu noch pure Lust. Noch während seine Hände ihren Po und ihre Oberschenkel massierten, drehte Karin sich herum und zog Udo zu sich auf die Bank. Da die Bankkonstruktion jedoch mit dem wilden Liebesspiel überfordert zu sein schien, ließen sich die beiden auf den Boden gleiten und beendeten dort lust- und geräuschvoll das, was sie auf der eher unbequemen Liege begonnen hatten. Verschwitzt und etwas abgekämpft lag Karin nachher in Udos Armen. „Das war einfach genial, Udo. An diese körperliche Betätigung könnte ich mich glatt gewöhnen." Schmunzelnd streichelte er ihr über ihre Schläfen. „Aber nichts desto trotz habe ich jetzt Hunger. Wann löst du den zweiten Teil deiner Ankündigung ein?" „Stets zu Diensten, gnädige Frau. Ich beginne nun mit dem Verwöhnen deiner Gaumenpartie." Jetzt war es Karin, die schmunzeln musste.

Je acht heiß dampfende und nach viel Knoblauch und Rosmarin duftende Lammkoteletts lagen hübsch angerichtet auf zwei flachen Tellern bereit, in Erwartung bald gierig verspeist zu werden. Udo servierte knuspriges

Weißbrot und einen frischen Salat dazu. Ein kräftiger Rotwein rundete ihr Abendmenü ab. „Das war richtig lecker, Udo." „Wenn du magst, koche ich jeden Tag für dich." „Ach, weißt du, wenn ich solche kulinarischen Köstlichkeiten jeden Tag bekomme, ist das ja nichts Besonderes mehr. Außerdem dürfte in Kürze deine Massagebank die Grätsche machen, weil ich zu schwer dafür werde." Sie befreiten sich von allen Essensresten und ihrem benutzten Geschirr und kuschelten sich auf Udos Hollywoodschaukel. Udo legte liebevoll seinen Arm um Karin, die sich sofort an ihn schmiegte. „Kommst du denn langsam weiter in deinem Fall?" „Wir haben heute einen Verdächtigen festgenommen. Ob er jedoch wirklich unser Täter ist, steht noch nicht fest." „Was ist das für ein Kerl? Mich würde schon mal interessieren, wie ein echter Psychopath so aussieht:" „Leider genauso wie du und ich, sonst würden wir unsere Mörder schneller schnappen, wenn man ihnen ihre Neigungen gleich ansieht." „Und was ist das für ein Typ?" „Dass ich dir deine Fragen eigentlich nicht beantworten darf, ist dir hoffentlich bekannt, mein Lieber?" Udo nickte kurz. „Er ist Arzt und befindet sich in der Facharztausbildung zum plastischen Chirurgen." „Und der soll in der Lage sein, solche Schnitte und Präparationen durchzuführen? Das kann ich nicht glauben." „Wie gesagt, ich weiß noch nicht, ob er unser Täter ist. Eine Menge Indizien sprechen zwar dafür, aber gestanden hat er noch nicht." „Wir können ein Experiment mit ihm machen: Gib ihm einen Schweinekopf von einem frisch geschlachteten Schwein und lass ihn die Gesichtshaut des Tieres entfernen. Ich kann dann beurteilen, ob der Kollege dein Täter ist." „Das ist eine tolle Idee, jedoch leider nicht durchführbar, weil du kein bei uns akkreditierter Gutachter bist. Und heimlich geht da gar nichts. Selbst einem Jurastudenten im zweiten Semester wäre es problemlos möglich, seinen Mandanten da raus zu pauken." „Entschuldige, erstens habe ich keine Ahnung, wie das bei euch abläuft und zweitens wollte ich dir nur helfen, damit du wieder zu deiner inneren Ruhe findest." „Du bist lieb, ich danke dir. Verlaufen deine Arbeitstage eigentlich weniger stressig oder verarbeitest du deinen Arbeitsdruck anders? Du wirkst immer so entspannt." „Ich mache Yoga und versuche mich innerlich immer im Gleichgewicht zu halten. Das gelingt mir zwar nicht permanent, aber in den meisten Fällen gleiche ich meine Stressattacken damit aus." Karin hatte zwischenzeitlich ihre Füße auf seinen Schoß gelegt und genoss seine zärtliche Massage. Gemeinsam tranken sie noch die Flasche Rotwein und verschwanden sodann müde und entspannt im Bett.

Kapitel 17

Nach einem kurzen Frühstück am nächsten Morgen ließ Udo es sich aber nicht nehmen, sie in die Tiefgarage zu ihrem Wagen zu begleiten, um nachzuschauen, ob soweit alles in Ordnung war. Erleichtert stellten sie fest, dass das schwere Rollgitter geschlossen war. Bevor Karin sich in ihren Ledersitz gleiten ließ, nahm Udo sie in seine Arme. „Karin, ich liebe dich. Ich werde alles daran setzen, dass dir nichts zustößt. Einen schönen und hoffentlich erfolgreichen Tag. Sehen wir uns heute Abend?" „Danke, Udo. Ich brauche, um dieselben Gefühle für dich zu entwickeln, wie du sie mir entgegen bringst, einfach noch mehr Zeit. Deshalb sei mir nicht böse, wenn ich nicht gleich so euphorisch wie du in unsere Beziehung einsteige. Ich empfinde weit mehr für dich, als ich sonst je für einen anderen Mann empfunden habe. Heute Abend werde ich mich noch mal in meine Liebesdiaspora begeben und den Abend alleine verbringen. Morgen hätte ich wieder Zeit für dich", fügte sie noch grinsend an. „OK, dann bis morgen." „Wir können ja heute Abend mal telefonieren." „Gerne, ich rufe dich an, Karin." Es folgte ein langer Kuss. Irgendwann entglitt Karin aus seinen Händen und bestieg ihren Wagen. Udo öffnete per Fernbedienung das Rolltor, während sie mit ihrem Sportwagen das Parkgeschoss verließ.

Im Büro herrschte bereits wieder Hochbetrieb. In der letzten Nacht gab es zwei Tötungsdelikte, von denen eines zur Aufklärung Karins Team zugeteilt wurde. Edith und Olaf waren bereits ganz früh in den Grüngürtel gefahren, um vor Ort die Ermittlungen aufzunehmen. Karin ging sofort ihre neuen Mails durch, doch es waren keine wichtigen darunter. Gegen neun Uhr ließ sie sich noch einmal Doktor Zumbichl zum Verhör vorführen. Der Mediziner sah sehr schlecht aus und verweigerte, auf Geheiß seines Anwaltes, jegliche Aussage. Für vierzehn Uhr hatte der Haftrichter einen Haftprüfungstermin angesetzt, den sie auf jeden Fall wahrzunehmen gedachte. Bevor der angehende Chirurg den Verhörraum verließ, drehte er sich noch einmal zu ihr um. „Frau Weber? Ich bin nicht Ihr Mörder, glauben Sie mir." Dann verließ er den Verhörraum im Beisein eines Beamten, der ihn zurück in seine Zelle brachte. Irgendwie war sich Karin Weber auch nicht mehr sicher, dass Zumbichl wirklich der Täter war, auch wenn sie damit endlich den Fall gelöst hätte. Schlecht gelaunt lief sie zurück in ihr Office und goss sich einen Becher Kaffee ein. Wenig später trafen auch Olaf und Edith ein. „Hallo, ihr beiden. Nehmt euch einen Kaffee. Was gibt es zu dem Fall zu berichten?" Edith Steinbach hatte sich zuerst einen Kaffee eingeschenkt und sich gleich Karin gegenüber an ihren Schreibtisch gesetzt. „Wir haben eine männliche Leiche, Alter ca. Mitte fünfzig. Nach Aussehen und Zustand des Toten handelt es sich um einen Obdachlosen, der wahrscheinlich mit einem stumpfen Gegenstand erschlagen wurde. Genaueres erfahren wir von Ernst, wenn er die Leiche obduziert hat. Wir vermuten jedoch, dass es sich um ein Raubdelikt handelte. Unser Opfer hielt seine leere Geldbörse noch ganz fest in seiner Hand. Vermutlich hatte er erst am Tag zuvor seine Stütze in bar von der Sparkasse abgeholt. Es gibt noch keine Hinweise auf den oder die Täter. Eventuell handelt es sich um einen weiteren Obdachlosen, der seinen Kumpanen erst beraubt und dann erschlagen hat. Wir haben aber noch keine heiße Spur. Olaf fährt gleich nach Klettenberg, hört sich ein wenig in der Szene um und zeigt das Bild unseres Toten." „OK, haut mal rein. Ich werde gleich mal bei Horst nachhören, was es dort für einen Fall gibt." „Hast du denn noch etwas aus dem Zumbichl herausbekommen, Karin?" „Nichts, ich glaube auch nicht mehr, dass er unser Täter ist. Heute Nachmittag ist Haftprüfungstermin. Der Richter wird ihn bestimmt nach Hause schicken." „Scheiße, das hätte so schön gepasst!" „Ja, stimmt, Edith, aber wir ermitteln hier und würfeln unsere Mörder nicht aus." „Bist heute nicht gut drauf, nicht wahr, Karin?" „Ach, mir geht der Fall allmählich an die Substanz. Ich zucke schon zusammen, wenn ich zu Hause alleine bin und der Kühlschrank anspringt. Plötzlich auftretende, unerwartete Geräusche machen mir Angst." „Das kann ich gut verstehen, nach allem, was du erlebt hast. Wir werden den Kerl schon kriegen." „Das hoffe ich auch."

Karin erhob sich aus ihrem Stuhl und verließ ihr Büro. Sie lief ins Büro von Horst Jahnke um nachzufragen, was es mit dem zweiten Mord auf sich hatte. „Guten Morgen, Chefin. Komm rein, magst du einen Kaffee?" „Morgen, Horst, danke dir, aber ich wollte nur mal kurz nachhören, was für einen Mordfall ihr zu ermitteln habt." Horst Jahnke gehörte nicht unbedingt zu Karins Lieblingskollegen. Sie wurde den Eindruck nicht los, dass er sie bereits mit seinen Augen ausgezogen und ihren Körper taxiert hatte, noch bevor sie ihm den Grund ihres Besuchs erklärt hatte. Außerdem nahm er ihr wohl noch immer

übel, dass sie den Job des Abteilungsleiters der Mordkommission erhalten hatte, obwohl sie dafür nun wirklich nichts konnte. Horst Jahnke hatte sich selbst um diese Beförderung gebracht, weil er einer jungen Kollegin an die Wäsche gegangen war und diese die Tätlichkeit angezeigt hatte. Zwar stellten die Ermittler im Nachhinein eine gewisse Einvernehmlichkeit zwischen Jahnke und der Kollegin fest und entkräfteten damit den Vorwurf der Vergewaltigung, doch bleib ein bitterer Beigeschmack zurück. Bis dahin gehörte Horst Jahnke zu den besten Ermittlern der Abteilung. Es eilte ihm stets der Ruf voraus, mehr im Präsidium als zu Hause zu wohnen, was ihm zwei Scheidungen einbrachte. Heute lebte er unterhaltsbedingt nur noch vom Existenzminimum in einem Einzimmerappartement und schob Dienst nach Vorschrift. Nach ihrer Scheidung hatte er auch einmal bei Karin zu landen versucht, doch sie hatte ihn abblitzen lassen und darüber war sie heute noch froh.
„Nichts Besonderes, Karin. Es handelte sich um eine Beziehungstat. Der Tote ist achtundzwanzig Jahre alt und wurde im Bett vom Ehemann seiner Freundin erwischt und von ihm erstochen. Der Täter hat sich widerstandslos festnehmen lassen, ist geständig und sitzt in Untersuchungshaft. Melde gehorsamst, Frau Chef, der Fall ist geklärt." „Lass doch den Unsinn, Horst." „Wieso? Du bist doch hier der Boss oder etwa nicht?!" „Trotzdem: Aus deinem Mund klingt das immer irgendwie vorwurfsvoll." Jahnke grinste Karin nur an. „Jetzt grins nicht so blöd. Schreib

deinen Bericht und gut ist. Bis später." Sie öffnete die Bürotüre und verließ Horst Jahnkes Raum. Karin Weber empfand es wirklich als eine Schande, dass Horst so abgerutscht war. In seinen besten Zeiten hätte sie ihn gern an ihrer Seite gewusst bei der Jagd nach dem Serienmörder. Früher nannten sie ihn auch den Terrier, weil er, wenn er erstmal eine Fährte aufgenommen hatte, nicht mehr los ließ und so beinahe jeden Fall aufklärte. Noch vor wenigen Tagen hatte sie kurz darüber nachgedacht, ihn zur Aufklärung des Serienmörderfalles mit ins Boot zu nehmen, doch Horst schien ausgebrannt, demotiviert und häufig nahm man den Geruch von Alkohol wahr, wenn man sein Büro betrat. „Ist halt ne arme Sau, unser Horst", sprach Karin leise vor sich hin, während sie zurück in ihr Büro lief.

Karin nahm sich noch einen Becher Kaffee und warf sich in ihren Sessel. Zweimal hatte sie an ihrem Kaffee genippt, als ihr Telefon summte. Schon an der Nummer auf dem Display erkannte sie, dass es Ernst Brandt war. „Morgen, Ernst, freust du dich, dass wir dir deinen Laden mal wieder auffüllen?" „Hallo, Karin, es wurde ja auch mal Zeit, dass ihr euch auch mit anderen Mordfällen befasst und nicht nur noch mit dem Serienkiller. Gibt es Neuigkeiten?" „Nein, Ernst, leider nicht. Wir tappen weiter im Dunkeln. Ich glaube auch nicht mehr, dass der angehende Facharzt Zumbichl unser Mann ist. Irgendwie fehlt dem das Format dazu. Er hat auch für einige Tatzeitpunkte vage Alibis." „Das tut mir leid, Karin. Wenn der Druck zu groß wird, besuch mich einfach mal in Braunsfeld in der Gerichtsmedizin." „Mach ich, Ernst. War dein wohl gemeintes Angebot jetzt der Hauptgrund deines Anrufes?" „Nein, ich habe mir eben euren Gigolo angesehen. Der Junge strotzte vor Kraft. Nur gegen die zwei Messerstiche in den Rücken mit der einseitig geschliffenen, breiten Klinge eines Küchenmessers hatte sein Körper nichts entgegen zu setzen. Ein Stich zerfetzte seine Milz, der zweite rutschte genau zwischen zwei Rippen hindurch ins Herz. Das Opfer ist nach kurzer Zeit verblutet. Meinen Bericht sende ich dir in den nächsten Tagen zu. Jetzt befasse ich mich noch mit dem Obdachlosen." „Alles klar und danke, Ernst." „Mach ich doch gern. Ist ja auch mein Job." „Alles Routinearbeit", sprach Karin leise und etwas abwesend vor sich hin. Nur in ihrer Serienmordsache kamen sie nicht weiter.

Kapitel 18

Wie nicht anders zu erwarten, schickte der Haftrichter Dr. Zumbichl noch während des Haftprüfungstermins aus Mangel an Beweisen nach Hause. Karin Weber fühlte sich abgespannt und müde, als sie das Gerichtsgebäude auf der Luxemburger Straße verließ und zu ihrem Wagen schlenderte. Sie war mit ihren Gedanken weit weg und abwesend, als sie eine Stimme hinter sich vernahm. „Frau Weber?" Sie blieb stehen und drehte sich um. Dr. Zumbichl lief mit hochrotem Kopf auf sie zu. „Frau Weber, ich bin wirklich nicht Ihr Mörder. Glauben Sie mir bitte.

Ich bin Arzt und möchte Leben retten und keines vernichten." „Ist schon OK, Herr Doktor." „Ich danke Ihnen." Karin Weber nickte noch kurz zum Abschied und ging zu ihrem Dienstwagen herüber. Sie öffnete die Fahrertüre und ließ sich hinter das Lenkrad in den Sitz fallen. Gerade als sie den Diesel anlassen wollte, sah sie, dass etwas hinter ihrem Scheibenwischer steckte. Sogleich legte sie ihre Hände auf das Lenkrad und ihren Kopf ebenfalls. Sie befand sich einfach außer Stande, jetzt auszusteigen und nach zu schauen, was der Täter ihr an die Windschutzscheibe geheftet hatte. Wie lange sie so da gesessen hatte, konnte sie nicht sagen. Das Klopfen an ihrer Beifahrerseite holte sie jedenfalls erstmal zurück in die Realität. Karin schaltete die Zündung ein und ließ die Seitenscheibe herunter fahren. „Ja, bitte?" „Müller, Ordnungsamt Köln. Geht es Ihnen nicht gut?" „Doch, doch, ich fahre gleich weg. Ist irgendetwas?" „Sie stehen jetzt seit dreißig Minuten ohne gültigen Parkschein auf diesem Parkplatz. Eine Verwarnung hab ich Ihnen bereits an die Scheibe geheftet. Wenn Sie sofort losfahren, verzichte ich auf eine weitere Verwarnung." „Das ist ein Dienstwagen der Mordkommission. Mein Name ist Weber, ich bin die Leiterin dieser Abteilung und war gerade bei Gericht." „Ja, und? Selbst wenn Sie die englische Königin wären, müssten Sie das Verwarnungsgeld bezahlen. Schließlich haben Sie nicht einmal einen Parkschein gelöst und das kostet fünfzehn Euro." „Ist gut, ich fahre sofort weg."

Karin hatte den Zündschlüssel bereits einen Raster weitergedreht und den Motor gestartet.

Mit ordentlichem Schwung stieß sie aus der Parklücke heraus und fädelte sich in den eher mäßigen Verkehrsfluss ein. Die Angst, wieder eine Nachricht von ihrem Serientäter erhalten zu haben, fiel mit einmal von ihr ab. Doch sie hatte sich gerade ein äußerst unangenehmes Problem eingehandelt und das hieß Günter Stürmer, seines Zeichens zuständiger Beamter für Verkehrsvergehen mit Dienstfahrzeugen aller Art. Nach ihrer Ansicht musste Stürmer so Mitte fünfzig sein. Jedenfalls bediente er jedes Klischee, dass über Beamte existierte. Er kannte keinen Mittelweg, sondern akzeptierte nur die Gesetzeslage. Dreimal musste sie sich bereits beim Polizeipräsidenten melden, weil sie diesem Korinthenkacker Stürmer ihre Meinung gegeigt hatte und dies nicht besonders leise. Der Typ war aber auch einfach nur ätzend. Ellenlange Berichte musste sie jedes Mal verfassen und entsprechende Nachweise vorlegen, wenn sie selbst oder einer ihrer Kollegen die Straßenverkehrsordnung während eines Einsatzes missachtet hatten und die Verfahren niedergeschlagen oder die Bußgelder erlassen werden sollten. Doch diesmal nahm sich Karin Weber vor, den Anfeindungen von Stürmer zuvor zu kommen: Sie wollte gleich im Präsidium den Betrag von fünfzehn Euro an der Hauptkasse einzahlen und sich damit ein Nachprüfungsverfahren dieses Vorbildbeamten ersparen. Entsprechend gereizt marschierte sie direkt von der Fahrbereitschaft zur Hauptkasse. Karin kannte die junge Frau flüchtig, die dort halbtags Dienst tat. „Hallo, Frau Schmitz, ich möchte fünfzehn Euro wegen falschen Parkens einzahlen, bevor mir Stürmer wieder einen riesigen Tanz daraus macht." „Hallo, Frau Weber. Das geht leider nicht, weil wir noch kein Aktenzeichen haben, woraufhin der Betrag gebucht werden kann." „Scheiße", rutschte Karin Weber über die Lippen. Die junge Frau an der Kasse bemerkte sofort, dass es der Hauptkommissarin ernst war. „Lassen Sie mir das Geld hier, Frau Weber. Wenn die Knolle kommt, bekomme ich sie ohnehin als Erste zum Buchen. Ich nehme dann gleich Ihr Bargeld und zahle es ein. So kann ich die Angelegenheit sauber verarbeiten." „Super, Frau Schmitz, so machen wir das."

Mit viel Schwung nahm Karin Weber die Treppe und Kurs auf ihre Bürotür. Als sie jedoch hinter ihrem Schreibtisch Platz genommen hatte und in die Augen der toten Frauen blickte, die mahnend von der Pinwand gegenüber auf sie herunterschauten, verschwand augenblicklich ihre Euphorie. Sie legte ihren Kopf in ihre Hände und stützte ihre Ellenbogen auf dem Schreibtisch auf. Wie sollte das nur weitergehen? Sie hatte wirklich alle Hebel in Bewegung gesetzt, um dem Täter auf die Spur zu kommen. Erst letzte Woche hatten sie noch die DNA, die sie an den Tatorten gefunden hatten, durch alle Suchmaschinen von Interpol und selbst beim FBI durchlaufen lassen, doch der Erfolg war gleich null. Als wenn der

Täter in Wirklichkeit einfach nicht existierte. Auch eine Erklärung dafür, dass die DNA-Spuren auf den Füßen der Toten mit denen von diesem Dr. Zumbichl übereinstimmten, obwohl sie den Arzt mittlerweile als Täter ausgeschlossen hatten, konnte ihnen niemand geben.

Karin war so in Gedanken versunken, dass sie beinahe das Summen ihres Handys überhörte. „Weber?", antwortete sie ohne auf das Display zu schauen, wer da gerade Sehnsucht nach ihr hatte. „Hallo, Karin, hab ich dich etwa gestört?" „Hallo, Udo, nein, ganz sicher nicht. Dein Anruf ist eine schöne Abwechslung vom Alltagsleben." „Ich freue mich sehr, dich ein wenig aufheitern zu können. Es geht dir nicht gut, nicht wahr?" „Ach, Udo, wir hängen mit unseren Ermittlungen fest. Selbst unsere letzte heiße Spur ist mal wieder im Sande verlaufen." „Darf ich dich denn heute Abend ein wenig verwöhnen?" „Das hört sich auf jeden Fall verheißungsvoll an." „Ich mach uns etwas zu essen. Morgen früh fliege ich für den Rest der Woche nach München. Dort findet eine große Fortbildung für Ärzte der plastischen Chirurgie statt. Ich halte zwei Vorträge. Freitagnachmittag komme ich wieder zurück. Wenn du Lust hast, verbringen wir das Wochenende zusammen. Vielleicht fahren wir wieder ein wenig mit den Mopeds durch die Gegend. Wir wollten doch ohnehin einmal nach Holland an die Nordsee fahren. Was denkst du?" „Das klingt alles wunderbar. Lass uns heute Abend darüber reden. Eigentlich wollte ich dich heute ja nicht besuchen. Aber wenn du mich jetzt ein paar Abende im Stich lässt, mache ich eine

Ausnahme." „Das ist schön, wann kommst du?" „So gegen halb acht müsste klappen." „Prima, dann bis gleich. Ich denk an dich, Karin." Schon war Udo aus der Leitung verschwunden. Karin drückte ebenfalls auf die rote Taste ihres Mobiltelefons und legte es gedankenverloren auf ihren Schreibtisch. Sie nahm Udos Bild in die Hand und schaute es an. Lächelnd stellte sie es zurück auf ihren Schreibtisch. „Hat der Kerl mich doch schon wieder überredet, ihn heute Abend zu besuchen."

Warum sie kurz darauf später ihre Finger wie eine Klaviervirtuosin über ihre PC-Tastatur streicheln ließ, um nach dem Medizinerseminar in München zu schauen, konnte sie sich im ersten Moment nicht erklären. Jedenfalls dauerte es nicht lange und sie blickte dem Konterfei von Udo auf ihrem Bildschirm entgegen, dessen Vorträge als besondere Highlights des Seminars angekündigt wurden. Ein wenig stolz, mit diesen Mann liiert zu sein, legte sie sich in ihrem Sessel zurück. Wenig später summte ihr Festnetztelefon. „Weber?" „Ernst hier, hallo, Karin." „Du bist ja so förmlich. Ist etwas vorgefallen?" „Nein, keineswegs, Karin, aber wir haben neue Erkenntnisse: Zumbichls DNA ist nicht identisch mit der des Spermas auf den Füßen unserer Opfer." „Wie bitte?" „Ja, genau erklären können wir uns das auch noch nicht. Aber wie es scheint, hat unser Täter die gentechnischen Angaben von Doktor Zumbichl in dessen Personalakte verändert und seine eigenen dafür eingesetzt. Durch einen Zufall ist mir dies eben aufgefallen.

Mehr intuitiv habe ich eine eigene Genanalyse von Zumbichl angefertigt und ausgewertet und bin zu diesem Ergebnis gekommen." „Dann ist er also ganz sicher aus unserem Täterkreis zu streichen?" „Ja, Karin, so ist es." „Ich danke dir für diese Information, auch wenn sie uns der Lösung des Falles nicht näher bringt. Schönen Feierabend, Ernst." „Dir auch, Karin." Dies war wieder einer dieser Rückschläge, die Karin so hasste. Ein Blick auf ihre Armbanduhr signalisierte ihr, dass es schon wieder kurz nach neunzehn Uhr geworden war und sie heute ganz sicher ihren Fall nicht mehr aufklären konnte. Sie fuhr ihren PC herunter und verließ ihr Büro.

Kapitel 19

Die bereits langsam untergehende Sonne hinterließ immer noch angenehm warme Temperaturen, was die Vorfreude auf einen schönen Abend auf Udos Terrasse anwachsen ließ. Karin hatte den Mustang rückwärts in die Garage eingeparkt und ihre BMW Enduro vor die Haustüre gerollt. Im Schlafzimmer packte sie sich rasch noch ein paar Sachen für den morgigen Tag zusammen. Sie stopfte alles, was sie benötigte, in ihren Rucksack, setzte den Helm auf und brauste nach Bayenthal. Udo empfing sie bereits an der Türe mit martialisch, wirkenden Edelstahlspießen. „Hallo, Udo, willst du etwa mich auf den Grill legen?" „Hi, Karin, ganz sicher nicht, aber ich bin gerade dabei, für uns beide Espetadas mit Meeresfrüchten zuzubereiten. Komm herein." Der Duft von frischen Kräutern und Knoblauch empfing Karin, als sie auf die nicht einsehbare Terrasse trat. Die einfassenden Mauern rechts und links hatten ordentlich die Sonnenwärme des Tages gespeichert und gaben diese jetzt unvermindert ab. „Ist das schön warm hier", stellte Karin wohlwollend fest und legte ihre Arme um Udos Hüften, der gerade die Spieße mit Riesengarnelen, Seeteufelstückchen, Schalotten und Paprika bestückte. „Dort steht eine Flasche Pellegrino, nimm dir ein Glas." „Willst du mich etwa loswerden, weil dir meine Behandlung nicht gefällt?" Karins Hände hatten sich gerade auf den Weg gemacht, Udos Körper abzutasten. Behutsam wanderten sie langsam an ihm herunter, bis Karin sie an seinen erogensten Stellen verharren ließ. „Ganz und gar nicht. Ich bezweifle nur, dass wir bald etwas zu essen bekommen, wenn du so weiter machst." Grinsend wendete er seinen Kopf zur Seite und blickte sie an. Sanft zog sie ihre Hände weg und gab ihm noch einen Klaps auf seinen knackigen Hintern. „Na gut, verschieben wir das auf später. Aber nur weil ich Hunger habe."

Wegen der nur langsam abziehenden Hitze des Tages verzichteten sie auf den Konsum alkoholischer Getränke und blieben bei Mineralwasser. Die Spieße und das Stangenweißbrot dazu schmeckten einfach phänomenal. Nach zwei der portugiesischen Küche entliehenen Espetadas de Tamboril gab Karin, beinahe dem Platzen nahe, auf. „War das lecker. Ich verstehe gar nicht, warum du noch nicht verheiratet bist, bei deinen Kochkünsten?" „Ist es etwa nur die Küche, die dich bei mir verbleiben lässt?", fragte Udo ein wenig gespielt beleidigt zurück. „Unsinn, du hast doch auch noch einige andere Qualitäten, die ich nicht missen möchte." Karin grinste ihn frech an. „Da bin ich ja beruhigt." Gemeinsam räumten sie den Tisch ab und setzten sich eng aneinander gekuschelt in seine Hollywoodschaukel. „Du hast dich noch nie zu deinen Gefühlen mir gegenüber geäußert, weißt du das eigentlich?" „Ach, Udo, ich hab dir doch schon gesagt, dass ich mich nicht so Hals über Kopf verlieben kann. Das ist so gar nicht meins. Lass uns einfach die gemeinsamen Stunden genießen, und wenn sich meine Gefühle ganz für dich entschieden haben, werde ich es dir sagen." Karin legte sich halb über Udo und streichelte ihm über die nackte Brust. Als sich wenig später ihre Lippen berührten und sie sich regelrecht ineinander verbissen, fielen sie wie zwei Raubkatzen über einander her, die gemeinsam ein Beutetier rissen. Schwer atmend fanden sie sich irgendwann erschöpft auf einer der bequemen Gartenliegen wieder. „Das war einfach nur geil", rutschte es Karin spontan heraus. „Da gebe ich dir Recht, Karin. Ich kann mich nur so hingeben, wenn ich einen Menschen sehr liebe, so wie ich dich liebe." Karin legte sich der Länge nach auf Udo und küsste ihn. „Ich glaube, ich spüre langsam auch so etwas wie Liebe", hauchte sie ihm ins Ohr ohne ihn dabei anzusehen. „Das ist ja wunderbar. Möchtest du meine Frau werden, Karin?" „Spinnst du jetzt ganz? Wir kennen uns doch noch gar nicht richtig. Wie lange sind wir jetzt zusammen, drei oder vier Wochen? Gönn uns doch einfach noch ein wenig mehr Zeit, Udo." „Aber du bist meine Traumfrau." „Das glaubt doch jeder am Anfang einer Beziehung. Warte erstmal ab, wenn die ersten schwarzen Wolken über den Gefühlshimmel ziehen, weil die Zahnpastatube unverschlossen auf der Ablage liegt oder deine Traumfrau mal keine Zeit für dich hat, weil sie ganz lange arbeiten muss." „So ein Unsinn. Ich weiß doch vor einer OP auch nicht, wie viel Zeit ich für den Eingriff benötige." „Das sind doch nur einfache Beispiele, Udo, die eine Zweisamkeit stören und immer wieder mal zu Unfrieden führen können. Warten wir es doch einfach mal ab, wie es mit uns läuft." „Hast ja Recht, ich möchte jetzt auch nicht drängeln. Genießen wir die Zeit." „So sehe ich das auch." Karin gähnte. „Du, ich bin jetzt furchtbar müde. Gehen wir schlafen?" Udo zog seine Mundwinkel zu einem verschmitzten Lächeln hoch. „Nein, nicht wie du jetzt wieder denkst, du Nimmersatt, ich meine richtig schlafen." „Ich hab dich schon verstanden. Ich bin auch müde und es liegen zwei anstrengende Tage vor mir." Zweimal Zähneputzen später lagen sie in Udos gemütlichem Schlafzimmer im Bett. Karin fielen bereits die Augen zu. Wenig später schlief sie ein.

„Karin? Ich bin jetzt gleich weg. Zieh einfach die Türe hinter dir zu, wenn du die Wohnung verlässt. Die Putzfrau schließt später ab, wenn sie sauber gemacht hat." Karin erwachte aus ihrem Tiefschlaf und schaute auf ihre Uhr.

„Morgen, Udo. Es ist doch erst halb fünf. Was willst du denn so früh in München?", knurrte sie verschlafen. „Ich fliege mit einem Billigflieger. Weißt du, ich habe mir eine teure Freundin angelacht, die mir die Haare vom Kopf isst, und da muss ich halt an anderer Stelle sparen." „Du bist ja so doof, Udo", witzelte sie und zog ihn zu sich herunter. Die beiden tauschten noch einige Küsse aus, bis Udo sich von ihr löste. „Ich muss los, mein Schatz. Wenn ich heute Abend im Hotel bin und meinen ersten Vortrag gut überstanden habe, melde ich mich bei dir." „Mach das. Guten Flug und mach uns keine Schande, wenn du deinen Vortrag hältst." Es folgten noch weitere Küsse bis Udo endlich die Wohnung verlassen durfte. Karin drehte sich noch einmal um und schlief tatsächlich wieder ein und bis halb sieben durch.

Als ihr Handy sie ein zweites Mal an diesem Morgen aus dem Schlaf riss, stand sie gleich auf. Splitternackt lief sie ins Wohnzimmer, um draußen auf der Terrasse nach dem Wetter zu schauen. Entsetzt stellte sie fest, dass es regnete. „So eine Scheiße", entfuhr es ihr und dies kam nicht von ungefähr, denn schließlich war sie gestern mit dem Motorrad zu Udo gefahren und das bedeutete, dass sie heute verdammt nass werden würde. Rasch sprang sie unter die Dusche. Bevor sie die Wohnung verließ, nahm sie ein Blitzfrühstück zu sich. Sie schaute noch überall nach, ob alle Lichter ausgeschaltet waren und wenig später war sie auch durch die Tür. Geschmeidig hüpfend nahm sie die vielen Stufen hinunter in die Tiefgarage, wo ihre Enduro noch trocken stand. Mit einem Griff in die Satteltasche entnahm sie dieser ihre Regenkombi. Routiniert schlüpfte sie in die Schlechtwetterbekleidung und zog sich zum Schluss noch ihren Helm an. Zwei Rasterdrehungen im Zündschloss später sprang der BMW-Motor klaglos an und nahm gleich Drehzahl auf. Vorsichtiger als sonst brauste Karin erstmal zu sich nach Hause, um ihren Wagen zu holen.

Die Regenkombination hing sie gleich zum Trocknen an einen Kleiderbügel in ihre Duschkabine. Lederjacke und Hose hatten nichts vom Dauerregen abbekommen. Lediglich die Handschuhe legte sie in der Küche auf die Spüle, damit sie ebenfalls trocknen konnten. Im Bad zog sie noch eben mal kurz den Kamm durch ihre Haare und sprühte noch etwas Eau de Toilette in ihren Nacken. Fertig. Ihre Dienstwaffe schob sie wieder zurück in das Holster. Vom Schlüsselbrett nahm sie sich noch die Autoschlüssel und verließ das Haus. Surrend zog der Elektromotor das Tor ihrer Garage hoch. Der Regen hatte aufgehört. Sie schob ihre Maschine auf den zweiten Standplatz und verschloss die Lenkradverriegelung. Sie drehte sich um und öffnete die Fahrertüre des Mustangs. Mit Schwung ließ sie sich auf den Fahrersitz fallen, um gleichzeitig ihren kleinen Rucksack auf den Beifahrersitz zu werfen. Doch ihr kleiner Handtaschenersatz hüpfte ihr gleich wieder entgegen. Den Grund dafür erblickte sie, als sie den Kopf nach rechts drehte. Karin Weber war nicht der Weibchentyp, der bei jeder Gelegenheit hysterisch aufschrie, doch diesmal konnte sie ihre Gefühle nicht im Zaum behalten und schrie heftig auf. Mit dem Sicherheitsgurt an dem Türgriff der Beifahrerseite befestigt, saß dort ein lebloser Frauenkörper. Der Kopf der Frauenleiche lehnte an der B-Säule. Ein Augenpaar mit gebrochenem Blick starrte Karin Weber aus einem völlig entstellten und hautlosen Gesicht an. Zwei Maden bewegten sich langsam kriechend über das bereits getrocknete Gesichtsgewebe dem linken Augapfel entgegen. Karin saß stocksteif und völlig still in ihrem Fahrersitz. Dabei starrte sie in das Gesicht der Toten, das nur noch einer völlig entstellten Totenmaske glich und Ekel erregend abstoßend wirkte. Eine Mischung aus dem Gestank von Kupfer, der vom geronnenen Blut stammte und dem süßlichen Duft des Todes hatte sich bereits im Fahrzeuginneren ausgebreitet. Karin spürte, wie sich ihre Magensäfte zum Ausbruch formierten. Immer wieder musste sie heftig schlucken, um sich nicht zu erbrechen. Wie lange sie so dagesessen hatte, konnte sie später nicht mehr sagen, und wann sie den Notruf an ihre Zentrale absetzte ebenfalls nicht. Ihre Verkrampfung löste sich erst, als sie die Hände von Ernst Brandt, dem Gerichtsmediziner, spürte, der ihr aus dem Auto half. Kurz nachdem sie auf ihren Beinen stand, brach sie weinend zusammen. Nur der rasche Griff von Dr. Brandt unter ihre Arme verhinderte, dass sie ungebremst auf dem Betonboden ihrer Garage aufschlug. Sofort nahm sich der herbei geeilte Notarzt ihrer an. Zwei Sanitäter legten Karin vorsichtig auf eine Trage und brachten sie in den RTW des Malteser Hilfsdienstes. Der Notarzt leitete noch während der Fahrt ins Krankenhaus eine Schockbehandlung ein. In der Klinik wurde die Schockbehandlung von Karin Weber weitergeführt, bis man sie, mit einer Beruhigungsspritze versehen, auf Station verlegte.

Kapitel 20

„Hat jemand gehört, wie es Karin geht?", erkundigte sich Edith Steinbach nach ihrer Chefin. Im Konferenzraum des Polizeipräsidiums herrschte Hochbetrieb und die Stimmung konnte nur als sehr angespannt bezeichnet werden. Der Polizeipräsident hatte die Sitzung sofort nach der Einlieferung von Karin Weber ins Krankenhaus einberufen und gleich Unterstützung beim LKA in Düsseldorf angefordert. Hauptkommissarin Bülent und ihr Kollege Greiner vom LKA waren sofort herbeigeeilt und sichteten gerade gemeinsam die vorliegende Ermittlungsakte. „Das ist wirklich nicht die Welt, was Sie und Ihre Kollegen da zusammengetragen haben", rüffelte die eingesetzte Leiterin der Sonderkommission der nächst höheren Dienststelle ihre Kölner Kollegen. „Es gibt noch keine neuen Informationen zu Karins Gesundheitszustand", meldete sich der Gerichtsmediziner Ernst Brandt zu Wort. „Können wir jetzt weitermachen, Herr Doktor Brandt?" „Ja, sicher, aber es stand noch eine unbeantwortete Frage nach Karin Webers

Zustand im Raum, Frau Hauptkommissarin." „Die ja nun beantwortet ist. Sicherlich ist der Zusammenbruch der Kollegin Weber als tragisch anzusehen, doch wenn ich mir die Akte so ansehe, scheint sie mit dem Fall auch etwas überfordert zu sein." „Dann dürfte dies auf die ganze Abteilung zutreffen, Frau Bülent, denn wir arbeiten ja nun alle an diesem Fall", konterte Karins Stellvertreter Olaf Salcher und verschärfte damit die Tonart noch mehr. „Liebe Kolleginnen und Kollegen, ich muss doch sehr bitten. Hier sollte es keinesfalls um Kompetenzgerangel gehen, sondern um die hoffentlich baldige Aufklärung einer schwierigen Mordserie", mischte sich nun auch der Polizeipräsident in die Diskussion ein. Ganz sicher wollte er mit seinem Aufruf zur Mäßigung beitragen, bei der Düsseldorfer Behörde in einen schlechten Ruf zu verfallen. „Unsere Mordkommission leistet seit Jahren sehr gute Arbeit." „Wovon ich hier jedoch wenig erkennen kann, Herr Präsident. Warum wurden wir nicht schon früher um Amtshilfe gebeten? Schließlich haben wir ganz andere Möglichkeiten als eine einfach ermittelnde Behörde."

„Dann legen Sie doch schon mal los, aber ohne flotte Sprüche zu schwingen, Herr Kollege", forderte Edith Steinbach den Beamten aus Düsseldorf heraus, der sich nun ebenfalls in die Diskussion einmischte." „Wäre es unserer Sache nicht zuträglicher, wenn wir jetzt gemeinsam zum normalen Tagesgeschäft übergehen, ohne uns gegenseitig verbal die Köpfe einzuschlagen?", versuchte nun Hauptkommissarin Bülent zu schlichten, und sie hatte tatsächlich Erfolg mit ihrer Aktion. Der raue Ton verflog so schnell, wie er aufgekommen war und die Fronten entspannten sich zusehens. Doch einen wirklichen Fortschritt in ihren Ermittlungen brachte auch das Miteinander nicht. „Laut der KTU wurde wieder ein Schreiben am Fundort der Leiche gefunden, in dem der Täter Frau Weber dringend, ja beinahe flehend bittet, doch endlich ermittelt zu werden. Wurde das private Umfeld von Frau Weber schon durchforstet?" „Noch nicht gänzlich, Frau Bülent. Fakt ist jedoch, dass Frau Weber in einer sehr persönlichen Beziehung zu einem Arzt steht, der plastischer Chirurg von Beruf ist. Aber Sie glauben doch nicht wirklich, dass Frau Weber nicht bemerken würde, wenn ihr Lebensgefährte ein Serienmörder wäre?!" „Und genau das ist der springende Punkt, Frau Kollegin. Glauben heißt eben nicht wissen. Es könnte doch durchaus sein, dass dieser Irre die Nähe zu Frau Weber ausnützt und sich daran aufgeilt, wenn er sie ständig an der Nase herumführt." „Aber Karin ist doch nicht blöd! Sie hätte ganz sicher gemerkt, wenn mit ihrem Lebensgefährten etwas nicht stimmt", entgegnete Edith Steinbach. „Ich werde trotzdem Frau Weber dazu befragen. In welches Krankenhaus wurde sie eingeliefert?" „Ins Evangelische Krankenhaus im Weyerthal." „Dann fahre ich jetzt kurz zu ihr. Bleib du hier, Reiner. Vielleicht findet ihr noch etwas anderes heraus." Reiner Greiner fügte sich ein wenig unwirsch der Anweisung seiner vorgesetzten Kollegin und setzte sich in seinem Stuhl zurück. Während das Briefing weiterging, fuhr Asli Bülent zu Karin Weber ins Krankenhaus.

Karin schreckte ein wenig hoch, als sie unerwartet eine fremde Frau an ihrem Krankenbett erblickte. „Wer sind Sie?" „Hallo, Frau Weber, mein Name ist Asli Bülent. Ich bin die Leiterin der SOKO vom LKA, die Sie bei der Aufklärung Ihres Falles unterstützen soll. Darf ich Ihnen ein paar Fragen stellen? Wenn Sie sich allerdings dazu zurzeit nicht in der Lage fühlen, ist das kein Problem. Ich komme dann später noch einmal vorbei." „Hallo, Frau Bülent, befragen Sie mich ruhig. Es geht mir soweit gut." „Das ist super. Es geht leider um Ihr Privatleben. Haben Sie ein Problem damit, mir dazu Fragen zu beantworten?" „Ich verstehe jetzt nicht, was Sie meinen", log Karin ein wenig. „Sie sind mit dem plastischen Chirurgen Dr. Udo Stein liiert?" „Ja. Ach, darauf zielt Ihre Befragung ab. Udo Stein hat sogar versucht, uns Tipps zur Aufklärung des Falles zu geben. Es ging dabei um die Art der Schnittführung des Täters. Wenn Sie nun meinen, Udo wäre unser Serienkiller, muss ich Sie enttäuschen. Er kann keiner Fliege etwas zu Leide tun. Udo arbeitet unter anderem unentgeltlich für Ärzte ohne Grenzen in allen möglichen Krisengebieten. Weiterhin behandelt er auf eigene Faust in Afrika schwer verletzte Kinder. Ich glaube, ihn wirklich gut zu kennen, Frau Bülent; solche Taten traue ich ihm einfach nicht zu." „Das kann ich gut verstehen. Ganz sicher würde er nichts tun, was Ihnen schaden könnte, Frau Weber." "Das steht für mich ebenfalls außer Frage." "Könnten Sie trotzdem Dr. Stein ein wenig im Auge behalten?" "Soll das jetzt heißen, ich soll meinen eigenen Lebenspartner bespitzeln?" "Also bespitzeln würde ich das jetzt nicht nennen. Nennen wir es doch einfach: Ausschließen der Täterschaft." "Mir ist völlig egal, wie Sie das nennen, Frau Kollegin. Jedenfalls verlangen Sie von mir, dass ich sein Vertrauen, das er mir entgegen bringt, missbrauche." "Sie sollen doch nur die Augen offen halten und nicht seine Sachen durchschnüffeln." "Glauben Sie wirklich, ich gehe mit einem Mann ins Bett, der anderen Frauen die Gesichtshaut entfernt?" "Es ist doch nur, damit wir ihn definitiv als Täter ausschließen können." "Ist schon gut, ich weiß ja, was Sie meinen. Ich werde die Augen offen halten. Wie gehen Sie jetzt weiter vor?" "Nicht ich gehe weiter vor, Frau Weber, wir gehen zusammen weiter gegen den Täter vor. Ich möchte mit Ihnen und Ihren Mitarbeitern zusammenarbeiten und keine Alleingänge starten." "Oh, OK, da bin ich mal gespannt, ob und wie lange Sie und Ihre Mitarbeiter sich daran halten. Von meiner Seite haben Sie jede Unterstützung. Ich denke, ich bin morgen wieder im Büro und werde umgehend meine Mitarbeiter entsprechend instruieren." "Dann auf gute Zusammenarbeit, Frau Weber." "Sagen Sie einfach Karin." "Gern, ich heiße Asli. Wir sehen uns morgen im Office." "Ja, dann bis morgen, Asli." Lautlos wie die Leiterin der SOKO des LKA im Krankenzimmer erschienen war, verschwand sie auch wieder.

Karin verfiel ins Grübeln. Gleich hatte sie wieder sein Lächeln vor Augen. Nein, dieser Mann kann kein Mörder sein. Dafür ist er einfach viel zu sanft von seinem Wesen und einfühlsam. Karin verwarf alle unterschwelligen Bedenken. Allmählich wurde sie unruhig. Sie wollte nur noch raus aus dem Krankenhaus und es sich zu Hause gemütlich machen. Etwa eine Stunde später erschien das Ärzteteam zur Visite. Wieder schreckte Karin hoch, weil sie eingenickt war. Überhaupt fühlte sie sich müde und abgespannt. „Hallo, Frau Weber, wie fühlen Sie sich?", erkundigte sich der Chefarzt, der drei weibliche Assistentinnen im Schlepptau mitbrachte. „Es geht so. Ich möchte gleich nach Hause gehen und morgen wieder arbeiten. Das ist für mich die beste Medizin, Herr Professor." „Ich hätte Sie gern noch einige Tage hier behalten, Frau Weber. Sie befinden sich in einem äußerst labilen Zustand. Je nachdem, mit was Sie konfrontiert werden, können Sie jederzeit zusammenklappen." „Das mag ja sein. Aber ich hab schon schlimmeres gesehen, Herr Professor. Außerdem müssen wir den Täter dringend schnappen, damit ihm nicht noch mehr Frauen zum Opfer fallen." „Dann verlassen Sie die Klinik jedoch auf eigenes Risiko, Frau Weber." „Das unterschreibe ich Ihnen sofort. Ich möchte nur noch nach Hause." „Es gefällt Ihnen also nicht bei uns?", hinterfragte der Chefarzt. „Das wäre sicher die falsche Begründung, Herr Professor. Doch ich genese ganz sicher am schnellsten zu Hause." „Dann wünsche ich Ihnen weiterhin gute Besserung. Falls Sie nicht zurechtkommen, melden Sie sich bitte sofort wieder bei uns. Ich schreibe Ihnen noch ein Beruhigungsmittel auf, damit Sie schlafen können." „Danke, Herr Professor." Die Ärztekarawane zog weiter und Karin sich wieder an. Sie erledigte bei der Verwaltung noch alle Formalitäten und verließ umgehend das Krankenhaus.

Kapitel 21

Hastig nahm sie die wenigen Stufen vom Krankenhausportal herunter auf die Straße. Sie wollte jetzt einfach nur noch nach Hause. Ihr nächster Weg führte sie zum Taxistand. Sogleich öffnete sie die rechte hintere Türe des ersten Wagens und nahm auf der Rücksitzbank Platz. Erfreut bemerkte sie, dass ihr Taxi von einer älteren Frau chauffiert wurde, die sie freundlich grüßte und ihr später auch kein Gespräch aufzwang. Beinahe fünfundzwanzig Minuten benötigte die Fahrerin, bis sie Karin trotz des bereits nachlassenden Berufsverkehrs wohlbehalten zu Hause absetzten konnte. Karin rundete den Rechnungsbetrag noch sehr wohlwollend auf und verließ das Fahrzeug. Sehr schnellen Schrittes lief sie ihrem Hauseingang entgegen. Sie verhalf ihrer Jacke zu einem kurzen Freiflug, der an der Garderobe endete und betrat sofort ihr Bad, da sie ein dringendes Bedürfnis plagte. Wenig später öffnete sie ihr Gefrierfach. Jetzt war sie froh, dass sie bei einem ihrer letzten Einkäufe sehr weitsichtig geplant und eine

Fertigpizza mehr erstanden hatte, die sie nun in Augenschein nahm. Pizza mit Thunfisch stand verheißungsvoll auf der Verpackung zu lesen. „Genau das richtige nach solch einem Tag", sprach sie leise vor sich hin und schaltete ihren Herd ein. Eine gute halbe Stunde später saß sie vor dem Fernseher und verspeiste mit Heißhunger die in handliche Stücke geschnittene, industriell gefertigte Pizzaspezialität. Mit dem Inhalt einer Flasche Bier, dem sie nicht einmal den Weg in ein Glas gönnte, spülte sie ihr Abendessen herunter. Irgendwie fühlte sie sich nun besser.

Bevor sie sich in ihre kuschelige Decke einrollte, nutzte sie die Dauer der Tagesschau für eine heiße Dusche. Als der coole Inspektor des CSI seinen Dienst um pünktlich zwanzig Uhr fünfzehn antrat, lag sie auf ihrem Sofa und nuckelte an der zweiten Flasche Bier. Als die Fernsehkollegen gerade ihre erste Leiche dem Gerichtsmediziner überstellten, fielen Karin die Augen zu. Ihr Körper zahlte dem Stress des Tages und den Medikamenten, die sie einnehmen musste, Tribut. Das Summen des Handys riss sie aus ihrem traumlosen Schlaf und ließ sie hochschrecken. „Weber?", hauchte sie mehr schlaftrunken in die Sprechöffnung. „Karin? Habe ich dich etwa geweckt? Das tut mir sehr leid. Ist alles OK bei dir?" „Hallo, Udo." Da sie stutzte, sprach er gleich weiter. „Was ist los mit dir? Geht es dir nicht gut?" „Doch, doch, ist soweit alles OK." Dann brach die eigentlich sonst so toughe Hauptkommissarin in Tränen aus und wurde von einem Weinkrampf geschüttelt. „Karin, hallo, was ist passiert?" „Ich bin einfach völlig fertig." „Was ist denn geschehen?" Karin Weber hob nun langsam und eher leise an, Udo Stein alles zu erzählen, was sie am heutigen Tag erlebt hatte. Der in der Behandlung von Traumapatienten erfahrene Arzt ließ Karin, ohne sie zu unterbrechen, sich einfach alles von der Seele reden, was eine ganze Zeit in Anspruch nahm. Als Karin geendet hatte, sprach er sie nach kurzer Zeit der Ruhephase an. „Entschuldige, Karin, das ich so still bin. Bin gerade im Internet auf der Suche nach einer Flugverbindung nach Köln/Bonn. Ich lasse hier Vortragsreihe Vortragsreihe sein und fliege wenn möglich gleich zurück zu dir." „Das kommt überhaupt nicht in Frage, Udo. Ich komme schon klar. Mach dir um mich mal bitte keine Sorgen. Außerdem geht dein Vortrag ja wohl vor. Du musst doch auch deinen Verpflichtungen nachkommen. Es geht schon. Bis übermorgen halte ich noch ohne dich aus." „Wirklich? Soll ich nicht doch besser kommen?" „Nein, lass mal gut sein. Ich gehe gleich zu Bett und schlafe bis morgen früh aus. Dann bin ich ganz sicher Freitag, wenn du zurück bist, wieder die alte Karin." „Naja, alte Karin." „Du weißt schon, wie ich das meine." „Also gut." Ein wenig plauderten sie noch, bis Karin beinahe die Augen zufielen. Udo bemerkte dies, weil sie ständig gähnte. „So, und nun schlaf gut, mein Schatz. Ich melde mich morgen bei dir, und Freitag nehme ich dich wieder in meine Arme und füttere dich durch." „Ich werde noch fett wie eine alte Henne", entfuhr es Karin schon im Halbschlaf. „Schlaf gut." „Du auch, Udo." Nach dem Telefonat schlich Karin umgehend in ihr Bett und schlief sofort ein.

Am frühen Donnerstag weckte Karin nicht ihr Wecker, sondern zwei Amseln, die ihr frühes Morgenzwitschern erklingen ließen. Sie reckte und streckte sich, bis sie sich entschloss aufzustehen. Langsam lief sie zum Schlafzimmerfenster und öffnete es. Das vertraute Zwitschern der beiden Singvögel nahm an Intensität nur noch zu. Sie schaute aus dem Fenster hinaus in den Garten. Schon bald hatte sie die beiden gefiederten, fröhlichen Quälgeister entdeckt, die es sich auf dem Kirschbaum gleich gegenüber gemütlich gemacht hatten. Karin legte ihre Hände hinter den Kopf und dehnte ihren ganzen Körper. Die Frische der Morgenluft, die die aufgehende Sonne bereits ganz langsam erwärmte, sog sie tief in ihre Lungen ein. Nachdem sie das Naturschauspiel einige Minuten richtig genossen hatte, startete sie in der Küche die Kaffeemaschine. Während der Automat dort aus Kaffeepulver und kochendem Wasser einen aromatischen Morgenkaffee zauberte, ging Karin duschen. Frisch duftend zog sie sich an. Als sie jedoch ihre Jeans hoch zog, stockte ihr der Atem. Ihr Waffenholster war leer. Leicht durch die noch nicht ganz geschlossene Hose behindert, hoppelte sie, ihre Jeans mit einer Hand festhaltend, die Treppe ins Erdgeschoss herunter. Sogleich griff sie sich ihre Jacke. Doch auch diese war schon beim ersten Berühren viel zu leicht, als dass dort ihre Pistole in einer der Taschen stecken konnte. Fast panisch riss sie den Reißverschluss ihres Rucksacks auf. Ohne Sorgfalt walten zu lassen, drehte sie ihn einfach um und kippte den Inhalt auf den Dielenteppich. Erst als sie das plumpe Geräusch ihrer Walther vernahm, als diese auf dem dicken Bodenbelag aufschlug, fand sie zu ihrer Ruhe zurück. Sofort führte sie einen Check durch, doch es fehlte keine einzige Patrone im Magazin und alles war im grünen Bereich. Beruhigt schob sie die Pistole in den Hosenbundhalfter.

Nach diesem Schreck schmeckte ihr der Kaffee noch einmal so gut. Sie bestrich noch zwei Knäcke mit Margarine und Erdbeermarmelade und füllte etwas Orangensaft in ein Glas. Schon zehn Minuten später hatte sie ihr Frühstück beendet. Karin spülte rasch noch die benutzten Frühstückutensilien ab. Als sie damit fertig war, vernahm sie ein stetes, eher leises Klopfen aus der ersten Etage. Eiskalt lief es ihr den Rücken herunter. Sollte der Täter nun genug von seinen Spielchen haben und sie ebenfalls töten wollen? Doch so leicht würde sie es ihm nicht machen. Sofort riss sie ihre Walther aus dem Gürtelhalter und lud sie durch. Mit der linken Hand testete sie, ob die beiden Ersatzmagazine ebenfalls noch am Gürtel in der ledernen Halterung steckten. Karin fühlte sich bereit. Eine Menge Gedanken schossen ihr durch den Kopf. Sie waren bisher immer nur von einem Täter ausgegangen und mit einem Mann wurde sie immer fertig, zumal sie bei keinem Einsatz einen

Hinweis auf Waffenbesitz des Täters festgestellt hatten. Er benutzte weder ein Messer noch eine Schusswaffe für seine Taten. Da sie noch keine Schuhe trug, rannte sie lautlos die Treppe zum Obergeschoss hinauf, immer bereit, falls erforderlich sofort den Abzug ihrer Waffe betätigen zu können. Das Geräusch kam eindeutig aus ihrem Schlafzimmer. Kalt lief es ihr den Rücken herunter, wenn sie darüber nachdachte, dass sie noch vor einer dreiviertel Stunde hier ruhig in ihrem Bett tief und fest geschlafen hatte und vielleicht ihr Mörder sie dabei beobachtete. Die Türe zum Schlafzimmer war nur angelehnt, was den Überraschungsmoment nur noch vergrößerte. Fest umfasste sie den Griff ihrer Waffe mit beiden Händen. Sie atmete ein paar Mal tief durch und dann ging alles rasend schnell, so wie sie es schon hundertfach durchgezogen hatte. Mit der linken Schulter schob sie die Türe weit auf und sprang, in den Knien federnd, mit einem Satz in ihr Schlafzimmer. Wild drehte sie sich und die Mündung ihrer Waffe in alle Richtungen, doch nirgends sah sie ein menschliches Wesen. Karin entspannte sich zusehen. Erst als es wieder klopfte und sie die Ursache dieser Geräusche am Schlafzimmerfenster vermutete, nahm ihre Spannung wieder zu. Mit der linken Hand riss sie den Vorhang zur Seite und blickte in die tiefschwarzen Augen eines Raben, der mit seinem Schnabel versuchte, sein Spiegelbild zu bekämpfen. Karin musste laut lachen und schob die gesicherte Waffe zurück in ihr Gürtelfutteral. Als sie nun ganz nah ans Fenster trat, erschreckte sich der Rabe so sehr, das er davonflog.

Kapitel 22

Karin hatte sich wieder ein Taxi genommen, das sie zum Präsidium nach Kalk brachte. Wenig erfreulich hingegen war die Tatsache, dass der Fahrer ihr seine gesamte Lebensgeschichte erzählte, während sie auf der Rückbank sitzend vor sich hin döste und über Möglichkeiten zur Aufklärung ihres Falles nachdachte. Vielleicht war es wirklich besser, die Verantwortung auf mehrere Schultern zu verteilen, damit der Druck etwas nachließ. Auch wenn die Kollegen vom LKA meistens ihr eigenes Süppchen kochten, sorgte deren Mithilfe doch zumeist für Schwung. Leider aber auch für ziemlich viel Unfrieden. Fast hätte sie nicht bemerkt, dass der Taxifahrer bereits vor dem Portal des Präsidiums anhielt und ihr die Rechnung präsentierte. Karin zahlte den geforderten Betrag und legte noch ein Trinkgeld drauf. Danach entstieg sie dem Mercedes und verschwand im Schlund des Polizeigebäudes.
Sie grüßte kurz den Pförtner und zog ihre Erkennungskarte kurz durch den Scannerschlitz. Das Treppensteigen bis zur dritten Etage, in der die Mordkommission untergebracht war, machte ihr nichts aus. Sie betrat das Büro ihrer Kollegen und wünschte einen guten Morgen.

„Hallo, Karin, schön dass du wieder da bist. Wie geht es dir?" „Danke der Nachfrage, Edith, es geht so. Aber weder im Krankenhaus noch zu Hause hätte ich meine Ruhe gefunden, deshalb bin ich ins Büro gekommen. Wie läuft es mit den LKA-Kollegen?" „Wie gewöhnlich spielen sie etwas die Wunderheiler, aber im Großen und Ganzen funktioniert der Infoaustausch. Nun sind die Bülent und der Greiner ja auch erst seit gestern hier und richten sich erst mal in Ruhe ein. Wir haben ihnen unseren Besprechungsraum als Domizil überlassen. Das war doch richtig, oder?" „Ja, klar, vielleicht bringen uns die beiden tatsächlich in unserem Fall weiter. Ich weiß im Moment einfach nicht, wo mir der Kopf steht." „Das verstehe ich sehr gut. Ich hatte dir auch deine Pistole für alle Fälle in den Rucksack gesteckt. Da kommt auch Olaf." „Hallo, Karin, geht es einigermaßen?" „Ich denke schon. Wir haben ja jetzt auch tatkräftige Unterstützung. Ich werde die Beiden jetzt erstmal begrüßen. Bis später." Karin verließ das Büro der Kollegen und überquerte kurz den Gang zum Besprechungsraum. Ohne anzuklopfen trat sie in den geräumigen Raum ein. „Guten Morgen, Asli, Morgen, Herr Greiner." „Hallo, Karin, schön, dass es dir schon besser geht." „Morgen, Frau Weber." „Morgen, Herr Greiner." „Sagen Sie doch einfach, Reiner." „Ja, gern, Karin ist mein Name. Habt ihr schon etwas herausgefunden?" „Nicht wirklich. Ihr habt bisher sehr gute Arbeit geleistet. Wir beratschlagen gerade, ob wir nicht in einer großen Aktion alle Plastisch-Chirurgischen Praxen und Kliniken in und um Köln aufsuchen und die Ärzte entsprechend befragen und deren DNA erbitten." „Das wäre ganz sicher ein guter Ansatz. Mein Lebensgefährte hatte mir den Tipp gegeben, dass von der Art der Schnittführung her unser Täter eventuell in Süddeutschland ausgebildet wurde. Wir hatten deshalb bereits Dr. Zumbichl verhaftet, bei dem sich im Nachhinein jedoch herausstellte, dass unser Täter, wie auch immer er das angestellt hat, dessen DNA-Probe gefälscht hat." „Zumbichl hat in Süddeutschland studiert?" „Ja." „Und wenn wir ihn noch mal in die Mangel nehmen?" „Haben wir bereits getan. Er kann es nicht gewesen sein." „Dann starten wir morgen unsere Aktion mit den niedergelassenen plastischen Chirurgen." „Bekommen wir denn noch Leute zur Unterstützung?" „Darum kümmere ich mich jetzt." „Alles klar, dann bis später."

Karin betrat ihr Büro und ließ sofort ihren PC hochfahren. Sie holte sich noch einen Becher Kaffee und checkte ihre Mails. Das Gros der elektronisch übermittelten Nachrichten war Schrott und wanderte gleich in den virtuellen Mülleimer. Fast ganz am Schluss ihrer Liste weckte eine Mail ihre Aufmerksamkeit, die direkt an sie gerichtet war und den Vermerk persönlich enthielt. Neugierig öffnete sie die Nachricht. Langsam baute sich die rückwärtige Ansicht einer Engelsbüste auf. Langes, blondes Haar, das wallend über ein weißes Gewand fiel und über dem kreisförmig ein Heiligenschein aufrecht stand, war sofort erkennbar. Langsam drehte sich die Büste, die auf einer rotierenden Scheibe zu stehen schien, dem Betrachter entgegen.

Eiskalt lief es Karin den Rücken herunter. Sie hatte das wunderschöne Gesicht eines Engels erwartet, doch nur ein Augenpaar mit gebrochenem Blick starrte ihr entgegen. Keine weichen Züge lächelten sie an. Der pure Anblick von blutigem, sehnigem Gewebe raubte Karin den Atem. Ein leichter Anfall von Schwindel, der sich mit Ekel mischte, ließ sie in ihrem Schreibtischstuhl zusammen sinken. Übelkeit trieb ihren Mageninhalt ihre Speiseröhre hoch und nur durch vermehrtes Schlucken verhinderte sie, sich übergeben zu müssen. Urplötzlich zerlief die Fratze auf ihrem Bildschirm, als wäre das Bild mit Wasserfarbe gemalt, durch einen Regenguss zerstört worden. Doch sogleich entstand, digital animiert, ein neues Gesicht, und als Karin genauer hinsah, erschrak sie erneut: Plötzlich war es so, als schaue sie in einen Spiegel. Karin drückte sich ganz fest die rechte Faust vor den Mund, um nicht losschreien zu müssen. Wie im Trance las sie die Zeilen, die nun am unteren Bildschirmrand ersichtlich wurden: „Warum fängst du mich nicht, Karin? Eine Woche gebe ich dir noch. Schaffst du es bis dahin nicht mich zu finden, hole ich dich und füge dein liebreizendes Antlitz in meine Sammlung ein." Dies überstieg nun doch all ihre Beherrschung. Im hohen Bogen spuckte sie ihren Mageninhalt in den Papierkorb. Langsam hob sie ihren Kopf und legte ihn erschöpft gegen die hohe Lehne ihres Schreibtischsessels. Mit zittriger Hand fingerte sie nach dem Becher auf ihrem Tisch. Doch da dieser mit Kaffee gefüllt war und ihr der Sinn überhaupt nicht nach dem koffeinhaltigen Heißgetränk stand, setzte sie den Becher wieder ab. Unfähig etwas zu unternehmen, schaute sie noch mal auf den Bildschirm. Doch die vorher gesehene Computeranimation war verschwunden. Nur noch der Bildschirmschoner mit dem Polizeizeichen von Nordrheinwestfalen prangte auf dem TFT.

Dass ihr Telefon summte, bemerkte Karin anfangs gar nicht. Dann jedoch nahm sie das Gespräch entgegen. „Weber?", krächzte sie mehr oder weniger verständlich. „Karin? Ich bin´s, Udo. Ist alles OK bei dir?" „Hallo, Udo, ja, ist alles bestens. Mach dir keine Sorgen um mich." „Du hörst dich aber so merkwürdig an. Was ist los, mein Schatz?" Dann konnte sie sich einfach nicht mehr beherrschen. Heulend und schluchzend berichtete sie ihrem Lebensgefährten, was geschehen war. „Karin, lass dich doch für einige Tage beurlauben. Du stehst das körperlich nicht durch. Außerdem ist die psychische Belastung einfach zu groß für dich. Ich nehme morgen früh die erste Maschine nach Köln/Bonn und komme gleich zu dir nach Hause. Dann packen wir alles zusammen und unternehmen einen Kurztrip über das ganze Wochenende, damit du mal wieder auf andere Gedanken kommst. So lange musst du noch durchhalten. Schaffst du das?" „Ja, mach dir keine Sorgen, Udo. Ich stehe das schon durch." „Also, so ganz bin ich nicht davon überzeugt. Ein guter Freund von mir ist Psychologe. Soll ich ihn anrufen und dich avisieren?" „Das kommt überhaupt nicht in Frage! Ich geh doch nicht zum Irrenarzt." „Karin! Jetzt hör bitte auf herum zu plärren. Du brauchst dringend Hilfe, sonst klappst du mir noch zusammen." „Lass uns das morgen diskutieren, ja?" „OK, wie du magst. Dann melde ich mich heute Abend noch mal telefonisch bei dir. Gegen neunzehn Uhr dreißig beginnt das Festbankett. Kurz vor Beginn melde ich mich wieder bei dir, einverstanden?" „Ja, alles klar, bis heute Abend." „Ich liebe dich, Karin." „Ich freue mich, wenn du wieder hier bist. Bis später."

Karin legte den Hörer auf die Station und lehnte sich zurück in ihren Sessel. Immer noch liefen Tränen ihre Wangen herunter, die sie rasch mit einem Papiertaschentuch trocknete. Karin schloss ihre Augen. Wieder summte ihr Telefon. Sie zuckte verschreckt zusammen, nahm dann aber doch das Gespräch entgegen. „Weber?" „Ernst hier, hallo, Karin. Ist was?" „Hallo, Ernst, wie kommst du darauf?" „Du klingst, als hättest du geheult." „Hab ich auch." „Was war denn los?" Karin erzählte dem Gerichtsmediziner Ernst Brandt kurz, was sie gerade erlebt hatte." „Das ist ja unglaublich! Informiere sofort die EDV-Spezialisten! Vielleicht können die Jungs den Ursprung der Mail zurückverfolgen?" „Ja, mach ich jetzt, Ernst. Aber du wolltest mir sicher etwas anderes berichten?" „Ja, korrekt, ich habe die Obduktion der Leiche aus deinem Fahrzeug durchgeführt. Du kannst den Wagen übrigens heute abholen. Wir haben alle Spuren gesichert. Du wirst kein Stäubchen mehr im Fahrzeug finden. So sauber war der Innenraum nicht einmal, als der Wagen neu war." „Das ist schön

zu hören. Was ist mit der Toten?" „Die Frau heißt Rachel Muller und ist US-Amerikanerin. Sie ist 36 Jahre und die Geschäftsführerin und Hauptaktionärin einer der größten Fast Food Ketten in den Staaten. Ansonsten weist die Leiche von Frau Muller die gleichen Merkmale auf wie die anderen toten Frauen. Makellos lackierte und gepflegte Fuß- und Fingernägel, Sperma auf dem rechten Fuß in Zehnähe mit der gleichen DNA wie gehabt. Keine Anzeichen von Gewalteinwirkung bis auf die Tatsache, dass die Gesichtshaut professionell entfernt wurde. Todesursache Herz- und Hirninfarkt, begünstigt durch ein Beruhigungsmittel, das nach wie vor undefinierbar ist. Der Todeszeitpunkt liegt sicher mehrere Tage zurück. Die Leiche wurde entsprechend gekühlt. Ich warte noch die Laborergebnisse ab, bevor ich dir dazu mehr sagen kann. Mehr habe ich leider nicht für dich."
„Also alles wie bisher. Ist der Kerl so gerissen oder sind wir einfach zu blöd ihn zu schnappen?"
„Für ihn scheint das alles ein Spiel zu sein und wie es scheint, möchte er dir damit imponieren."
„Wenn alle Männer ihrem Schwarm so imponieren würden, dann frohe Weihnachten."
„Da gebe ich dir allerdings Recht. Geht doch auch mal der Frage nach, wieso er gerade dich meint. Woher könnte er dich kennen? Welcher Anlass lag vor, dass er sich so auf dich fixiert? Vielleicht findet ihr auf der Schiene passende Ansatzpunkte." „Keine schlechte Idee. Aber wo sollen wir da anfangen?" „Das ist dein Job, Karin, du bist der Bulle." „Ein Glück, dass du nicht die Kuh gesagt hast." „Also, ich bitte dich, Karin.

Jetzt ruf die Mädels und Jungs von der EDV-Kripo an, damit die sich mit deinem PC befassen. Ich melde mich wieder bei dir. Eins noch, Karin, versuche mal ein paar Tage auszuspannen. Nicht das dich der Fall noch ganz außer Gefecht setzt." „Das geht doch nicht, Ernst. Ich kann meine Kollegen nicht im Stich lassen." „Wenn es dich ganz dahin rafft, musst du ohnehin zwangspausieren." „Ich denke drüber nach, Ernst. Erstmal vielen Dank. Bis bald."

Kapitel 23

„Komm, setz dich zu mir, Karin und trink einen Tee mit mir. Der wird dir sicher gut tun." „Danke, Asli, dein Angebot nehme ich gerne an. Der duftet aber gut." „Das ist Minzetee mit ganzen, frischen Blättern aufgegossen. Der wird dir bestimmt schmecken. Zucker?" „Ja, bitte zwei Stückchen." Vorsichtig schlürfte Karin Weber den heißen Tee aus dem Becher. „Der ist wirklich lecker." „Das freut mich, dass er dir schmeckt. Tja, Karin, wir haben natürlich sofort versucht, die Ermittlungen aufzunehmen und folgendes herausgefunden: Die Tote in deinem Wagen heißt Rachel Muller, ist US-Amerikanerin und Geschäftsführerin und Mitinhaberin einer der größten Fastfood-Ketten in den USA. Sie war geschäftlich in Deutschland, um hier den Stützpunkt für ihre Kette in Europa zu gründen und um erste Franchiser zu finden. Noch am Abend ihrer Ankunft lernte sie im Hotel Crown Excellsior, einem sehr noblen Fünf-Sterne- Hotel, einen Mann mittleren Alters namens Anton

Brückli kennen. Der Mann wies sich an der Rezeption beim Einchecken als Schweizer Staatsbürger aus und gab als Berufsbezeichnung Kaufmann an. Er handelt wohl mit Diamanten. Brückli hatte für zwei Nächte gebucht und gleich bei der Ankunft im Voraus bezahlt. Wie er Frau Muller kennen lernte, ist nicht bekannt. Fakt ist aber, dass sie sich vorher ganz sicher nicht bekannt waren, jedenfalls erhielten wir diese, jedoch eher vage Auskunft, vom Büro der Unternehmerin. Brückli erkundigte sich beim Portier nach einem Nachtclub, der Lifesex anbietet. Er erhielt von dem Hotelbediensteten zwei Adressen. Sie entschieden sich für das Belami und buchten für die erste Nightshow ein Separee. Brückli orderte eine Flasche Champagner sowie eine Flasche Mineralwasser. Sie schauten sich die Show an und laut Aussage der Reinigungskraft des Etablissements hatten die beiden Verkehr miteinander. Sie verbrauchten wohl zur Beseitigung ihrer Liebesaktspuren eine halbe Dose Einmaltücher. Danach verließen sie die Bar und von da an endet jede Spur. Das Jaguarcoupe einer Mietwagenfirma, dass Brückli am Tag zuvor gemietet hatte, fand man am nächsten Tag in der Kölner Innenstadt im Halteverbot abgestellt. Da Brückli jedoch die Rechnung beim Autovermieter auch bereits im Voraus beglichen hatte, holte nur ein Mitarbeiter des Unternehmens den Sportwagen beim Abschleppdienst ab, nachdem das Ordnungsamt den Wagen hatte dorthin verbringen lassen. Die suchen Brückli jetzt ebenfalls, weil sie sonst auf dem Verwarnungsgeld und den Abschleppkosten sitzen bleiben."

„Und Brückli?" „Ist in Deutschland unbekannt. Die Schweizer Polizei ermittelt zwar noch, ließ jedoch schon durchblicken, dass ein Diamantenhändler dieses Namens auch in der Schweiz nicht bekannt ist, geschweige denn aktenkundig."
„Na, wunderbar! Läuft ja prächtig." „Nun werde mal nicht gleich ungeduldig, Karin, wir sind doch dran. Noch heute erhalten wir vom Portier des Hotels ein Phantombild von Brückli, das mit Hilfe deiner Kollegen digital erstellt wurde. Damit rücken wir ihm wieder ein kleines Stück näher. Wenn das Foto gut ist, beantrage ich bei der Staatsanwaltschaft die Genehmigung, es zu veröffentlichen und dann startet die Fahndung. Glaub mir, Karin, noch eine Woche, dann haben wir den Täter, egal wie er auch heißen mag." „Du bist ja zuversichtlich, Asli." „Gemeinsam schaffen wir es, ganz sicher. Deine Leute sind richtig gut. Eigentlich hat der Täter keine Chance. Sag mal, willst du nicht ein paar Tage Pause machen, Karin?" „Alle Menschen in meiner Umgebung möchten mich in Urlaub schicken. Ich verstehe das überhaupt nicht." „Karin, du hast in den letzten Tagen eine Menge furchtbarer Dinge erlebt. Mach doch einfach ein paar Tage Urlaub und ruh dich etwas aus. Jetzt schau mich nicht so an: Ich möchte dich keinesfalls loswerden. Ich mache mir nur Sorgen um dich." „Ich denke drüber nach, Asli", gab Karin etwas kleinlaut zur Antwort. „Danke für den Tee. Ich schaue jetzt mal nach, ob ich schon einen neuen PC

installiert bekommen habe." „Mach das. Wenn ich das Phantombild habe, sage ich dir Bescheid. Wir überlegen dann zusammen, wie wir weiter vorgehen." „Alles klar. Bis später." Etwas nachdenklich verließ Karin den Konferenzraum. Sie dachte darüber nach, ob sie Asli Bülent, der LKA Mitarbeiterin, wirklich trauen konnten. Doch wenn sie die ganze Entwicklung ihres Falles wirklich Revue passieren ließ, musste sie der Kollegen Recht geben. Es war wirklich etwas viel, was in letzter Zeit auf sie eingewirkt hat. Vielleicht sollte sie tatsächlich eine Woche mit Udo an die See fahren und mal an nichts anderes denken als an ihre private Zukunft.

Ein wenig zuckte Karin zusammen, als der junge, drahtige Mann unter ihrem Schreibtisch hervorkletterte und sie mit einem entwaffnenden Lächeln anblickte. „Hallo, Frau Weber, ich habe Ihnen gerade einen flammneuen Hochleistungsrechner angeschlossen. Kein Vergleich zu Ihrem alten Hündchen. Ihre persönlichen Daten haben wir Ihnen aufgespielt. Alle übrigen Dateien wurden auf dieser externen Festplatte abgespeichert. Mit dieser Maßnahme soll verhindert werden, dass Virusinfektionen aus Ihren vorhandenen Dateien erst gar nicht auf Ihren neuen Rechner gelangen. Bildschirm, Drucker und Scanner habe ich ebenfalls angeschlossen. Funktionsprüfung ist positiv. Sie können jetzt wieder sorglos arbeiten. Die Prüfung auf Virusbefall Ihres alten Rechners läuft aber noch. Das Ergebnis erhalten Sie sofort, wenn wir etwas finden." „Das sieht ja gut aus, was Sie da gemacht haben. Danke schön." „Ist doch mein Job." Strahlend verließ der junge Systemadministrator Karins Büro und winkte ihr noch zu. Sie schien ihm zu gefallen. „Mein Gott, Kleiner, ich könnte deine Mutter sein. Du brauchst noch ein paar Jährchen Südweide. Dann sprechen wir uns wieder", flüsterte sie leise und etwas überheblich vor sich hin, während sie sich ins System einloggte. Tatsächlich schien der neue Rechner um einiges flotter zu sein als ihr altes Gerät. So ließen sich die ganzen Mails in ihrem Postfach noch einmal so schnell beantworten.

Kurz nach vier überschlugen sich dann die Ereignisse. Asli Bülent stürmte mit zwei Fotos in Karins Büro. „Schau her, da sind die ersten Fotos von Brückli. Wir haben die beiden Phantombilder mit den Aufnahmen verglichen, die in der Hoteltiefgarage von der automatischen Kameraüberwachung gemacht wurden. Das ist Brückli." Karin sah sich die beiden Aufnahmen genau an und begutachtete sie sogar mit einer Lupe. „Wenn wir die der Presse zur Verfügung stellen, müsste Brückli schnell zu fassen sein. Wo hat er eigentlich den Wagen angemietet?" „Am Flughafen Köln/Bonn." „Dann schicken wir Olaf Salcher hin, der vor Ort die Mitarbeiter der Autovermietung befragen soll. Vielleicht kriegen wir da noch etwas raus." Karin verließ sofort das Büro, instruierte den Kollegen Olaf Salcher und drückte ihm das Bild in die Hand. Der zögerte nicht lange und machte sich gleich zum Flughafen auf. „Hoffentlich bringt uns die Fahndung nach Brückli weiter." „Das glaube ich schon, Karin. Der Mann hat irgendwie eine gewisse Ausstrahlung. Daran erinnern sich sicher eine Menge Menschen." Mit einmal öffnete sich schwungvoll Karins Bürotüre und herein trat Reiner Greiner, der Kollege von Asli Bülent. „Hallo zusammen. Hier ist die Freigabe der Fotos von Brückli zur Fahndung von Staatsanwalt Fleischer gekommen." „Na super, dann lasst uns den entsprechenden Text dazu abfassen, damit wir noch heute die Printmedien sowie die Fernsehsender informieren können. Jetzt schau mal nicht so, Karin. Sieh doch, es geht voran. Auch wenn unsere Schritte noch sehr klein sind: Ganz langsam ziehen wir die Schlinge um Brücklis Hals zusammen. Wenn die Fahndung erstmal läuft, haben wir ihn schnell." „Und wenn Brückli längst wieder in die Schweiz zurückgekehrt ist und sich in irgendeinem verschlafenen Kanton versteckt hält?" „Jetzt denk doch mal positiv, Karin. Wir kriegen den Kerl, sei gewiss." Ihre Euphorie brach leicht ein, als Olaf Salcher nach der Befragung der Mitarbeiterin der Autovermietung vom Flughafen zurückkam. „Und, was hast du herausbekommen, Olaf?" Ungeduldig rutschte Karin auf ihrem Stuhl hin und her. „Wenn ich ehrlich bin: Nicht gerade viel. Der junge Mann, der Brückli den Wagen vermietet hat, heißt Markus Bär. Er hat Brückli sofort wieder erkannt. Wir sind dann die Buchungsunterlagen durchgegangen. Laut ausgefülltem Formular und vorgelegtem Pass stammt Brückli aus Zürich. Ich habe sofort die Kollegen der Kantonspolizei Zürich angerufen, doch ein Anton Brückli ist weder in Zürich noch im Umland gemeldet." „Hat er tatsächlich bar bezahlt?" „Ja, Karin, auch eine Barkaution für eine komplette Tankfüllung hinterließ Brückli." „Dann führt uns diese Spur in eine Sackgasse." „Stimmt, lediglich die Tatsache, dass das Gesicht von Brückli erkannt wurde, bleibt uns als Trost." „Na wunderbar, Olaf." „Tut mir leid." „Nicht deine Schuld. Mach, dass du zu Frau und Kind nach Hause kommst, Olaf. Es ist fast zwanzig Uhr." „Dann bis morgen." Karin Weber schlenderte noch rüber in den Konferenzraum, wo Asli ebenfalls noch arbeitete. „Hast du kein Heim, Asli?" „Und ob. Ein schönes sogar, aber ich schreibe noch die Fahndungen fertig, damit die an die Presse raus können. Ich hab´s jetzt aber gleich." Karin setzte sich der Kollegin vom LKA gegenüber und schaute ihr zu. Unablässig gab die Beamtin Daten in den PC ein und sendete die Texte allen Fernsehsendern zu. „Fertig", rief sie plötzlich aus. „Hast du schon etwas gegessen, Karin?" „Ich kann mich gar nicht daran erinnern, überhaupt heute schon etwas gegessen zu haben."

„Dann lass uns doch etwas zusammen essen gehen. Kennst du das türkische Restaurant am Eigelstein?" „Nicht wirklich." „Magst du türkische Küche?" „Außer Döner habe ich bisher noch nichts Türkisches probiert. Es darf nur nicht scharf sein. Das macht mein Magen nämlich nicht mit." „Das ist kein Problem. Die Karte ist sehr groß und die Gerichte sind gut und lecker zubereitet." „Dann lass uns dahin aufbrechen. Ich fahre nur eben meinen PC herunter. Dann können wir starten."

Karin stand auf, um noch einmal ihr Büro aufzusuchen, als ihr Handy summte. Die Rufumleitung hatte ihr das Gespräch auf ihr Handy gesendet. „Weber?" „Reinhart von der EDV-Abteilung, hallo, Frau Weber. Ich habe bis gerade Ihren PC auf Herz und Nieren getestet und nach allen möglichen Viren, Malware und Trojanern Ausschau gehalten." „Hallo, Herr Reinhart. Und?" „Nichts, Frau Weber, aber auch rein gar nichts zeigen unsere Prüfprogramme an. Wir können uns den Angriff auf Ihren PC einfach nicht erklären." „Aber ich habe mir das nicht eingebildet." „Gott behüte, dass wollte ich damit auch keinesfalls behaupten. Der Angriff muss sehr professionell erfolgt sein, da alle Spuren sich automatisch sofort wieder gelöscht haben. Wir bleiben aber am Ball und durchforsten morgen noch das Netzwerk, dass zu Ihrem PC führt." „Dann schönen Feierabend." „Ihnen auch, Frau Weber." Mehr als nachdenklich nahm Karin hinter ihrem Schreibtisch Platz. Ihr erster Griff galt der Maus. Als sie gerade auf Start klicken wollte, um in den Ausschaltmodus des Programms zu gelangen, flackerte ihr Bildschirm heftig auf. Ängstlich und mit einer bösen Vorahnung umklammerte ihre rechte Hand die PC-Maus. Wie von Geisterhand tauchte urplötzlich der Kopf von Anton Brückli vor ihr auf. Karin zuckte förmlich zurück und ließ die Maus fallen.

„N´abend, Karin. Hättest wohl nicht gedacht mich so rasch wieder zusehen, oder?" Karin Weber sprang von ihrem Schreibtischsessel auf

und trat drei Schritte zurück, bis die Fensterbank ihren Rückzug begrenzte. „Schönen Feierabend wünsche ich dir und denk nicht, dass es bald vorüber ist. Warum hast du mich nur noch nicht gefunden, Karin? Wenn du mich nicht bald findest, komme ich zu dir. Freu dich drauf."
Karin Weber stand wie angewurzelt mit dem Rücken gegen ihre Fensterbank gelehnt und biss auf ihre rechte Faust. Sie hatte Angst, denn wie es schien, hatte dieser Brückli sie bereits ganz fest in seinen Fängen. „Karin? Was ist los mit dir?", vernahm sie nur im Unterbewusstsein eine Stimme, die von ihrer Bürotüre nach ihr rief. Asli Bülent sprintete sofort an Karins PC und erkannte gerade noch, wie das Konterfei von Brückli sich in tausende kleine Splitter zerlegte, bevor es dann verschwand. Die LKA-Mitarbeiterin handelte sofort und wählte die Rufnummer vom Kollegen Reinhart aus der EDV-Abteilung. „Reinhart?", klang es ihr etwas unwirsch entgegen. Sicher wollte der Kollege gerade nach Hause aufbrechen. Asli Bülent berichtete kurz, was vorgefallen war. „Ich gehe sofort ins System hinein und schaue mir das an", gab Reinhart zur Antwort und beendete umgehend das Gespräch. Sofort wanderte wie von Geisterhand gesteuert der Cursor auf Karin Webers Bildschirm hin und her. Asli Bülent nahm derweil Karin in den Arm und setzte sie zurück auf ihren Sessel. Langsam beruhigte sich die Leiterin der Mordkommission wieder.

Kapitel 24

Die Nachtschicht der EDV-Abteilung hatte sich Karins PC angenommen. Da beide bei der Untersuchung des Netzwerkes sowie des Rechners nicht assistieren konnten, bestellten sie ein Taxi, um Karins Wagen abzuholen. Eine knappe Stunde später saßen Karin Weber und Asli Bülent im offenen Mustang, den sie in der Halle der KTU abgeholt hatten und düsten in die Innenstadt. Das Offen durch die laue Nacht brausen und das lustige Grinsen ihrer Kollegin waren wie Balsam für Karins Psyche. Anfangs hatte sie immer wieder vom Fahrersitz aus nach rechts geschaut, um wirklich sicher zu gehen, dass dort ihre Kollegin saß, deren entwaffnendes Lächeln ihr richtig gut tat und nicht die gehäutete Fratze der toten Frau. Trotz der vorherrschenden Parkplatznot fanden sie auf der Severinstraße gleich eine Parklücke. Obwohl es schon beinahe halb zehn Uhr geworden war, beschlossen die beiden Frauen ausgiebig zu speisen. Asli Bülent hatte wirklich nicht zu viel versprochen. Das Essen in dem geschmackvoll eingerichteten Restaurant schmeckte einfach vorzüglich. Bis nach Mitternacht speisten die beiden weiblichen Hauptkommissare. Weil sie sich einfach nicht einigen konnten, wer wen einladen durfte, teilten sie sich die Rechnung einfach. „Fährst du mich eben noch ins Präsidium, damit ich mit meinem Auto nach Hause düsen kann?" „Musst du jetzt noch nach Düsseldorf?" „Ratingen, ich wohne in Ratingen." „Du kannst auch bei mir pennen, wenn du magst? Ich hab sogar eine neue

Zahnbürste für dich." „Warum eigentlich nicht. Ich hab meine Reisetasche im Kofferraum. Können wir die vorher noch holen?" „Aber klar doch", antworte Karin euphorisch. Sie war froh, die Nacht nicht alleine verbringen zu müssen. „Ja, dann hau rein, Karin." Sie schob eine CD in den nachträglich installierten Player und als Born to be wild aus den vier Lautsprechern erklang, schien die Welt wieder einigermaßen in Ordnung zu sein.

Dunkel und ein wenig unheimlich wirkte Karins Haus am Ende der schmalen, verkehrsberuhigten Einbahnstraße. Mittels der Fernbedienung öffnete sie das Garagentor. Bevor sie den Wagen darin abstellte, ließ sie ihre Kollegin aussteigen. Als das Garagentor surrend in seiner Schienenkonstruktion herunterfuhr, betraten die beiden Polizeibeamtinnen bereits die Diele des Hauses. Eine beruhigende Stille sowie eine angenehme Kühle empfingen die beiden Frauen. „Schön hast du es hier." „Es ist mein Elternhaus. Meine Mutter hat es mir vor einigen Jahren vererbt. Ich habe es Stück für Stück auf meine Bedürfnisse und nach meinem Geschmack umgestaltet. Magst du ein Bier?" „Ja, gern. Hast du einen Safe, wo wir unsere Kanonen einschließen können?" „Ja, natürlich, in meinem Schlafzimmer im Obergeschoss. Weißt du, seitdem ich an diesem Fall arbeite und immer wieder von diesem Brückli oder wie der Kerl auch heißen mag behelligt werde, liegt meine Walther während der Nachtstunden immer griffbereit unter meinem Kopfkissen." „Kann ich gut verstehen. Belassen wir es auch diese Nacht dabei, Karin."

„Oh je, ein echtes Kölsch für mich als Düsseldorferin. Wir trinken doch nur das dunkle Altbier. Jetzt schau mich bloß nicht so an. Das war ein Scherz. Ich schmecke ohnehin keinen Unterschied." Die beiden Frauen lachten laut los. Sie stießen mit den Flaschenböden an und verzichteten auf den Gebrauch von Gläsern. Zischend gluckerte das obergärige Bier durch ihre Kehlen. „Bist du verheiratet?" „Nein, ich lebe in wilder Ehe mit meiner Lebensgefährtin zusammen. Läuft aber zurzeit nicht so richtig mit uns." „Du stehst nur auf Frauen?" „Ja, ist das jetzt schlimm für dich?" „Unsinn, ich kann es mir nur schlecht vorstellen, mit einer Frau liiert zu sein." „Wieso das? Wir kommen auch gut ohne den kleinen Unterschied aus." „Ach, ich weiß auch nicht. Irgendwie brauche ich die Macken der Kerle." „Du meinst jetzt die unverschlossenen Zahnpastatuben, die auf dem Boden liegen gelassenen Handtücher nach dem Duschen und das Nacht Schatz, wenn sie dir ihr Sperma hineingespritzt haben, ohne sich auch nur ein einziges Mal über eigene Verhütung Gedanken gemacht zu machen und bereits damit beginnen, wohlig zu grunzen, bevor sie dann ganz entschlummert sind?" „Sind das nicht irgendwie alles Klischees? Ich war viele Jahre verheiratet und hatte vorher wie auch nach meiner Ehe einige Verhältnisse, und trotzdem habe ich mich an diesen Dingen nie wirklich gestört. Ich kenne auch einige Mädels, die alles um sich herum liegen lassen und deren Buden immer aussehen, als lebten sie in einer Rumpelkammer." „Ich möchte hier keinesfalls als Missionarin auftreten. Muss ja jeder selber wissen, wie und mit wem er sein Leben genießt." „Das sehe ich auch so." Karin gähnte bereits mehrfach hintereinander. „Wollen wir schlafen gehen, Asli?" „Verdammt, es sind ja schon halb zwei. Wir kommen gleich bestimmt nicht aus den Federn." „Ich habe einen gewaltigen Wecker. Der schafft das schon." Die beiden Frauen erhoben sich. Karin stellte die beiden Bierflaschen noch in der Küche ab und zeigte Asli anschließend das Gästezimmer neben ihrem Schlafzimmer. „Brauchst du irgendetwas? Wie schon gesagt: Ich habe eine neue Zahnbürste da. Hier sind ein Handtuch und ein Duschtuch." „Danke, dir, ich habe alles, was ich brauche, bei mir." „Dann schlaf gut." „Du auch."

Karin verschwand sofort im Bad und zog sich ihr Sleepshirt über. Sie putzte sich noch die Zähne und spritzte mit beiden Händen lauwarmes Wasser in ihr Gesicht. Mit ein wenig Seife entfernte sie noch das bisschen Lidschatten und die Wimperntusche und trocknete alles mit Einmaltüchern ab. Als sie das Bad verließ, trat Asli gerade völlig nackt aus dem Türrahmen des Gästezimmers. Während Karin nicht gleich wusste, mit der Situation umzugehen, lächelte sie Asli, die von etwas kleinerer Statur war als sie selbst, an. „Kein Sorge, ich möchte dich jetzt nicht verführen? Obwohl, reizvoll wäre dies sicher schon. Du bist ja eine richtige Jungfrau für mich. Schlaf gut. Bis morgen." Lächelnd bewegte sich Asli an Karin vorbei. Sie winkte noch kurz, bevor sie das Badezimmer betrat und die Türe schloss. Fünf Stunden später warf der Wecker Karin als erste aus dem Bett. Nach einigem Recken und Strecken stand sie auf und ging duschen. Als sie später in der Küche Kaffee aufsetzte, vernahm sie, dass auch Asli unter der Dusche stand. Beide Frauen schienen nicht so recht an ausschweifender Morgenkonversation interessiert zu sein. Sie begrüßten sich nur kurz und redeten nicht mehr als nötig miteinander. Erst auf der Fahrt im offenen Mustang durch die Kühle des Morgens wurden sie wieder gesprächiger. „Hast du gut geschlafen?" „Wie ein Murmeltier und das ohne, dass ich dich diese Nacht noch verführen durfte." Sie mussten beide wieder lachen, auch wenn Karin kurz darüber nachdachte, ob sie nun etwas verpasst oder es wohl doch richtig gemacht hatte. Asli bemerkte gleich, was sie mit ihrem flotten Spruch ausgelöst hatte. Verheißungsvoll grinste sie Karin an, die sich bemühte ernst zu bleiben, dann aber auch wieder lachen musste.

Kapitel 25

Hektik und eine knisternde Spannung empfing sie sofort, als die beiden Kommissarinnen im Büro eintrafen. Asli verschwand umgehend in ihrem provisorisch eingerichteten Büro im Konferenzraum, während Karin ihre Kollegen in deren Büro begrüßte. „Morgen, zusammen. Gibt es etwas Neues?" „Morgen, Karin, wir haben einen männlichen Toten nach einem Tankstellenüberfall in Vingst. Edith und ich kommen gerade vom Tatort zurück. Laut Überwachungskamera waren zwei Täter an dem Überfall beteiligt. Es kam wohl zu einem Handgemenge, woraufhin der größere der beiden Täter zweimal auf den jungen Mann an der Kasse geschossen hat. Es fehlen die gesamten Bareinnahmen der letzten Nacht und etwa zwanzig Stangen Zigaretten. Laut Aussage des Tankstellenpächters befanden sich entsprechend der Kassenbelege rund zweihundertfünfzig Euro in der Kasse sowie fünfundachtzig Euro Wechselgeld." „Wissen wir schon etwas über die Tatwaffe und zur Tatzeit?" „Noch nicht allzu viel. Ernst meinte, dass es sich bei der Tatwaffe um eine Neunmillimeter Pistole handeln dürfte. Die Tatzeit können wir an Hand der Kameraauswertung genau bestimmen. Der Überfall fand genau um fünf Uhr drei statt." „Gibt es Zeugen?" „Ja, einen Autofahrer, der die Tankstelle gerade zum Tanken anfuhr, als die beiden Täten flüchteten. Das Fluchtfahrzeug, ein Opel Vectra, wurde bereits gefunden und sichergestellt. Die Spusi bearbeitet den Wagen gerade. Er wurde vorgestern in Krefeld gestohlen. Die Kollegen in Krefeld haben wir bereits informiert." „Dann schnappt euch mal die beiden Täter." „Wir bleiben am Ball, Karin." „Sehr gut, Olaf. War sonst etwas?" „Du möchtest bitte den Kollegen Reinhart aus der EDV-Stelle anrufen." „Mach ich, danke euch. Ich bin in meinem Büro."

Karin schloss ihre Bürotüre auf und sogleich verlangsamten sich ihre Bewegungsabläufe. Als wäre eine Blockade in das Türscharnier eingebaut stockte sie, bevor sie dann doch die Türe aufstieß. Stickig stand die Luft in ihrem Office. Sofort öffnete Karin Weber alle drei Fenster. Sie ließ die morgendliche Kühle mit allen Gerüchen der Großstadt herein. Ohne auf ihren Bildschirm zu schauen, schaltete sie ihren PC ein und ließ das System hochfahren. Dann wand sie sich um und begab sich an ihr Waschbecken, um Wasser in die Kanne ihres Kaffeeautomaten sprudeln zu lassen. Ihre Hand zitterte leicht, als sie das Wasser aus der gläsernen Kanne in den Behälter der Maschine einfüllte. Sie entnahm dem kleinen Unterschrank noch eine Filtertüte und die Kaffeedose. Kurze Zeit später blubberte und zischte die Kaffeemaschine und erfüllte die Luft mit einem duftenden Kaffeearoma. Langsam drehte sich Karin um. Wie in Zeitlupe lief sie zu ihrem Schreibtisch und nahm in ihrem Sessel Platz. Alles schien völlig normal zu sein. Sie loggte sich mit ihrem Passwort und ihrer Codekarte ein und war sofort im Programm. Weil das Handy in ihrer Gürteltasche gegen ihren Rücken drückte, zog sie es aus dem ledernen Futteral. Entsetzt bemerkte sie, dass sie es noch gar nicht eingeschaltet hatte, was sie sofort nachholte. Kaum hatte sie ihren vierstelligen Code eingegeben, summte das Handy auch schon. Sofort nahm sie das Gespräch entgegen, da sie die Nummer erkannte. „Hallo, Udo." „Mein Gott, Karin. Ich hab gestern sicher zwanzigmal versucht, dich zu erreichen. Dein Handy war jedoch abgeschaltet. Geht es dir gut?" „Ja, mach dir bloß mal keine Sorgen, Udo, ich bin OK." „Aber das ist doch nicht normal, dass du dein Handy nicht eingeschaltet hast. Was war denn los?" Karin erzählte Udo, was sich gestern zugetragen hatte. „Und du behauptest, es ist alles in Ordnung? Der Typ versucht, dich psychisch zu brechen, Karin. Mach einfach mal Pause und fahr mit mir an die Küste, damit du auf andere Gedanken kommst und dich mal aus den Fängen von diesem Wahnsinnigen befreien kannst." „Und wie sollen wir den Kerl schnappen, wenn ich den Kopf in den Sand stecke?" „Du arbeitest doch nicht alleine an dem Fall. Deine LKA-Kollegen sind doch auch mit von der Partie. Es ist auch dein Leben, Karin. Du könntest sofort mit dem Arbeiten aufhören, wenn du meine Frau würdest. Ein Job in meiner Praxis als Leiterin der Verwaltung wäre sofort für dich frei, wenn du Spaß daran hättest." „Ich liebe meinen Job, Udo, und verspüre keine Lust, ihn aufzugeben und dafür deine Patienten zu beruhigen. Außerdem lasse ich mich nicht von diesem Psychopathen verrückt machen. Ich werde kämpfen und ihn zur Strecke bringen. Aber auf das verlängerte Wochenende mit dir freue ich mich jetzt schon." „Du fährst also doch mit mir?" „Ja, alleine fahre ich natürlich nicht." „Das ist ja super. Meine Maschine geht in zwei Stunden zurück nach Köln. Zu Hause plane ich dann schon mal unseren Kurzurlaub. Lass dich einfach überraschen." „Da bin ich aber mal gespannt und jetzt lass mich weiter arbeiten. Guten Flug."

„Danke, Karin, sehen wir uns heute Abend?" „Ja, gern, ich komme zu dir nach Hause. Und koch etwas Anständiges. Ich habe Hunger" „Mach ich doch glatt. Bis später." Was für ein verrückter Kerl, dachte Karin und nahm schmunzelnd das Bild in die Hand, das vor ihr auf dem Schreibtisch stand.

„Morgen, Herr Reinhart, Weber hier, ich sollte Sie zurückrufen." „Morgen, Frau Weber. Ja, die Kollegen haben gestern Abend noch sofort das Netzwerk gecheckt und leider wieder nichts Verwertbares entdeckt. Es gab zwar eine Spur, dass sich Malware auf Ihrem Rechner eingenistet hatte, diese war aber sofort verschwunden. Der Versuch, deren Herkunft nachzuvollziehen, ist noch im Gange, aber es sieht eher schlecht aus. In Ihrem Fall ist ein absoluter Profi am Werk. Wir ziehen jedoch alle Register, und vielleicht finden wir ja doch noch etwas." „Dann drücke ich Ihnen fest die Daumen. Wenn Sie etwas haben, rufen Sie mich bitte an." „Mache ich natürlich sofort. Ach, noch etwas. Ich habe so eine Art Fangfunktionssoftware auf Ihren Rechner aufgespielt, was bedeutet: Wenn der Täter Sie wieder belästigt, leiten wir die Mail automatisch zu uns auf den Server. Dann haben wir ihn." „Das ist ja mal ein wirklicher Lichtblick. Vielen Dank." „Keine Ursache, ist doch mein Job. Wie gesagt, wenn ich etwas Neues für Sie habe, melde ich mich sofort." „Danke und bis später." Nach diesem Telefonat wurde Karin wieder zuversichtlicher. Sie fühlte sich jetzt nicht mehr alleine im Kampf gegen Brückli, obwohl sie doch eigentlich niemals alleine gegen den Täter kämpfen musste, schließlich waren eine Menge Kollegen mit der Aufklärung des Falles befasst. „Ob unser Mörder wirklich Anton Brückli heißt und Schweizer Staatsbürger ist? Wahrscheinlich sind dieser Name sowie seine Herkunft auch nur Fakes. Ich werde dich kriegen, Anton Brückli, oder wie auch immer du heißen magst. Auch wenn es etwas länger dauert, verlass dich darauf und fühl dich nicht zu sicher", sprach sie leise drohend vor sich hin.

Den Rest des Tages arbeiteten Karin und ihre ganze Crew auf Hochtouren, was sich am Spätnachmittag sogar auszahlte. Einer der Täter des Tankstellenüberfalls konnte nach der Auswertung der Aufnahmen auf der Videokamera ermittelt und gleich verhaftet werden. Edith hatte ihn ausgiebig vernommen und schon nach einer Stunde ein Geständnis erhalten. Zwar bestritt der junge Täter, den Schuss abgegeben zu haben, gab jedoch zu, an dem Raub beteiligt gewesen zu sein. Sein Motiv war dringender Geldbedarf für Drogen. Die durchgeführte Suche der Spurensicherung nach Schmauchspuren beim Täter blieb jedoch erfolglos. Er schien tatsächlich die Wahrheit gesagt zu haben. Der Staatsanwalt erließ Haftbefehl und wenig später wurde der Täter in Untersuchungshaft in die JVA Ossendorf überstellt. Leider wollte oder konnte der verhaftete Täter keine Aussage zum Aufenthaltsort des zweiten Täters machen. Doch die Erfahrung hatte Karin und ihre Kollegen gelehrt, dass es nur noch eine Frage der Zeit sein würde, wann sie auch den Mittäter fassen würden. Auch in dessen Fall ging es ganz sicher um dringenden Geldbedarf für Drogenkäufe, und wo sie da suchen mussten, war den Ermittlern hinlänglich bekannt.

„Verbringen wir die nächste Nacht auch wieder zusammen?", frotzelte Asli grinsend, als sie Karins Büro betrat. „Das können wir nicht schon wieder machen, sonst merken die anderen hier im Haus noch etwas von unserem Verhältnis", konterte Karin, ebenfalls mit einem verschmitzten Lächeln auf ihren Gesichtszügen. „Eigentlich schade, es hat mir bei dir sehr gut gefallen. An ein Leben mit dir könnte ich mich gewöhnen." Diese Andeutung überhörte Karin geflissentlich, da dies wohl ernster gemeint war, als Aslis Lächeln preisgab. Um sich nichts anmerken zu lassen, stellte Karin gleich eine Frage. „Habt ihr noch etwas herausbekommen?" Asli stieg ebenfalls gleich wieder ins Tagesgeschäft ein. „Nicht wirklich. Die Schweizer Kollegen haben schriftlich bestätigt, dass in der Schweiz weder ein Diamantenhändler noch ein plastischer Chirurg mit Namen Brückli aktenkundig oder gar gemeldet ist. Sie prüfen aber noch weiter, wie viele Brücklis es sonst gibt und ob eventuell einer davon unser Täter sein könnte. Die Chance, das dem so ist, scheint mir jedoch gleich null zu sein." „Da gebe ich dir Recht und wie gehen wir weiter vor?" „Reiner telefoniert gerade alle Kliniken im Großraum Köln ab, die eine Plastische Chirurgie betreiben, ob diese eventuell einen Arzt beschäftigt, der sich auffällig verhält. Ich hoffe, er ist bis morgen durch." „Weißt du was? Wir machen für heute Feierabend." „Das ist eine gute Idee. Wir sind sowieso schon wieder viel zu lange hier und müde bin ich auch. Vielleicht ist die letzte Nacht einfach etwas zu kurz ausgefallen." „Das könnte durchaus der Fall gewesen sein. Ich nehme übrigens morgen und Montag Urlaub. Dienstag bin ich dann wieder an Bord." „Das ist doch super. Erhol dich mal übers Wochenende in den Armen deines Kerls, und wenn du wieder gesund und munter zurück bist, machen wir noch mal so einen richtigen Mädelsabend." Asli legte leicht ihren Kopf zur Seite und lächelte Karin an. „So machen wir das. Dann bis Dienstag. Wenn du etwas brauchst, Olaf vertritt mich. Er weiß über alles genau Bescheid." „Schönen Kurzurlaub und tob dich mal richtig aus." Asli winkte Karin noch zwinkernd zu, als sie ihr Büro verließ und auf den Gang verschwand. Ängstlich schaute Karin auf ihren Bildschirm, der aus dem Standby-Betrieb aufflackerte. Doch es ereignete sich nichts Ungewöhnliches. Sogleich fuhr sie die Anlage herunter und schaltete alle Geräte aus.

Kapitel 26

Beinahe unerträglich schlug Karin eine Schwüle entgegen, die sie um diese Uhrzeit überhaupt nicht mehr erwartet hatte. Sie winkte dem Pförtner am Ausgang des Gebäudes noch lächelnd zu und entschwand auf die Straße. Obwohl der Weg vom Ausgang des Präsidiums bis zum Parkhaus, wo ihr Mustang den Tag über verschlief, nur wenige hundert Meter betrug, lief ihr der Schweiß bereits nach wenigen Metern den Rücken und zwischen ihren Brüsten in Strömen herunter. Als sie auch noch die Stufen bis zum Parkhausobergeschoss hinter sich gebracht hatte, konnte sie ihre Hemdbluse auswringen. Vorsichtig schob sie den Schlüssel ins Türschloss ihres Cabrios. Bevor sie jedoch die Türe öffnete, schaute sie durch die Seitenscheibe in das Wageninnere. Sie wollte einfach sicher gehen, nicht ein weiteres Mal so grausam überrascht zu werden. Doch ihr Auto war sauber. Es folgte noch der Kraftakt, das Stoffdach des Mustangs von Hand zu öffnen. Als sie dann aber den Motor startete und das Blubbern der Maschine vernahm, war ihr positiver Gemütszustand wieder hergestellt. Sie schob den Wahlhebel der Automatik auf D und rauschte davon. Die Oldie-CD mit den alten Lieblingshits sorgte noch zusätzlich für ein akustisches Highlight. Da die Urlaubszeit viele Einwohner Kölns in ferne Länder gelockt hatte, konnte Karin staufrei nach Hause cruisen. Bereits nach wenigen hundert Metern Fahrt erfüllten Urlaubsgefühle ihr Befinden und ließen ihre Stimmung immer mehr ansteigen. Als sie dann auch noch den alten Deep Purple Hit vernahm, den sie eifrig mitpfiff, waren fast alle bösen Gedanken aus ihrem Kopf verschwunden.

Gekonnt jonglierte sie den Mustang in ihre Garage und verschloss das Dach. Weil ihr Kurzurlaub im Sattel der Motorräder geplant war, schob sie gleich die BMW vor die Haustüre und nahm die beiden Gepäckboxen aus den Halterungen. Rasch suchte sie aus ihren Schränken genau das heraus, was sie für ihren Trip an Bekleidung benötigte. Zwar gestaltete sich dies nicht ganz einfach, da Udo sich noch nicht zu ihrem Reiseziel geäußert hatte, doch sie war beinahe auf jede Situation vorbereitet. Karin sprang noch kurz unter die Dusche, was sie besser gelassen hätte, da sie bereits beim Anlegen ihrer Sommermotorradkombi wieder in Schweiß gebadet war. Sie schaute noch, ob alle Türen und Fenster verschlossen waren und verließ das Haus. Als sie sich den Helm aufsetzte und den Motor der BMW anließ, lag umgehend aller Stress und Ärger weit hinter ihr. Karin freute sich jetzt nur noch auf Udo und ein schönes Wochenende.

Dunkel klang die Stimme aus der Gegensprechanlage, als Udo nachfragte, wer bei ihm läutete. Erst als er vernahm, dass es Karin war, änderte sich seine Stimmlage. „Hallo, mein Schatz. Komm herauf, du kennst ja den Weg. Hast du die Maschine in der Tiefgarage abgestellt?" „Hallo, Udo, alles OK, der Hausmeister hat mich hereingelassen. Ich bin gleich oben." Der Summer gab die Türverriegelung frei. Sie schleppte ihre beiden Gepäckboxen zum Aufzug und ließ sich diesmal von der Hebetechnik des Lifts zu Udos Penthousewohnung hinauf tragen. Schon wenig später nahm Udo sie in seine kräftigen Arme. Liebevoll drückte er sie an sich. Karin sog den blumigen Duft seines Eau de Toilette tief in sich hinein. Wie betäubt ließ sie sich in seine Arme fallen. „Hast du mich vermisst, mein Engel?" „Und wie. Wie war dein Vortrag?" „Ist super gelaufen. Die Fachwelt zeigte sich begeistert und das ist in meiner Branche schon die halbe Miete." „Kommen deshalb jetzt mehr Patienten in deine Praxis oder wie zahlt sich dein Erfolg aus?" „Es werden sicher auch einige Patienten mehr kommen. Mir geht es jedoch darum, bei lukrativen Projekten angesprochen zu werden und daran teilnehmen zu können. Wenn Universitäten neue Großgeräte erhalten sollen oder die Industrie an neuen Entwicklungen arbeitet, bist du gleich als Erster mit dabei, wenn du bekannt bist. Da werden große Mengen an Fördermitteln zur Verfügung gestellt, und an diese Töpfe möchte ich ebenfalls heran. Und natürlich bei besonderen Auslandsprojekten, so wie ich sie ja schon aus eigener Tasche finanziere, möchte ich berücksichtigt werden." „Hört sich interessant an." „Ist es auch. Stell dir nur einmal vor, wir könnten gemeinsam mal für ein Jahr nach Asien oder Afrika gehen und würden dafür auch noch bezahlt. Du glaubst gar nicht, wie viel Gutes man dort für die Menschen vor Ort tun kann." „Du integrierst mich bereits in deine Zukunftspläne?" „Wäre das nicht super, wenn wir den ganzen Tag zusammen sein und auch noch gemeinsame Ziele verfolgen könnten?" „Udo, ich bin Polizeibeamtin und liebe meinen Job. Ich möchte ihn nicht an den Nagel hängen. Dies hatte ich dir doch schon gesagt. Wenn du für einen so langen Zeitraum ins Ausland gehen möchtest, was ich gut verstehen kann, musst du dies ohne mich tun. Ich werde meine Sicherheit als Beamtin nicht so einfach aufgeben." „Das heißt, dass du dir unsere gemeinsame Zukunft nur mit zwei Jobs vorstellen kannst?" „So ist es, mein großer Medizinmann. Das musst du schon akzeptieren. Darf ich jetzt reinkommen?" „Entschuldige, natürlich. Komm herein und mach es dir bequem. Ich sorge erstmal für ein leckeres Abendessen."

Karin war ein wenig sauer darüber, dass Udo sie bereits so in sein Leben vereinnahmt hatte, ohne vorher einmal mit ihr darüber gesprochen zu haben. Doch sie empfand es als völlig richtig, wie sie ihm ihre Einstellung dazu klargemacht hatte. Sie war nun einmal der schnörkellose Typ und redete nicht gern um den heißen Brei herum. Er schien ihr ihre Ablehnung auch nicht weiter übel genommen zu haben. Wenigstens ließ er sich nichts anmerken. Dem Duft nach aromatisch gegrilltem Fleisch zu urteilen, würde er sie deshalb wohl nicht vergiften wollen. Sie streifte gleich ihre Kombi herunter und zog sich eine Shorts und eine leichte Bluse über. Barfuß lief sie auf die Terrasse, wo sie auf Udo traf, der nur noch mit einer knappen Badehose bekleidet den Küchenchef mimte. „Ist immer noch verdammt warm, nicht wahr?" „Das kannst du wohl sagen. Es soll auch die nächsten Tage so bleiben." „Wohin fahren wir morgen eigentlich?" „Ich habe für uns eine Suite in Noordwijk an der holländischen Nordseeküste gebucht. Von da aus können wir schöne Touren machen oder einfach nur faul im Sand liegen. Ist das OK für dich?" „Hört sich doch schon mal nicht übel an."

Karin war ein wenig enttäuscht darüber, dass Udo nicht besonders viel Fantasie an den Tag gelegt hatte mit der Wahl ihres Reiseziels. Dies war ihm nicht ganz verborgen geblieben. „Mir ist in der Kürze der Zeit und wegen der starken Belegung der Hotels in der Feriensaison nichts Besseres eingefallen." „Ist nicht tragisch. Wir werden schon viel Spaß haben." „Das denke ich auch. Nimmst du Lammkoteletts mit Salat und Brot? Kräuterbutter steht bereits auf dem Tisch?" „Ja, gern. Brauchst du Hilfe?" „Nein, setz dich einfach an den Tisch und schenk uns schon mal etwas Wein ein." Karin öffnete den Verschluss der Rotweinflasche. Gluckernd verließ der tiefrote Wein sein Behältnis und verteilte sich in den bauchigen Gläsern. Beinahe zeitgleich stellte Udo ihre beiden gut belegten Teller auf den Tisch. „Wow, du hast aber nicht mit Knobi gespart." „Ach, Lamm braucht einfach eine Menge davon." „Hoffentlich lassen die uns morgen mit der Knoblauchfahne überhaupt in ihr Hotel rein." Karin lächelte Udo an und auch er musste grinsen. „Wann fahren wir eigentlich los?" „Ich schaue morgen nur noch einmal kurz in der Praxis vorbei. Gegen Mittag starten wir dann." „Ok, dann packe ich in der Zeit schon mal ein paar Sachen für dich zusammen. Was hältst du davon?" „Ja, mach das. Dann fahren wir, sobald ich zurück bin."

Als es dunkel geworden war lagen sie pappensatt auf der großen, bequemen Doppelliege und starrten in den wolkenlosen Nachthimmel, den Millionen funkelnder Sterne erleuchteten. „Das ist ja richtig romantisch heute Abend. Leckerer Rotwein, ich liege in deinen Armen, wir haben vorzüglich gespeist und dein Parfum überdeckt sogar unsere Knoblauchfahnen." „Das ist wahr. Es ist wirklich romantisch, und ich freue mich sehr, dass du hier in meinen Armen liegst." Ohne weiter zu reden, drehte er ihren Körper ganz zu sich herüber und suchte mit seinen Lippen ihren Mund. Was anfänglich nur zögerlich wirkte, nahm rasch an Heftigkeit zu und schon bald lag sie ganz über ihm. Ein heiteres Spiel ihrer Zungen begann. Karin ließ ihren Mund an seinem Hals herunter wandern, der sich an seiner rechten Brustwarze fest sog und seine Libido auf das äußerste anregte, was ihr nicht verborgen blieb. Als sie sich hastig von ihren Kleidungsstücken befreit hatte, zog sie auch Udo die Badehose herunter. Aus dem anfänglichen Liebesspiel wurde alles andere als Blümchensex. Bald zwei Stunden lang liebten sie sich ununterbrochen, bis sie beide erschöpft auf ihrem Lager in die Kissen fielen. Ihre Kraft reichte gerade noch dazu, sich ein leichtes Laken über ihre Körper zu ziehen. Wenig später schliefen sie Arm in Arm auf der Terrasse ein.

Kapitel 27

Das „Hast du gut geschlafen, mein Schatz?", waren die ersten Worte, mit denen Udo der morgendlichen Stille ein Ende bereitete, als sie sich aus der Dusche kommend an den reichlich gedeckten Frühstückstisch setzte. Karin war morgens nicht gerade redselig, und auch Udo schien nicht der Mensch zu sein, der bereits mit dem Aufstehen zur Konversation neigte. In diesem Punkt wies ihre aufkeimende Zweisamkeit bereits erhebliche Übereinstimmungen auf. „Ich habe geschlafen wie ein Murmeltier und du?" „Also, ich schlafe eigentlich immer recht gut. Nun muss ich aber auch gestehen, dass ich nicht deine Sorgen habe, Karin." Zwar war dies jetzt ganz sicher nicht das, was sie im Moment hören wollte, doch er hatte Recht und schlimmer noch: Er hatte sie gerade nach diesem traumhaften Abend und der heißen Liebesnacht auf den Boden der Tatsachen zurückgeholt. Es fiel ihm sofort auf, was er mit seiner unbedachten Bemerkung angerichtet hatte. „Es tut mir sehr leid, Karin, ich wollte dich jetzt nicht mit deinen Mordfällen konfrontieren." „Hast du aber", konterte sie zickig. Ihre anfänglich nicht einmal schlechte Stimmung schien kippen zu wollen. „Ich mache es später ganz bestimmt wieder gut. Sei mir bitte nicht böse, Karin." Sie schaute ihn nur kurz an und biss in ihr Marmeladenbrötchen. „Ich muss jetzt gleich los, damit ich zeitig zurück bin. Wir wollen doch dann recht bald aufbrechen." „Dann hau schon ab und mach, dass du so schnell als möglich wieder bei mir bist. Ich vermisse dich ja jetzt schon." Auch wenn dies halbherzig klang, freute er sich doch, dass sie wohl nicht allzu sehr verärgert schien. „Ich werde dir gleich nur dicke Winterpullover einpacken. Mal schauen, ob du dann wieder auf vernünftige Gedanken kommst", ließ Karin noch folgen. Das Lächeln, das sie dabei an den Tag legte, verscheuchte bei ihm auch noch die letzten Ängste, dass sie ihm eventuell noch böse war. Bevor Udo startete, drückte er Karin seine beiden Motorradboxen in die Hände mit der Bitte, beim Packen möglichst auf das Einräumen seiner Winterpullover zu verzichten. „Bis gleich. Wirst schon sehen, was ich dir so zusammenpacke, mein Lieber." „Ich bitte noch einmal innigst um Verzeihung." Udo ging mit einem Bein in die Knie und verneigte sich demütig vor Karin, die ihn mit einem Fuß umschubste und schallend lachte. Es folgte ein letzter Kuss und Karin war alleine in Udos nobler Behausung.

Ria Schneider fand sich auf einer nach Schweiß und Blut stinkenden Matratze in völliger Dunkelheit irgendwo in einem stickigen Keller wieder. Einen von ihr nicht näher einschätzbaren Zeitabschnitt lang hatte sie jetzt schon auf Nahrungsaufnahme verzichten müssen und nichts weiter war geschehen. Die lang ersehnten, kurzweiligen Wasserspielchen, während sie der Fremde mit allen möglichen Köstlichkeiten verwöhnte, waren ausgeblieben. Panische Angst keimte immer wieder bei ihr auf, dass der Fremde sie hier einfach in diesem Loch vergessen hatte. Nein, weinen würde sie nicht. Sie hatte in diesem Leben schon andere vertrackte Situationen überstanden, und auch das hier würde sie meistern. Sie nahm sich vor, dem Typen irgendwann einen gehörigen Tritt in seine Weichteile zu verpassen und dann abzuhauen. Doch dafür musste er erstmal wieder auftauchen. In der Hoffnung, dass sein

Erscheinen nicht mehr allzu lange auf sich warten ließ, ertastete sie sich ihre letzte Wasserflasche und öffnete sie. Gierig ließ sie die sprudelnde Köstlichkeit durch ihre Kehle laufen. Dann flackerten plötzlich wieder die Scheinwerfer hinter der Glaswand auf. Rias Glückshormone fuhren Achterbahn und begannen zu tanzen. Sie aktivierte ihre letzten Kräfte und erhob sich sachte von ihrem Lager. Ein wenig stützte sie sich an der Wand ab, als sie endlich wieder auf ihren Füßen stand, bis ihr Kreislauf ihren Müßiggang egalisierte. Als sie den Fremden hinter der Glasscheibe sah, der ihr wohlwollend zuwinkte, wankte sie langsamen Schrittes der Türe entgegen, die sich gerade wieder zu ihrem Himmelreich öffnete. An der Prozedur hatte sich nichts weiter geändert. Was sie wunderte war nur, dass sie der Typ, obwohl sie doch splitternackt herumlief und ganz sicher nicht schlecht aussah, bisher nicht ein einziges Mal angerührt hatte. Vielleicht ist er ja schwul, ging ihr durch den Kopf. Sie griff sich eines der großen Handtücher und verschwand damit in der üppig ausgelegten Duschkabine. Der heiße Wasserstrahl aus vielen kleinen Düsen über ihr sorgte, wie auch das wohlduftende Duschbad und das passende Haarshampoo, für das Erwachen ihrer Lebensgeister. Erst als der Wasserstrahl automatisch abebbte, verließ sie den Duschtempel und trocknete sich sorgsam und ohne Hast ab. Es folgte die Prozedur des Eincremens mit der teuren Bodylotion. Auch wenn sie sich in einer gefängnisartigen Situation befand, deren Ursprung und Begründung sie nicht nachvollziehen konnte, sorgte doch diese Körperpflegeeinheit bei ihr für ein absolutes Wohlbefinden. Was dann folgte, war eigentlich der Job, den sie gelernt hatte und von dem sie recht gut lebte: Der Fremde lackierte ihre Fuß- und Fingernägel. Als gelernte Kosmetikerin hatte sie sich zur Podologin fortgebildet und bot neben der klassischen auch die medizinische Fußpflege an. Doch auch das vielfältige Programm der Maniküre offerierte sie nach wie vor ihrer Klientel. Der gut aussehende Fremde mit der Maske führte sie zu einer Sitzgelegenheit, in der auch sie ihre Kundinnen und Kunden nach Wunsch behandelte. Worauf sie natürlich verzichtete waren die Hand- und Fußfesseln, mit denen sie der Fremde in diesem Sitzmöbel fixierte. Auch auf den kleinen Einstich am linken Arm, mit dem ihr der Fremde irgendein Zeug injizierte, wonach es ihr noch besser ging und sie keine Schmerzen verspürte, verzichtete sie ohne Frage gänzlich, während sie ihre Behandlungen durchführte.

Als das Medikament zu wirken begann, hätte sie ihn am liebsten vernascht, so gut war sie jetzt drauf. Sie spürte kaum etwas davon, dass ihr die Fesseln tief in ihr Fleisch schnitten, während sie heftig daran riss. Sie gewann den Eindruck, dass er sie jetzt und hier haben wollte, als er sanft ihren Kopf an der Kopfstütze des Behandlungsstuhls fixierte. Ihr letztes Lächeln vollzogen ihre Gesichtsmuskeln noch, bevor er sein Skalpell zwei Finger breit oberhalb ihrer Augenbrauen ansetzte und die Klinge bis auf den

Schädelknochen einstach. Blut floss keines, da er dies mittels eines chirurgischen Saugers in der linken Hand verhinderte. Der Fremde verstand sein Handwerk. Blitzschnell fuhr die extrem scharfe Klinge an der Stirn entlang bis zur rechten Schläfe, dann herunter am Ohr vorbei über den Ansatz am Kiefergelenk, entlang des Unterkiefer bis zum Kinn und an der anderen Seite wieder hoch bis zum Ursprungspunkt der Schnittführung. Da seine Patientin ziemlich stark zappelte, erhöhte er kurzfristig die Dosis des Anästhetikums und ließ sie einschlafen. Nur Minuten später präparierte er ihr professionell die Gesichtshaut vom Knochen und dem Unterhautgewebe. Dieser Vorgang erregte ihn dermaßen, dass er auf ihren rechten Fuß ejakulierte. Danach gab er ihr wieder eine seiner geheimnisvollen Injektionen. Wenig später erwachte seine Patientin unter heftigem Herzklopfen. Als er ihr den Handspiegel vor das fehlende Gesicht hielt, erlitt sie einen schweren Schlaganfall und verstarb innerhalb weniger Minuten.

Karin sorgte zuerst dafür, dass in Udos Bude wieder klar Schiff herrschte. Um das Geschirr kümmerte sich der Spülautomat. Sie wusch dafür den Terrassentisch und die Stühle ab und reinigte den Grill. Als alles wieder sauber glänzte, stellte Karin das Putzen ein. Es wurde nun langsam Zeit, dass sie nach den Winterpullovern für Udo suchte. Der Gedanke, ihm einen warmen Pullover einzupacken, ließ sie laut loslachen. Doch wo bewahrte Udo überhaupt seine Klamotten auf? Eigentlich kannte sie von seiner Wohnung nur die Küche, das Bad, das Wohn- und das Schlafzimmer. Die übrigen drei Türen, die noch vom Dielenbereich aus abgingen und welche Räumlichkeiten dahinter verbargen, hatte sich ihr bisher noch nicht erschlossen. Wie ein Schulkind, das heimlich nach den versteckten Weihnachtsgeschenken für die anstehende Bescherung sucht, öffnete Karin vorsichtig die erste Türe neben der Gästetoilette. Halbdunkel und der Duft von Udos würzigem Eau de Toilette empfingen sie. Sie stand mitten in seinem Büro, dass in jedem Fall einen aufgeräumteren Eindruck hinterließ als ihres. Ein wenig stromerte sie herum und stieß beim Anschauen seiner vielen Urkunden, die in Massen seine Wände zierten, gegen seinen Schreibtisch. Damit löste sie eine kleine Kettenreaktion aus. Seine PC-Maus rutschte seitwärts und setzte sogleich seinen im Stand-by-Betrieb befindlichen PC in Funktion. Als der Bildschirm aufflackerte, erschrak Karin über das, was sie sich da ansehen musste. Udo schien akribisch den Verlauf sowie den Fahndungsfortschritt ihrer Mordfallserie zu verfolgen. Karin setzte sich sogleich hinter seine Tastatur und schaute genauer hin, was es dort zu erkunden gab. Udo hatte alle Zeitungsartikel eingescannt und archiviert. Gleiches galt auch für die von ihr abgehaltenen Pressekonferenzen in den Medien. Dann fand sie einige von ihm persönlich angefertigte Anmerkungen zu den grausamen Morden. Sofort las sie sich fest und leise vor: „Der Mörder hat Spaß an seinen Trophäen. Er ist nicht an sexuellen Handlungen mit den Opfern interessiert." Dass der Täter jedem Opfer auf den rechten Fuß onanierte, hatte sie nie in der Presse verlauten lassen, weshalb Udo dies nicht wissen konnte. Karin stöberte weiter und setzte das Lesen fort: Der Täter stammt keinesfalls aus meinem Semester. Die Art, wie er laut Karin schneidet, ist atypisch und nicht lege artis. Er kann einfach kein praktizierender plastischer Chirurg sein, eher einer mit einem abgebrochenen Medizinstudium, der sich für irgendetwas an der Welt rächen möchte. Wie kann ich nur meiner Karin bei der Mördersuche beistehen und ihr wieder zu ruhigem Schlaf verhelfen? Ein wenig gerührt über die Gedanken, die er sich offensichtlich über sie machte, las sie noch ein wenig weiter. Doch auch seine weiteren Vermerke brachten ihr keine neuen Erkenntnisse. Sie beschloss, mit dem Stöbern in seinen persönlichen Gedanken aufzuhören. Wobei ihr nicht mehr aus dem Kopf ging, dass Udo den Täter in den Reihen der Medizinstudenten vermutete, die ihr Studium abgebrochen hatten. Sie wollte dies gleich am Dienstag mit Asli besprechen. Vorsichtig erhob sie sich von seinem Schreibtischsessel und verließ seinen Büroraum. Sie war froh, dass sie sich noch nicht mit Parfum besprüht hatte, damit Udo ihren kleinen Sprung in seine Gedankenwelt nicht bemerkte.

Die zweite Türe führte ins Gästezimmer, das dringend einer Belüftung bedurfte. Da sie jedoch nicht mit ihrer Exkursion durch seine Wohnung auffallen wollte, beließ sie es in diesem Zustand. Die dritte Türe führte sie endlich in sein Ankleidezimmer. Deckenhohe Kleiderschränke an beiden Seiten der Zimmerwände sorgten für ordentliche Verhältnisse. Kein Bügel mit einem Kleidungsstück hing an einer Schranktüre. Nirgendwo lag schmutzige Wäsche auf dem Boden. Udo war auch in dieser Hinsicht eher pedantisch ordentlich. Karin öffnete alle Schränke und suchte ihrem Musterschüler alles zusammen, was er für den Kurztrip an Garderobe benötigte und verpackte die Sachen in den Gepäckboxen. Im Bad fand sie noch alle Utensilien für die tägliche Körperpflege. Obwohl sie auch seine Wintergarderobe in einem der Schränke ausfindig machte, packte sie ihm aus Spaß doch keinen der dicken Pullover mit ein. Gegen halb eins war sie reisefertig. Nur Udo glänzte noch durch Abwesenheit. Um sich die Wartezeit sinnvoll zu verschönern, warf sie den Espressoautomaten an und brühte sich einen leckeren, starken Minikaffee auf. Sie setzte sich damit auf die Terrasse und las in einer Zeitschrift, die sie im Wohnzimmer fand. Nach dem zweiten starken Espresso vernahm sie, dass Udo mit seinem Schlüssel die Korridortüre öffnete. Sie ließ sich nichts anmerken.

Kapitel 28

„Entschuldige bitte, dass es so lange gedauert hat, aber ich musste noch ein nicht unerhebliches Problem lösen." Er beugte sich zu Karin herunter und gab ihr einen kurzen

Begrüßungskuss. „Ist etwas passiert?" „Das will ich nicht hoffen. Einer von meinen vor drei Tagen operierten Patienten bereitet mir etwas Sorgen. Der Verlauf der Wundheilung gefällt mir nicht. Ich hatte ihn kurz vor meiner Abreise zum Seminar am sogenannten Wolfsrachen operiert. Doch ich bin mit dem Resultat nicht ganz zufrieden. Ein Kollege wird ihn während meiner Abwesenheit weiter betreuen. Dies haben wir eben noch so besprochen." „Möchtest du lieber hier bleiben?" „Keinesfalls, die Angelegenheit ist ja nicht gefährlich und Arno ist ein sehr guter Vertreter." „Dann sollten wir los." „Ja, sicher, ich zieh mich noch eben um." Wenig später saßen sie bereits auf ihren Maschinen und brummten der Holländischen Küste entgegen. Nach einem kurzen Tank- und Pippistop erreichten sie nach etwa drei Stunden ihr Ziel. Udo sorgte gleich dafür, dass sie ihre Maschinen in der Tiefgarage des Hotels sicher abstellen konnten. Ihre Suite entpuppte sich als ein Traum. Alleine der Blick von ihrer großen Terrasse aufs Meer hinaus ließ Karins Herz höher schlagen. „Lass uns einfach etwas barfuß durch den Sand am Strand entlang laufen, Udo. Es ist wirklich schön hier." „Das ist eine sehr gute Idee, dann los." Rasch hatten sie Shorts, eine Bluse und ein Hemd übergestreift. „Wo ist denn mein dicker Schafwollpullover für Strandspaziergänge?", rief Udo Karin zu, die ihm zur Antwort nur ein Kissen an den Kopf warf und lachte. „Na, warte, ich krieg dich noch", rief er, während er sich seine kurze Hose hochzog.

Mit dem Lift ließen sie sich in die Lobby bringen und verließen von dort aus das Fünf-Sterne-Hotel Richtung Strand. Schnell hatten sich ihre Hände gefunden. Wie zwei Teenies stapften sie durch den warmen Sand und kuschelten sich immer wieder eng aneinander. Als es langsam dämmerte blieb Udo unerwartet stehen und stellte sich vor Karin. „Was ist los? Ist etwas passiert?" „Kannst du eigentlich nicht einmal wirklich ernst bleiben, Karin? Ich möchte dich bitten, meine Frau zu werden." Diesmal wurde Karin ernst und schaute ihn an. „Udo, ich hab es dir doch schon gesagt: Ich brauche für eine solche Entscheidung viel mehr Zeit. Ich war bereits einmal verheiratet und habe keine guten Erfahrungen gesammelt. Es ist ganz sicher nicht so, dass ich nichts für dich empfinde, Udo, aber für einen solchen Schritt ist es einfach noch zu früh. Warum willst du überhaupt heiraten? Es geht uns doch auch so sehr gut und wir haben Spaß zusammen." „Weil ich mich unsterblich in dich verliebt habe und für mich eben dazugehört zu heiraten. Ich möchte jedem, ach, der ganzen Welt zurufen: Karin ist meine Frau. Ich bin halt total altmodisch." Karin lächelte ihn an. „Frag mich doch einfach in ein paar Monaten noch mal. Vielleicht habe ich ja dann meine Einstellung geändert." „Gut, ich nehme dich beim Wort."

Für das Abendessen im noblen Hotelrestaurant hatte Udo einen romantischen Tisch eindecken lassen. Karin trug, entgegen ihrer sonstigen Gepflogenheit, ein Kleid, das ihre weiblichen Formen sehr vorteilhaft hervorhob. Udo wusste überhaupt nicht, wohin er zuerst schauen sollte. „Du siehst einfach fantastisch aus. Das Kleid steht dir sehr gut." „Oh, danke für das Kompliment. Bin ich von den meisten Geschöpfen deiner Gattung überhaupt nicht gewöhnt, dass so etwas überhaupt wahrgenommen wird." „Du weißt doch mittlerweile sicher, dass ich anders bin als alle anderen Männer, Karin." „Nun stell dich mal nicht auf einen allzu hohen Sockel, mein Lieber. Schließlich bekommst du mit mir auch eine besondere Frau." Beide mussten lachen. Es wurde ein wunderschöner Abend. Nach einem lecker zubereiteten Vier-Gang-Menü, einer Flasche Wein und zwei Campari Orange zog es sie in die gepflegte Hotelbar. Nach ein paar Gläschen Champagner forderte sie Udo zum Tanz auf. Die Bar wie auch die Tanzfläche waren gut besucht. Fast zwei Stunden lang schwoften sie bei immer langsamer werdenden Songs eng aneinander gepresst auf dem Dancefloor, bis sie es einfach nicht mehr aushielten. Udo zeichnete ihre Rechnung ab und nahm Karin an die Hand, die darüber sehr froh war, weil sie sonst nie so viel Alkohol zu sich nahm und dieser sie gerade ein wenig einschränkte. Da sie sich nicht ganz sicher waren, ob ihr Lift kameraüberwacht wurde, taten sie es noch nicht im Aufzug. Doch als Udo mittels der Codecard ihre Suitetür öffnete, stand Karin nur noch in der Unterwäsche da. Beim Sprung auf das breite Bett waren sie beide bereits nackt und fielen wie die Tiere übereinander her. Als es am Horizont dämmerte, hängte Udo das Schild „Do not disturb" außen an den Griff ihrer Zimmertüre und kuschelte sich anschließend zu Karin ins Bett. Sie ließen nicht nur das normale Frühstück ausfallen, sondern auch das für Langschläfer. Als sie um die Mittagszeit erwachten, duschten sie ausgiebig und nahmen am Strand ein Krabbenbrötchen zu sich und tranken eine Cola dazu. Ihre Lebensgeister kehrten sofort wieder zurück. Den folgenden Nachmittag verbummelten sie stressfrei an der Strandpromenade.

Am Sonntagmorgen waren sie mit die Ersten, die gegen acht Uhr im feinen Frühstücksraum des Hotels ausgiebig die erste Mahlzeit des Tages zu sich nahmen. Danach zogen sie ihre Kombis an und starteten mit ihren Maschinen Richtung Amsterdam. Dort verbrachten sie einen herrlichen Tag, den sie mit einer Grachtenfahrt ausklingen ließen. Zum späten Abendessen trafen sie wieder in ihrem Hotel in Noordwijk ein. Nach einem leichten Fischmenü und reichlich Mineralwasser nutzen sie noch die Wellnessanlage ihres Hotels. Später in ihrer Suite knüpften sie noch ein wenig an die Spiele ihrer ersten Nacht an. Doch noch vor Mitternacht ging dann nichts mehr. Wie tot fielen sie in ihre Kissen und schliefen sofort ein.

Kapitel 29

„Morgen, Frau Bülent, wir haben wieder eine Tote. Wahrscheinlich ebenfalls von unserem Serienkiller ermordet. Dem Opfer fehlt wieder die Gesichtshaut. Fahren Sie mit uns zum Fundort?", informierte Olaf Salcher die Kollegin vom BKA gleich Montagsmorgens nach Dienstbeginn. „Morgen, Herr Salcher. Ja, wir fahren mit. Ich sage nur eben meinem Kollegen Bescheid." „Alles klar. Treffen wir uns unten am Parkplatz?" „Wir kommen sofort herunter." Asli Bülent fand ihren Kollegen am Kaffeeautomaten auf dem Gang, der gerade ausgiebig mit einer blonden Kollegin flirtete. „Kommst du, Reiner? Wir haben wieder eine Tote", unterbracht die Bülent das Süßholzraspeln ihres Kollegen, der sich noch eben die Handynummer der hübschen, großen Blondine notierte. „Ja, ich komme, Asli." Bevor sich die blonde Kölner Kollegin wieder in ihr Büro verzog, warf sie Asli Bülent noch einen bösen Blick zu. „Was gibt es? Du sprachst von einer weiteren Toten?" „Ja, der Kollege Salcher informierte mich entsprechend. Wir fahren mit den Kollegen zum Fundort der Leiche." Ohne Zeit zu verschwenden drückte Asli Bülent auf den Rufknopf des Lifts, der sie ins Erdgeschoss des Präsidiums brachte.

„Guten Morgen, zusammen", begrüßten die beiden LKA Beamten ihre Kollegen von der Kölner Mordkommission, die bereits im Dienstwagen auf Frau Bülent und Herrn Greiner warteten. „Haben Sie bereits erste Informationen für mich, Herr Salcher?" „Ja. Bisher wissen wir folgendes: Das Opfer heißt Ria Schneider und betreibt ein Studio für medizinische Fußpflege, Maniküre und kosmetische Anwendungen in Köln Ehrenfeld. Die Tote wurde von ihrer Reinigungskraft in ihrem eigenen Geschäft heute früh am Morgen aufgefunden." „Ist sie vernehmungsfähig?" „Dazu kann ich Ihnen noch nichts sagen. Der Gerichtsmediziner Doktor Brandt ist mit seinem Team von der Spurensicherung bereits vor Ort. Er wird uns ganz sicher genauer informieren können." Edith Steinbach hatte das Blaulicht auf das Fahrzeugdach geklemmt und die Sirene eingeschaltet. Entsprechend rasch erreichten sie den Leichenfundort. „Oh, wie schön. Lerne ich doch endlich die Kollegen vom LKA kennen, die ebenfalls an unserem Fall arbeiten. Brandt mein Name. Ich bin der leitende Gerichtsmediziner." „Hallo, Doktor Brandt. Mein Name ist Bülent. Das ist mein Kollege Greiner. Haben Sie schon etwas für uns?" „Leider noch nicht allzu viel. Die Tote heißt Ria Schneider, ist sechsunddreißig Jahre alt und betreibt dieses Studio hier. Ob es Angestellte, Geschäftspartner oder einen Lebensgefährten gibt, wissen wir noch nicht." „Kann ich die Leiche mal sehen?" „Natürlich. Ich warne nur ein wenig. Falls Sie gut gefrühstückt haben und den Anblick entstellter Leichen am Morgen verabscheuen, sollten Sie sich den Blick in den Behandlungsraum ersparen. Es ist in der Tat kein schöner Anblick." „Es wird schon gehen, Doktor Brandt. Aber danke für Ihren Hinweis." „Dann folgen Sie mir bitte."

Das es schon gehen würde war sicher keine Floskel von Asli Bülent. Sie hatte sich während ihrer zwanzig Dienstjahre schon viele Tote ansehen müssen. Erst vor zwei Jahren klärte sie mit ihrem Kollegen Greiner den Serienmordfall an vierzehn Prostituierten auf. Dieser Täter schlitzte ganz im Stil von Jack the Ripper in London seine Opfer auf und weidete sie förmlich aus. Doch als sie vor den Behandlungsstuhl trat, in dem Ria Schneider saß, so als wolle sie sich gerade die Füße pediküren lassen und sie aus ihren leeren Augen anstarrte, zu denen kein Gesicht mehr existierte, musste sie heftig gegen die hochsteigende Magensäure ankämpfen. Ernst Brandt bemerkte sofort, dass der Anblick des Opfers der LKA-Beamtin kräftig auf den Magen schlug. Sofort sprach er in seiner ruhigen Art weiter. „Der Todeszeitpunkt liegt mindestens achtundvierzig Stunden zurück Die Leichenstarre löst sich bereits. Unser Opfer ist ganz sicher nicht hier verstorben und seiner Gesichtshaut beraubt worden." „Sie sprechen von verstorben, Doktor Brandt? Ich nenne die Todesursache Mord", fiel Asli Bülent dem Gerichtsmediziner sofort in seinen Vortrag. „Verstorben klingt für mich eher nach eingeschlafen nach erfülltem Leben oder nach langer Krankheit schmerzfrei entschlafen. Das, was unser Mörder mit seinen Opfern macht, ist jäh aus dem Leben reißen, willkürlich töten, abschlachten, verstehen Sie, wie ich das meine, Herr Doktor?" „Ich möchte jetzt ganz sicher nicht mit Ihnen in eine ethische Auseinandersetzung über Leben und Tod eintreten. Ich muss nach den Fakten gehen, Frau Bülent, und danach ist unser Opfer nach meiner ersten Inaugenscheinnahme an einem Hirnschlag verstorben, der vermutlich durch ein injiziertes Präparat begünstigt wurde. Mehr kann ich bisher noch nicht sagen. Ich weiß mehr, wenn ich Frau Schneider obduziert habe." „Kann es sein, dass Sie jetzt sauer auf mich sind, Doktor Brandt?" „Wieso das? Nur weil Sie eine andere Betrachtungsweise vertreten als ich, darf ich keinesfalls sauer sein und bin es auch nicht." „War ja auch nur so ein Gedanke von mir. Haben Sie sonst noch etwas?" „Nun, wie es aussieht, hat unser Täter wieder auf den rechten Fuß des Opfers ejakuliert. Hier, sehen Sie die eingetrockneten Spermaspuren? Ich muss jedoch gestehen, dass ich darauf hier vor Ort nur deshalb geachtet habe, da ich die Vorgeschichte unserer Mordserie kenne. Eine genaue Analyse nehme ich morgen im Labor vor. Ach, noch etwas: Unsere Tote weist am rechten Arm einen Einstich mehr auf als unsere letzten Opfer. Der Täter muss nachgespritzt haben, vielleicht weil sein Opfer zu früh aus seiner Narkose zu erwachen drohte. Es gibt mal wieder keine Abwehrspuren und keinen sexuellen Übergriff auf die Tote. Aber auch das teste ich morgen noch genau durch."

Asli Bülent verließ den Fundort und schaute sich in dem kleinen, gepflegten Institut des Mordopfers um. Sauberkeit schien der Toten sehr wichtig zu sein. Nirgendwo lagen beschmutzte Instrumente wie Pfeilen oder Scheren herum. Überhaupt hinterließen die Räumlichkeiten einen äußerst hygienischen Eindruck. Im Treppenhaus stieß sie auf ihren Kollegen Greiner und Edith Steinbach, die gerade aus dem Keller gekommen waren. „Habt ihr noch etwas gefunden?" „Der Wagen der

Toten, ein VW Golf, steht abgeschlossen auf seinem Parkplatz in der Tiefgarage. Der Mörder ist mit der Leiche von Frau Schneider aber ganz sicher in das Parkgeschoss gefahren und hat sie die eine Etage höher in ihr Studio gebracht." „Wie kommt ihr darauf?" „Nun, weil unser Täter ganz sicher nicht mit einer unbekleideten Frauenleiche über die Straße gelaufen wäre, ohne dabei beobachtet zu werden." „Das leuchtet mir ein. Er muss also gute Kenntnisse über Frau Schneiders Leben und deren Umfeld besitzen." „So ist es. Könnte also sein, dass unser Mörder sein Opfer bereits kannte. Vielleicht hat sie ihn oder sie sogar schon einmal behandelt, bevor sie getötet wurde." „Ohne Beweise können wir mit unseren Hypothesen nichts ausrichten. Aber vielleicht bringt uns diese Vermutung ja dem Täter näher. Wir nehmen den Terminplaner und das Notebook des Opfers mit. Könnte durchaus sein, das wir den einen oder anderen Hinweis darin finden." „Werde ich sofort veranlassen, Asli."

Ein letztes Mal stand Karin mit den Ellenbogen auf das Geländer der großen Terrasse gestützt und ließ ihren Blick über die heute sehr ruhige Nordsee bis zum Horizont schweifen. Die wenigen Tage mit Udo hatten ihr mehr als gut getan. Sie befand sich in gelöster Stimmung und nahm seinen Ruf gar nicht gleich wahr. „Bist du fertig mit packen, Karin?" „Ja, ich habe wieder alles in unseren Koffern verstaut. Auch deinen Winterpulli." Grinsend drehte sie sich zu ihm um. Udo schritt auf Karin zu und nahm sie in seine

Arme. „Das war ein verdammt schönes Wochenende. Schade, dass es schon wieder vorüber ist. Ich möchte auch ganz bestimmt nicht drängen, aber ich meine, wir sollten langsam losfahren. Montags sind die Autobahnen meist ziemlich voll und drei Stunden benötigen wir sicher." „OK, ich kann mich nur noch nicht so recht losreißen. Es war wirklich sehr schön. Danke dir, Udo." „Du brauchst dich doch nicht zu bedanken. Das war doch unser erstes gemeinsames Wochenende und ich wünsche mir, dass noch viele folgen werden. Wenn wir erstmal verheiratet sind ..." Udo stoppte sofort seinen Redefluss, da er sich seines Fehltrittes gleich bewusst wurde. „Fängst du jetzt schon wieder damit an, Udo? Auch mit solchen Wochenenden kannst du mich nicht ködern oder gar meinen Entschluss beschleunigen." „Das weiß ich ja. Entschuldige bitte. Es ist mir nur so rausgerutscht." Karin schob ihn von sich fort und griff sich ihre Motorradboxen. „Wollen wir dann?" Udo nickte nur und nahm ebenfalls seine beiden Boxen auf. Wortlos verließen sie die Suite und fuhren mit dem Lift in die Lobby. Während Karin gleich weiter in die Tiefgarage fuhr, verließ Udo den Aufzug und beglich ihre Rechnung an der Rezeption. Wenig später folgte er ihr und klickte ebenfalls seine Koffer an seiner Maschine fest. Mit Schwung zogen sie ihre Helme auf und fuhren die Tiefgaragenausfahrt heraus Richtung Heimat. Ihre Rückfahrt verlief zügiger als ihre Anfahrt. So blieb es nicht aus, dass sie früher als gedacht einen Tankstopp einlegen mussten. Sie verzichteten auf eine längere Pause und cruisten bis kurz vor Aachen, wo sie einen hübsch gelegenen kleinen Landgasthof ansteuerten, um dort zu Mittag zu essen. „Ich muss mit meinem Schätzchen in die Inspektion. Sie läuft nicht mehr ganz rund", unterbrach Udo ihre Sprachlosigkeit während des Essens. „Ich dachte immer, Harleys laufen nie richtig rund und knattern nur so vor sich hin und rütteln ihre Fahrer bis zum Letzten durch." „Also, ganz so ist es ja nun nicht. Aber sie brauchen halt häufig einen bereit gehaltenen Schraubendreher, wenn wieder mal das ein oder andere Schräubchen abzuspringen droht." „Das wäre mir viel zu lästig. Mein Baby fährt ohne Zwischenfälle so lange, bis die Servicelampe aufleuchtet und dann bringe ich sie zu meinem BMW-Händler, der sie wieder flott macht. Ich bin mit meinem Mädchen noch nie liegen geblieben, und sie hat jetzt gute dreißigtausend Kilometer auf dem Buckel." „Eigentlich hast du ja Recht. Meine Karre ist eher so eine Funmaschine. Wenn wir öfter Ausflüge mit den Mopeds unternehmen, lege ich mir auch eine BMW zu." So beschränkte sich ihre Konversation auf Belanglosigkeiten. Nach dem Essen, dass aus sehr schmackhaften Wiener Schnitzeln bestand, die der Wirt mit Salat und Pommes Frittes als Beilagen servierte, fuhren sie, jedoch nicht ohne noch einen Kaffee geschlürft zu haben, weiter nach Hause.

Kapitel 30

Als der Tag langsam zu Ende ging, saß Karin zu Hause in ihrem Wohnzimmer und schaute sich ihre vom Ausflug nach Holland geschossenen Digitalfotos an. Immer wieder griff sie nach den mundgerecht gemachten Broten und den in Schiffchen geschnittenen Tomaten, die sie dazu mit Wonne verspeiste. Das Anschauen jedes einzelnen Fotos zauberte ein Lächeln auf ihr Gesicht. Vor allem die Fotos, die sie mit Selbstauslöser geknipst hatten, ließ sie häufig schallend loslachen. Es war ein wirklich schönes Wochenende gewesen. Sie stellte ihr Notebook zur Seite und legte ihren Kopf gegen die Rückenlehne ihres Sofas. Karins Gedanken schweiften ab. Sie dachte an Udo und über sein Angebot nach, seine Frau zu werden. Udo entwickelte sich mehr und mehr zu ihrem Traummann. Er brachte sie immer wieder zum Lachen, war sehr aufmerksam und hatte stets neue Ideen ihr Freizeitprogramm betreffend. Dass es ihm finanziell gut ging, war für sie kein Argument. Bisher konnte sie alle ihre Exkursionen immer noch selbst bezahlen. Doch Udo sah verdammt gut aus. Er entsprach so ganz dem Männerbild, das sie bevorzugte. Groß und muskulös, aber keineswegs prollig musste ein Mann ganz nach ihrem Gusto sein. Was ihr auch sehr gut gefiel war sein fast englisch anmutender höflicher Stil und sein gutes Benehmen. Last but not least war er ein sehr guter Liebhaber. Wenn sie an die zuletzt gemeinsam verbrachten Nächte dachte, löste dies ein Kribbeln genau an der Stelle aus, wo es Udo einfach meisterlich verstand, sie zum Höhepunkt zu bringen. Mit beiden Händen rieb sie sich ihre Schläfen und sprach leise vor sich hin: „Soll ich mich wirklich noch einmal mit dem Gedanken anfreunden zu heiraten? Ist er tatsächlich der richtige Ehemann für mich ist? Ich bin ja schon in ihn verliebt." Doch sie war nicht gewillt, dies noch heute Abend zu entscheiden und beschloss, zu Bett zu gehen. Zur Beruhigung ihrer Nerven machte Karin noch einen Rundgang durchs Haus und stellte währenddessen fest, dass ihre am Nachmittag gewaschene Wäsche schon beinahe ganz trocken war. Alle Fenster und Türen waren verschlossen. Beim Betreten des Wohnzimmers zuckte sie nach wie vor ein wenig zusammen, wenn sie an den Anblick der Toten dachte, die ihr der Mörder hier präsentiert hatte wie eine Katze, die ihrem Herrchen eine Maus zur Ehre vor die Türe legte. Karin verdrängte die Gedanken und verschwand im Bad. Wenig später kuschelte sie sich in ihr Bett.

Es brauchte am nächsten Morgen in ihrem Büro keine fünfzehn Minuten, bis die ganze Wochenenderholung aufgebraucht war. Zur Begrüßung der Kollegen hatte sie bereits früh am Morgen ihren Kopf in alle Büros ihrer Abteilung gesteckt und freundlich hallo gesagt. Die Stimmung schien gedrückt, doch niemand sprach sie darauf an. Überhaupt fragte keiner der Anwesenden, ob ihr Kurztrip ihr gefallen hatte. Eine Antwort darauf erhielt sie, als sie sich hinter ihren Schreibtisch setzte und eine rote Handakte vor sich liegen sah, die nichts Gutes zu verheißen schien. Doch bevor sie die Mappe öffnete, fuhr sie zuerst ihren Rechner hoch.

Erstaunlicherweise quoll ihr Postfach diesmal keineswegs über, und es schien frei von Spams zu sein. Eine Mail nach der anderen öffnete sie und las sie kurz durch, beantwortete einige, falls gefordert oder löschte sie einfach weg. Ob sie sich jedoch über die Nachricht ihres IT-Spezialisten freuen sollte, der ihr mitteilte, dass die Überprüfung ihres Servers sowie ihres PCs keinen Hinweis auf den Ursprung des Angriffs ergeben hatte, konnte sie nicht sagen. Mutig genug, sich wieder dem Grauen ihres Tagesgeschäftes zu widmen, öffnete sie den Pappordner. Wenigstens hatten sie ihr das Foto der Toten nicht gleich zu Anfang eingeheftet, sodass sie erst einmal lesen konnte, was geschehen war. Doch schon nach den ersten zehn Zeilen konnte sie sich ein Weiterlesen sparen. Er hatte wieder zugeschlagen. Gnadenlos und unerbittlich, so wie sie es von ihm gewohnt war, mit dem grauenhaften Ergebnis, einen Menschen bestialisch getötet zu haben. Karin spürte, wie die Hand, die den dünnen Ordner festhielt, zu zittern begann. Besonders genervt reagierte sie, als sie den Obduktionsbericht von Ernst Brandt las, der als Todesursache Hirnschlag vermerkt hatte. „Für mich bleiben die Taten unseres Serienkillers Morde", sprach sie laut vor sich hin, „auch wenn es sich aus rein juristischer Sicht eventuell anders darstellt."

Das Klopfen an ihrer Bürotüre empfand Karin als eine Erlösung. Sie rief herein und Asli Bülent trat lächelnd mit einer Thermoskanne Kaffee vor ihren Schreibtisch. „Na du Ausreißer, siehst gut erholt aus, war es schön?" „Hallo, Asli, es war einfach traumhaft schön." „Und schon hat dich das Tagesgeschäft wieder eingeholt. Der Tathergang, die Art, wie er gemordet hat und sein abartiges Abspritzen von Sperma auf den rechten Fuß des Opfers deuten auf unseren Serientäter hin. Mehr wissen wir aber noch nicht. Ich zerbreche mir schon seit Tagen den Kopf darüber, nach welchem Schema sich unser Täter seine Opfer aussucht. Auffallend gepflegt und schlank sind alle bisher aufgefundenen Opfer. Und wie es scheint, handelt es sich um selbstbewusst auftretende Frauen. Kannst du dir darauf einen Reim machen, Karin?" „Ehrlich gesagt nein. Zwar habe ich mir jetzt am Wochenende keine Gedanken zu unserem Fall gemacht, aber ich weiß auch nicht mehr weiter. Udo, mein Freund …." „Ich weiß, wer Udo ist, Karin. Doktor Udo Stein, plastischer Chirurg, spezialisiert auf die Rekonstruktion von Gesichtsverletzungen aller Art sowie für Brustaufbau mittels Eigengewebe nach totaler Geweberesektion bei Mamakarzinomen. Neuerdings spezialisiert er sich auch auf die Rekonstruktion von weiblichen Geschlechtsorganen nach Beschneidung, ungewollter Defloration und kosmetischen Operationen für Ladies, die ihren jugendlichen Lovern eine entsprechende, na du weißt schon, bieten möchten. Damit verdient er zurzeit ein Vermögen. Er ist vierundvierzig Jahre, dunkelblond, groß und den Rest kennst du ganz sicher besser als ich." „Hast du etwa gegen ihn ermittelt, Asli?", erkundigte sich Karin bei ihrer Kollegin und ihre Rückfrage klang nicht besonders freundlich. „Das nicht, aber ich wollte halt einmal wissen, mit wem du dich so rumtreibst. Immerhin ist er auch Gesichtschirurg. Trinkst du jetzt mit mir einen Friedenskaffee?" Asli hatte gleich bemerkt, dass sie mit ihrer Recherche bei Karin keine offenen Türen eingelaufen hatte. „Du bist da auf dem Holzweg, Asli. Ich habe folgendes, ohne das er es weiß, auf seinem Rechner gefunden." Karin erzählte ihrer Kollegin, was sie in seinen persönlichen Daten für Anmerkungen gefunden hatte. „Vielleicht fragen wir ihn einfach mal, was er zu einem Kollegen zu sagen hat, der Frauen so grausam tötet." „Ich werde ihn darauf ansprechen, Asli." „Mach das. Vielleicht bringt uns das ja weiter. Wir sollten nichts unversucht lassen, um an den Täter heran zu kommen. Übrigens, um zehn habe ich eine Besprechung angesetzt. Kommst du auch?" „Ja, klar, wir arbeiten doch immer noch zusammen oder etwa nicht mehr?" „Ich denke schon", antwortete Asli grinsend und nahm ihre Kollegin nach dem Gespräch kurz in ihren Arm. „Ich will deinem Udo nichts anhängen, Karin, ich ermittle allerdings in alle Richtungen." „Ja, ich verstehe dich. Ist sicher besser, wenn man unvoreingenommen an die Sache herangeht." „Das sehe ich auch so. Wann nehmen wir wieder unseren Mädelsabend?" „Weiß nicht. Wir sollten den Termin aber nicht zu lange hinauszögern." „Das sehe ich auch so. Außerdem sehnt sich meine Zahnbürste nach deinem lustigen Zahnbecher." „Du bist schon ein bisschen verrückt, nicht wahr, Asli?" Beide mussten lachen, während Asli das Büro ihrer Kollegin verließ.

Als Karin wieder alleine in ihrem Büro saß und sich in die Akte ihres letzten Mordfalles einlas, summte ihr Diensttelefon. Sie schaute auf das Display und nahm das Gespräch entgegen. „Hallo, Udo, nein, ich weiß immer noch nicht, ob ich deinen Heiratsantrag annehmen möchte." „Hi, Karin, kann es sein, dass du dich ein wenig über mich lustig machst? Mir ist die Sache schon sehr ernst, schließlich geht es ja hier nicht um den Kauf eines Pfund Butter." „Ich wollte dich nicht kränken, Udo. Es war nur Spaß." „So habe ich das auch verstanden. Du wirst es mir sicher schonend beibringen, wann du endlich meine Frau werden möchtest." „Ganz bestimmt, Udo. Sag mal." Karin musste jetzt vorsichtig sein, dass sie sich nicht selbst verriet, weil sie doch seine ganz persönlichen Anmerkungen gelesen hatte. „Meine Kollegin Asli Bülent und ich sind zu dem Schluss gekommen, du könntest uns eventuell mit deinem Fachwissen bei der Suche nach unserem Mörder weiterhelfen. Ist dem so?" „Ich würde es zumindest gern versuchen. Bring doch deine Kollegin einfach mal zum gemütlichen Grillen mit hierher. Vielleicht können wir das Nützliche mit dem Praktischen verbinden und ich kann euch tatsächlich weiterhelfen." „Wäre einen Versuch wert. Ich frage sie und sage dir Bescheid. Wie läuft es sonst bei dir? Was macht dein Sorgenpatient?" „Das hat der Kollege während meiner Abwesenheit gut hinbekommen.

Ich muss den Patienten nicht noch einmal operieren. Und bei dir?" „Wir hatten wieder einen Mord." „Dieser Serienmörder?" „Sieht so aus." „Tut mir leid, Karin. Ich möchte dir wirklich gern helfen. Bring Frau Bülent einfach mal mit. Vielleicht finden wir ja einen entscheidenden Hinweis." „Ich werde sie nachher fragen, Udo. Bis später." „Ja, bis später. Ach, Karin? Du fehlst mir." „Du mir auch, Udo." Karin zuckte ein wenig zusammen, ob des gerade so herausgerutschten Satzes. Doch irgendwie fehlte ihr Udo tatsächlich: Die Art von Geborgenheit, die er ausstrahlte und seine Liebe, die sie in seinen Armen Ruhe finden ließ. Doch dies gehörte jetzt nicht hierher. Karin schüttelte sich etwas, sicher um wieder in die Realität zurückzufinden.

Kurz vor zehn betrat sie den großen Konferenzraum, der schon fast bis auf den letzten Platz gefüllt war. Mit so vielen Besuchern hatte Karin allerdings überhaupt nicht gerechnet. Der Termin war aber auch nicht von ihr anberaumt worden und sie wusste nicht, wen Asli alles dazu eingeladen hatte. Die LKA-Beamtin winkte Karin gleich zu sich. „Hier, Karin, setz dich neben mich. Das wird heute ein Riesentanz." Asli hatte nicht übertrieben. Als gegen kurz nach zehn noch der Innenminister des Landes mit seinen Sicherheitskräften eintraf, war die Runde komplett. Routiniert übernahm die attraktive Deutschtürkin die Moderation und begrüßte alle Konferenzteilnehmer. Leider waren alle Fakten, die sie vortrug und auch optisch mittels Beamer auf die Leinwand projizierte, nicht neu. Als sie mit ihrer Einführung endete, leitete sie gleich zu Doktor Ernst Brandt weiter, der nun seine Ergebnisse vorstellte. „Meine sehr geehrten Damen und Herren, mein Team und ich haben neben den Ihnen bereits bekannten Fakten noch folgende hinzuzufügen: Alle Mordopfer starben an plötzlichem Hirn- und/oder Herzversagen, ausgelöst durch ein mittels Injektion verabreichtes und uns immer noch nicht bekanntes Präparat. Nach meinem Ermessen stellt unser Täter dieses Anästhetikum selbst her. Wie es scheint, begünstigt es das Zustandekommen eines Herzinfarktes oder eines Schlaganfalles. Bisher wissen wir leider erst, dass einige Bestandteile dieser Essenz aus dem Gift einer blauen Frosch- sowie einer Giftnatternart in völlig unbekannter Zusammensetzung hergestellt wurde. Ob unser Täter dies hier vor Ort vornimmt oder das Gift fertig hierher schafft, ist uns ebenfalls nicht bekannt. Die Körper aller unserer Opfer waren unbekleidet und mit einer Bodylotion vollständig eingecremt. Pediküre und Maniküre wurden auch erst ganz kurz vor dem Tod beinahe professionell durchgeführt. Alle Hand- und Fußnägel wiesen nicht nur den gleichen Farbton auf, sondern entstammen alle dem gleichen Hersteller." „Wäre es da eventuell möglich nach einem Täter zu fahnden, der kürzlich große Mengen an Nagellack und Bodylotion gekauft hat?", unterbrach der Innenminister den Vortrag des Chefpathologen. „Das dürfte zu keinem Ergebnis führen. Die gekaufte Menge, die unser Täter für seine Pflegemaßnahmen benötigt, fällt ganz sicher beim Erwerb nicht besonders auf. Darf ich weiter ausführen?" Das Nicken des Innenministers nahm Doktor Brandt als ein Ja zur Kenntnis und trug entsprechend weiter vor. „Alle Opfer wiesen leichte Hautabschürfungen an den Knien sowie an den Handballen auf. Dies könnte darauf schließen lassen, dass sich die Frauen eine kurze Zeit lang auf Händen und Knien fortbewegen mussten. Die Fesselspuren an den Hand- und Fußgelenken erwähnte ich bereits in meinen Obduktionsberichten. Alle Frauen wiesen in ihren Mägen Rückstände von gehobener Kost wie Fisch, Geflügelresten und Obst auf. Mehr kann ich Ihnen leider nicht berichten." „Gibt es schon Hinweise zu der Art, wie der Täter seine Opfer betäubte?", folgte eine erste Rückfrage aus den Reihen der LKA Spitzen. „Ja, dabei handelt es sich um ein handelsübliches Präparat, das jedem niedergelassenen Arzt zum Kauf zur Verfügung steht. Sie finden dieses im Anhang des ausgeteilten Obduktionsberichtes aufgeführt. Ich gehe davon aus, das unser Täter seine Opfer mit diesem Präparat nach dem Kennenlernen in einen Tiefschlaf versetzte, ähnlich wie dies auch Ko-Tropfen bewirken, bevor er im Verlauf seiner weiteren Handlungen sein eigenes Produkt einsetzte." „Gibt es denn auch schon Vermutungen zu den Tathergängen?", mischte sich nun auch der Oberbürgermeister ein. „Eine gute, wenn auch nicht leicht zu beantwortende Frage: Ich gehe mal davon aus, dass sich unser Täter seine Opfer in Ruhe auswählte und eventuell vorher sogar beobachtete. Anschließend lockt er sie in sein Gewahrsam, wo er sie gefangen hält, bis er Zeit findet oder auch die Lust dazu verspürt, sie zu töten. Er verabreicht seinen Opfern sein Gebräu in kleinen Dosen, das diese offensichtlich in eine Art Euphorie versetzt. Er beköstigt sie, pflegt sie und bevor er ihnen die Gesichtshaut entfernt, sediert er sie. Er weckt sie mit einer starken Dosis seines Präparates auf und zeigt ihnen ihre entstellten Gesichter, was bei den Opfern einen Infarkt oder Hirnschlag auslöst. Zu welchem Zeitpunkt er jedoch auf den rechten Fuß der Opfer ejakuliert, kann ich leider nicht sagen. Danach entledigt er sich der Frauen. Ach, und bevor noch Rückfragen zur DNA des Spermas folgen: Wir haben alle verfügbaren Datenbanken damit gefüttert und nicht eine Übereinstimmung erzielt. Unser Täter ist bisher nirgendwo aktenkundig geworden." Es folgten noch eine Menge Rückfragen, Vermutungen und Vorschläge zur weiteren Vorgehensweise. Doch eine wirklich konstruktive Idee war nicht darunter. Kurz vor dreizehn Uhr endete die Konferenz ohne ein tatsächliches Ergebnis hervor gebracht zu haben. Schnell löste sich die Armada der Teilnehmer auf. Alle wichtigen Persönlichkeiten verschwanden in ihren Fahrzeugen. Die übrigen Beamten hasteten in ihre angrenzenden Büros.

Kapitel 31

„Und was nun? Hattest du das Gefühl, die Konferenz hat uns weitergebracht?" „Ach, Karin, das ist doch ohnehin nur alles Politik, die ich hier mache. Informiere ich im Verlauf eines solch kniffligen Falles, bei dem wir nur auf der Stelle treten, nicht regelmäßig den Innenminister und die Spitzen des LKA, halten mich alle für unfähig. Halte ich aber von Zeit zu Zeit solche Konferenzen ab, steigert dies mein Ansehen und meine Kompetenz. Vergiss nicht, ich bin eine Frau und dann auch noch die erste, die einen Migrantenhintergrund besitzt und eine eigene Abteilung leitet." „Was für ein Geschacher! Da bin ich doch froh, wenn ich in Ruhe meine Fälle hier lösen kann, ohne auch noch Politik machen zu müssen." „Und wenn du nicht weiterkommst, holt man die Kavallerie aus Düsseldorf und in diesem Fall die Asli Bülent." „Hältst du mich jetzt für unfähig?", fuhr Karin ihrer Kollegin in die Parade. „Unsinn, Karin, aber so läuft das Spiel nun mal. Du hast doch bisher super Arbeit geleistet. Und wenn wir ehrlich sind: Sind wir wirklich unserem Mörder auch nur einen Zentimeter näher gerückt, seitdem ich hier bin?" „Ehrlich gesagt: Nein." „Siehst du. Ist eben alles Politik." Karin hob die Schultern und schaute Asli lächelnd an. „Ach, bevor ich es vergesse: Udo möchte uns gern helfen und lädt uns beide zum Grillen ein. Wann hast du Zeit?" „Von mir aus gleich. Ich habe nämlich richtig Hunger." Asli lachte laut gurrend los, als sie diesen Satz in vollem Ernst ausgesprochen hatte. „Dann lass uns in die Kantine gehen. Vorher rufe ich Udo noch kurz an, wann er für uns kochen möchte." Asli nickte. Karin verschwand in ihrem Büro. Wenig später holte sie Asli in ihrem umgebauten Office ab. „Du sollst jetzt nicht allzu viel essen. Heute Abend sind wir bei Udo zum Grillen eingeladen." „Das hört sich gut an. Muss ich mich da noch in Gala schmeißen?" „Unsinn, Udo ist total locker drauf. Ich trage meist Flipflops und einen leichten Bieranzug dazu oder auch nur meinen Bikini." „Also sommerliche Kleidung. Nimmst du mich mit zu ihm?" „Ja, klar, kannst hinterher bei mir pennen." „Da wird sich meine Zahnbürste aber freuen, den süßen Zahnputzbecher wieder zu sehen."

Zwei leicht knurrende Mägen standen pünktlich um halb acht bei Udo Stein in der Türe, als die beiden Frauen mit ihrem Schellen um Einlass baten. Udo zeigte strahlende Zähne, als er ihnen die Türe öffnete und sie gleich herein bat. „Asli Bülent, Doktor Udo Stein", stellte Karin die beiden einander vor. „Hallo, Asli, sag einfach Udo zu mir." „Aber nur, wenn du weiter Asli zu mir sagst." „Damit kann ich leben. Geht schon mal durch. Ich muss schnell zum Grill. Wir können dann auch gleich essen." Der Duft nach frisch gegrillten Meeresfrüchten in Knoblauchöl mit Kräutern mariniert stieg ihnen schon gleich am Eingang in die Nase. Udo hatte sich richtig Mühe gegeben und eine hübsche kleine Tafel eingedeckt. Frisches Stangenweißbrot, ein großer, gemischter Salat, Kräuterbutter und allerlei Beiwerk standen bereits zum Verzehr bereit. „Trinken wir Weißwein zum Essen?" Asli schüttelte den Kopf und flüsterte Karin zu: „Lieber nicht, wir sind ja nicht nur zu Belustigung hier." „Nein, Udo, wir nehmen Wasser zum Essen. Wir müssen ja noch fahren", rief sie zurück. „Wieso das, bleibt ihr nicht über Nacht?", fragte Udo seine Gäste, als er die erste Runde gegrillte Tigerprawns zum Tisch balancierte. „Nein danke, Udo, wir müssen morgen wieder früh aus den Federn. Beim nächsten Mal, wenn wir unseren Fall gelöst haben", antwortete Asli und vermied damit, dass ihr erstes Treffen allzu familiär zu werden drohte.

Nach gut einer Stunde kapitulierten die beiden Damen. „Also, Udo, dein Abendessen war einfach genial, aber ich krieg nichts mehr in mich hinein. Hoffentlich erkenne ich Karin in einigen Monaten noch wieder, wenn sie laufend bei dir isst." „Ich platze auch gleich. Bleib sitzen, Udo, wir räumen ab." Die beiden Frauen erhoben sich wie abgesprochen und trugen alles in die Küche. Als Udo das Rauschen der Spülmaschine vernahm, stieg ihm parallel der Duft aromatischen Kaffees in die Nase. Ein Zeichen dafür, dass seine Gäste Espressi aufbrühten. Udo wählte als einziger nach dem Essen ein alkoholisches Getränk und schlürfte neben seinem Espresso noch einen ziemlich alten Grappa. „Habt ihr mir die Akten eures Falles mitgebracht?", beendete Udo den gemütlichen Teil des Abends und schaute seine beiden Gäste abwechselnd an. „Das ist uns leider nicht möglich, Udo. Wir haben nur Kopien der Fotos von unseren Mordopfern mitgebracht", entgegnete Asli. „Dann lasst mich mal sehen." Udo entnahm dem Umschlag, den Karin ihm in die Hand gab, einige Fotos. Ohne auch nur mit einer Wimper zu zucken, betrachte Karins Freund die Fotokopien der grauenhaft entstellten

Gesichter. „Keine schlechte Arbeitsweise. Die Schnittführung ist sehr sauber ausgeführt und wie es scheint ansatzlos durchgezogen. Aber der Kerl hat nicht in NRW studiert. Die Art, wie er schneidet, unterscheidet sich von der hier gelehrten Form. Hab ich Karin auch schon erklärt. Für mich hat euer Mörder in Süddeutschland sein Handwerk erlernt." „Wir ziehen die Möglichkeit in Betracht und ermitteln jetzt in der Richtung, dass unser Täter eventuell ein Studienabbrecher sein könnte, der sich an der Menschheit und hier besonders aus uns noch nicht ersichtlichen Gründen an der Frauenwelt rechen will." „Das ist Unsinn, Asli. Wenn ein junger Arzt in die Facharztausbildung geht, bricht er seine Ausbildung doch nicht mehr ab. Außerdem gibt es in Deutschland den Facharzt des Schönheitschirurgen überhaupt nicht. Jeder niedergelassene Arzt kann sich einen Satz Skalpelle zulegen, sich dazu einen Anästhesisten suchen und fröhlich den zweifelhaften Versuch starten, gut betuchte Patienten zu verschönern. Die wirklich guten Ärzte, die sich mit Schönheitsoperationen und vor allem mit der Rekonstruktion beschäftigen, sind hervorragend ausgebildete und hoch spezialisierte plastische Chirurgen. Könnt ihr euch eigentlich vorstellen, wie viele Blinddärme, Gallenblasen und Rachenmandeln ich entfernt habe, bis ich mich an die wirklich komplizierten OP´s wagen durfte? Ich habe mehrere Jahre einem Spezialisten assistiert, bis ich die ersten Gesichtsrekonstruktionen gemacht habe." „Das ist interessant. Soll jetzt also heißen: Wir müssen uns alle Schönheitschirurgen des Landes vorknöpfen und hoffen, irgendwann durch Zufall unseren völlig durchgeknallten Operateur ausfindig zu machen?" „Ich möchte euch da nicht jede Hoffnung zerstören, Asli, aber so ähnlich wird es wohl ablaufen." „Na, das sind ja richtig gute Aussichten! Ich würde jedoch gern einmal sehen, wie ein Chirurg solch eine OP durchführt?" „Wie, Asli, du möchtest sehen, wie ein Chirurg einem Menschen das Gesicht wegschneidet?" „So meine ich das nicht, Karin. Ich würde nur gern wissen, wie ein Arzt dabei vorgeht und wie hoch der Zeitaufwand dafür ist." „Halt, halt, halt, Asli. Das ist keine normale Operation, die euer Täter da durchführt. Die Entfernung einer Gesichtshaut würde ich bei einem Patienten nur dann vornehmen, wenn dessen Oberhautgewebe durch Säure, Verätzung oder Verbrennung so stark geschädigt ist, dass sie erneuert werden muss, damit dieser Mensch wieder ein würdevolles Leben führen kann. Diese Art von Operationen habe ich schon mehrfach in Kriegsgebieten bei Verwundeten durchgeführt und einige wenige Male auch nach Brand- und Säureunfällen. Alle diese Eingriffe habe ich als Filmaufnahmen vor der OP, während des Eingriffs und nachher, also die erzielten Resultate, dokumentiert. Die CDs habe ich aber nicht hier, sondern in meiner Praxis." „Das würde mich natürlich schon interessieren, Udo. Kann ich mir die Filme bei dir ansehen kommen?" „Selbstverständlich, jederzeit Asli. Ruf mich nur besser vorher an, damit ich auch anwesend bin, wenn du Fragen zu den

Aufnahmen hast. Und noch ein Tipp: Iss vorher nicht allzu üppig in der Kantine. Bereits die Betrachtung der vorgeschädigten Opfergesichter ist keinesfalls etwas für schwache Nerven." „Super, dann rufe ich dich morgen in der Praxis an." „Mach das. Ich bin morgen den ganzen Tag im Hause und greife dem lieben Gott oder auch Allah ganz sachte in sein Handwerk hinein." „Wieso das?" Udo stand auf und holte seinen Terminkalender nach draußen. „Um acht Uhr dreißig rekonstruiere ich bei einem jungen Mädchen das Hymen. Gegen elf bringe ich einer siebzigjährigen Lady, die sich einen jungen Lover zugelegt hat und viel Geld dafür investiert, die Karosserie wieder auf Vordermann, damit sie wie eine junge Göttin daher kommt." „Was machst du denn da, Udo, erzähl?" „Ach, Karin, die Möglichkeiten der Chirurgie sind heute mannigfaltig. Ich straffe den Hals und hebe ihre Brüste. Wir saugen Fett am Kinn, den Oberarmen, dem Bauch und den Oberschenkel ab und ich verkleinere ihre Schamlippen." „Was machst du?" „Ja, genau das, was ich gerade beschrieben habe und wohl auch in der Reihenfolge, Karin." „Und was ist mit dem Mädchen?" „Das junge Mädchen ist Anfang zwanzig und entstammt einer ziemlich wohlhabenden, muslimischen Familie, die ihre Tochter verheiraten möchte. Hinter vorgehaltener Hand berichtete mir die Mutter, dass ihre Tochter ein heimliches Verhältnis mit einem jungen Deutschen unterhielt. Ihr Vater hat jedoch ganz andere Pläne mit seiner Tochter. Sie soll nächstes Jahr den jüngsten Sohn von einem

seiner Geschäftspartner ehelichen, und dafür muss sie noch Jungfrau sein. Und nun folgt mein Part: Ich werde die junge Frau wieder zur Jungfrau machen." „Du unterstützt solche urzeitlichen Machenschaften auch noch, Udo?", entrüstete sich Karin. „Nur sehr ungern. Doch tue ich das nicht, besteht für das Mädchen Lebensgefahr. Ihr Vater wird sie ganz sicher töten, vielleicht nicht hier in Deutschland, doch ganz bestimmt in seinem Heimatland." Asli nickte zustimmend. „So sind leider immer noch die strengen Sitten der fundamentalistischen Gesellschaft in vielen arabischen Ländern. So etwas nennt man Ehrenmord. Glücklicherweise ist dies aber nicht mehr die Regel. Dagegen kann man vor Ort überhaupt nichts machen. Hier in Deutschland natürlich schon."
Kurz vor Mitternacht verabschiedeten sich die beiden Frauen von ihrem herzlichen Gastgeber und fuhren zu Karins Haus.

Kapitel 32

„Er ist schon ein schnuckeliges Kerlchen, dein Udo." „Ich denke, du stehst nur auf Mädels?" „Ich meine ja auch nur, wenn ich auf Jungs stehen würde. Halt ihn dir gut warm. Wenn du keinen Bock mehr auf den Polizeijob hast, schmeißt du einfach die Brocken hin, heiratest ihn und gehst nur noch shoppen, lässt dich massieren und bei der Kosmetikerin deines Vertrauens verwöhnen. Und wenn es zu langweilig wird, nimmst du dir einen Lover." „Das ist ja nun überhaupt nicht mein Ding. Ich komme lieber jeden Morgen hierher und ärgere mich über meinen Job als das ich nur noch nichts tue. Außerdem gibt es in unserem Beruf ja auch schöne Momente." Karin gab Gas und trieb ihren Mustang am Rande der zulässigen Höchstgeschwindigkeit über die Zoobrücke bis zur Abfahrt Kalk. Wenig später ließ sie ihren betagten Sportwagen in eine der Parklücke im Polizeiparkhaus ausrollen. Da sie etwas spät dran waren, verließen sie hastig den Wagen und eilten zu ihren Arbeitsplätzen. Karin startete sofort ihren PC. Sie drehte sich jedoch gleich von ihrem Bildschirm weg, um sich einen Kaffee aufzusetzen. Doch dies war ganz sicher nicht der alleinige Grund. Immer noch ganz tief saß ihre Angst, dass der Serienmörder wieder alle elektronischen Sperren umgangen hatte und sie direkt ansprach. Doch außer der ihr bekannten Maske mit dem Polizeilogo zeigte sich nichts Ungewöhnliches auf dem Flachbildschirm, als sie sich mit ihrem Kaffeebecher in der Hand davor setzte. Voller Tatendrang stieg Karin in den Tag ein. Die Kollegen der Schutzpolizei hatten in der Nacht an verschiedenen Orten zwei Tote aufgefunden. Es galt nun zu klären, ob es sich dabei um Kapitalverbrechen handelte oder die beiden männlichen Toten auf natürlichem Wege verstorben waren. In einem Fall konnte sie sofort ein Gewaltverbrechen ausschließen. Alle Indizien sprachen für einen Suizid. Bei dem anderen Toten musste noch ermittelt werden. Dies gestaltete sich jedoch sehr schwierig, da das Todesopfer völlig nackt auf einer Parkbank aufgefunden wurde. Karin telefonierte pausenlos. Kurz vor Mittag lud sie sich ein Foto des Toten aus dem Intranet hoch und druckte es mehrfach aus. Mit den Bildern ging sie zu Edith ins Büro, die gerade mit dem Gerichtsmediziner Doktor Brandt telefonierte. „Hallo, Karin, Ernst versucht dich schon eine ganze Zeit lang telefonisch zu erreichen." „Tut mir leid, aber ich bin schon den ganzen Vormittag damit befasst, etwas über unseren unbekleideten Toten in Erfahrung zu bringen." „Ja, genau darum ging es Ernst auch: Der Tote hatte vor seinem Tod noch ungeschützten Geschlechtsverkehr." Weil Karin ihre Kollegin etwas irritiert ansah, korrigierte diese ihre Aussage. „Der junge Mann stammt offensichtlich aus dem Strichermilieu. Wir sollten da mal recherchieren." „Dann komm. Ich habe hier mehrere Fotos von dem Toten ausgedruckt. Fragen wir uns mal durch die einschlägigen Stadtteile."

Wenig später fuhren sie die erste Adresse an, die für diese Art von Aktivitäten in Betracht kam. Es dauerte nicht lange bis Edith einen Zeugen ausfindig machte. Der ziemlich schüchterne Junge war mit dem Todesopfer gut befreundet. Karin schloss aus den vielen Pickeln, die die Gesichtshaut des jungen Mannes übersäten, dass er wohl am Ende seiner Pubertät stand und kaum älter als sechzehn oder siebzehn Jahre sein konnte. „Hallo, mein Name ist Karin Weber. Ich bin die leitende Hauptkommissarin der Mordkommission Köln und ermittle im Mordfall dieses jungen Mannes. Kennen Sie ihn?" Traurige, verweinte Augen schauten Karin Weber aus einem Gesicht an, dass noch Reste eines ehemals fröhlichen Lausbubengesichts auf wies. Wobei jedoch die eher verhärmten Züge eines von der Härte der Straße gezeichneten Gesichts eines erwachsenen Strichers ebenfalls unverkennbar ersichtlich waren. Der Junge nickte nur. „Wie heißen Sie?" „Andy" „Andy und weiter?" „Ich heiße richtig Andreas Wagner. Lutz Pfeifer, so heißt der Tote, war mein bester Freund. Wir sind zusammen im Heim in Zwickau aufgewachsen und von dort gemeinsam abgehauen." „Und ihr geht beide auf den Strich?" Andy nickte nur schweigend und senkte seinen Kopf. „Seid ihr beide zusammen gewesen?" Andy verstand, was Karin meinte und nickte wieder. „Lutz und ich sind seit mehreren Jahren schon unzertrennlich. Mit der Kohle, die wir hier verdient haben, kamen wir ganz gut klar. Doch vor etwa sechs Wochen lernte Lutz einen reichen, fetten Typen kennen. Der wollte immer, dass er es mit Lutz ohne Gummi machen durfte und zahlte viel Geld dafür. Lutz war immer verdammt gut im Bett und das törnte den Typen wohl richtig an. Lutz sprach nur noch von Heinz und das er zu ihm ziehen wolle. Heinz hat uns sogar zu einem Dreier in sein Haus eingeladen und gut dafür bezahlt. Ich hab danach einen halben Nachmittag lang nur gekotzt, weil ich mich so beschissen gefühlt habe." „Und weil du Lutz mit diesem Heinz nicht teilen wolltest, hast du ihn aus Eifersucht umgebracht", mischte sich Edith in der Befragung ein. Ein böser Blick von Karin traf sie sofort und ließ sie gleich wieder verstummen. „Quatsch. Ich habe Lutz richtig lieb gehabt. Der Typ hat ihn umgebracht, weil Lutz wohl doch nicht mit ihm zusammen sein wollte." "Ist schon OK, Andreas. Hast du einen festen Wohnsitz, wo wir dich erreichen können, wenn wir noch Fragen haben?" Andy nickte. Umständlich zog er eine ziemlich zerknitterte, selbst angefertigte Visitenkarte aus seiner Jeanstasche heraus und gab sie Karin Weber. „Dann gib mir bitte noch den Namen und die Anschrift von diesem Heinz. Den besuchen wir als nächstes." „Der Typ heißt Heinz Moll und wohnt in Rodenkirchen. Ich schreibe Ihnen die Adresse auf." „Danke, Andreas. Kann ich etwas für dich tun?" „Ich glaube nicht, Frau Kommissarin. Wie ist Lutz gestorben? Hat er lange leiden müssen?" „Er wurde erwürgt. Mehr kann ich dir nicht sagen." „Doch einen Gefallen könnten Sie mir tun: Finden Sie bitte den Kerl, der Lutz umgebracht hat." „Ich werde es versuchen. Wir sehen uns. Bis bald."

„Du glaubst nicht, dass dieser Andy unser Mörder ist?" „Ist vielleicht etwas früh, dies so fest zu behaupten, aber mein Gefühl sagt mir, dass er es nicht war. Schauen wir uns doch mal diesen Heinz Moll an." Karin gab Gas. Zwanzig Minuten später rollte der Dienstwagen in einem besonders vornehmen Teil von Rodenkirchen vor dem Portal einer mondänen Villa vor. Die beiden Beamtinnen stiegen aus und gingen mit entschlossenem Schritt auf die Eingangstüre zu. Das Objektiv einer Überwachungskamera nahm sie gleich ins Visier und verfolgte jede ihrer Bewegungen. Edith Steinbach drückte auf den Klingelknopf, dem ein dunkler Gong folgte. „Ja bitte?" „Hauptkommissarin Weber und meine Kollegin Steinbach von der Kölner Mordkommission. Wir möchten Herrn Moll sprechen." Sofort öffnete der Mechanismus des Summers die Türe. Ein gepflegter, älterer Mann, dessen Umfang darauf schließen ließ, dass er dem Genuss von Lebensmitteln sehr zugetan war, stand im Türrahmen. „Guten Tag, meine Damen. Kommen Sie bitte herein." Heinz Moll bewegte sich leicht kurzatmig. Er ging vor und führte seine beiden Gäste in eine Art Bibliothek. „Nehmen Sie doch bitte Platz und verzeihen Sie meinen Aufzug. Ich komme gerade aus dem Schwimmbad." Damit erklärte er gleich, warum er um diese Zeit im Bademantel die Türe geöffnet hatte. „Kaffee?" „Nein, danke, Herr Moll", übernahm Karin sofort den Einstieg in die Befragung." „Was kann ich für Sie tun? Wenn ich Sie richtig verstanden habe, gehören Sie beide der Mordkommission an. Ich kann mir nur überhaupt nicht vorstellen, was Sie bei mir in Erfahrung bringen möchten." „Keine Sorge, Herr Moll, da helfe ich Ihnen gern auf die Sprünge. Sie sind mit Lutz Pfeifer bekannt und liiert?" „Bekannt? Nun ja, wir haben ein Verhältnis miteinander. Liiert möchte ich nicht behaupten: Lutz fühlte sich mehr zu seinem Freund Andy hingezogen und wollte diese Verbindung auch nicht aufgeben. Was ist überhaupt mit Lutz? Ich suche schon seit gestern Abend nach ihm." „Lutz Pfeifer wurde letzte Nacht umgebracht." Moll verzog angewidert sein Gesicht. „Umgebracht? Lutz? Aber wer macht denn so etwas?" „Sie vielleicht, Herr Moll, und genau deshalb sind wir hier", übernahm Edith die Gesprächsführung. „Wo waren Sie gestern Nacht in der Zeit von 21:00 Uhr bis 05:00 Uhr?" „Sie verdächtigen mich? Mit welchem Motiv? Ich wollte, dass Lutz bei mir einzieht. Ich liebe ihn." „Aus Liebe wurden schon verdammt viele Morde begangen, Herr Moll. Also, wo waren Sie gestern Nacht?" „Hier in meinem Bett." „Kann das jemand bezeugen?" „Ja, natürlich, mein von mir getrennt lebender Freund Gregor Schneider." „Ihr was?" „Mein Ex-Freund. Er lebt noch so lange bei mir, bis er sich neu orientiert hat. Er war gestern Abend hier. Wir haben ein Glas Wein zusammen getrunken." „Ist Lutz Pfeifer der Grund für Ihre Trennung?" Das eher verhaltene Nicken von Heinz Moll bestätigte Karins Vermutung. „Also noch ein weiterer Verdächtiger!" „Wieso denn das?" „Weil Sie beide ein Motiv hätten, Lutz Pfeifer zu töten. Der eine aus Eifersucht und Sie wegen abgewiesener Liebe." „Also so einen Unsinn habe ich ja noch nie gehört." „Ob dies nun Unsinn ist, werden wir im Laufe unserer Ermittlungen noch herausbekommen", griff nun auch Karin wieder in die Befragung ein, die allmählich zur Vernehmung wurde. Durch das Summen ihres iPhones wurde Karin jedoch unterbrochen. Sie zog es aus ihrer Tasche und sah, dass sie eine SMS erhalten hatte. So ganz hatte sie die Technik des neuen Gerätes noch nicht im Griff. Mit dem Zeigefinger glitt sie über das Glas des Displays bis sie auf die SMS Funktion gelangte. Doch als sie die Funktion öffnete, erstarrte sie förmlich. Sie sprang auf, als wäre sie von einem Insekt gestochen wurde. „Wir müssen sofort los. Sie halten sich bitte zu unserer Verfügung und verlassen Köln keinesfalls ohne sich bei uns abzumelden. Wir melden uns bald wieder bei Ihnen." Edith Steinbach stand ebenfalls gleich auf und folgte ihrer Vorgesetzten, die bereits auf dem Weg zum Wagen war. „Er hat Asli Bülent in seine Gewalt gebracht. Wir fahren sofort ins Präsidium." Obwohl sie überhaupt nicht wusste, wie ihr geschah, warf sich Edith Steinbach ins Polster des Beifahrersitzes und das keine Sekunde zu spät, da Karin Weber bereits Gas gab. Sie hatte das Blaulicht auf dem Dach befestigt und die Sirene zugeschaltet. In atemberaubendem Tempo ging es nach Kalk ins Präsidium. Als sie dort heil eintrafen, machte Edith im Geiste drei Kreuzzeichen.

Kapitel 33

Karin verzichte auf das ordentliche Einparken und platzierte den BMW gleich vor dem Eingang des Polizeigebäudes. Nur mit Mühe konnte Edith Steinbach ihrer Chefin folgen, die bereits den Aufzug orderte. „Was verbreitest du eigentlich für eine Hektik?" „Ich sagte dir doch schon: Unser Serienmörder hat sich Asli Bülent geschnappt." „Wie bitte? Das ist doch wohl ein Scherz." „Leider nein. Sieh selbst." Karin hielt ihrer Kollegin das Display des iPhones vor die Nase, auf dem auf einem Video eindeutig zu erkennen war, dass Asli auf einem Stuhl gefesselt saß und um ihr Leben wimmerte. Immer wieder wurde ein metallisch glänzendes Skalpell ins Bild gehalten.

Edith, die sich schon besser mit der Technik des iPhones auskannte, machte den Ton lauter. Doch was sie da hörten, ließ den beiden Kriminalbeamtinnen das Grauen in die Glieder fahren. „Gleich ist es wieder soweit: Eure Kollegin wird ihr Gesicht verlieren, im wahrsten Sinne des Wortes." „Wenn ich dieses Schwein erwische, lege ich ihn um", entfuhr es Karin Weber. Ruckelnd hielt der Aufzug in der vierten Etage. Karin und Edith stürmten aus der Kabine dem Büro von Asli und Reiner Greiner entgegen. Ohne anzuklopfen stieß Karin die Türe auf. Erschrocken fuhren Asli und Reiner hoch. „Was ist passiert?", fragte Asli die beiden Kolleginnen. Noch bevor Karin antworten konnte, vernahmen sie ein diabolisches Lachen, das aus dem winzigen Lautsprecher des iPhones schallte und sofort verstarb. „Du bist hier?", stammelte Karin. „Ja, warum denn nicht? Ich hab mir den ganzen Vormittag lang verschiedene OP-Sequenzen bei Dr. Stein angeschaut und bin dann wieder zurück ins Präsidium gefahren. Aber was ist denn überhaupt geschehen?" Karin musste sich erstmal setzen und tief Luft holen. Sie spürte urplötzlich, wie ihre Beine nachgaben und sie kurz davor stand, zusammen zu klappen. Edith berichtete Asli, warum sie so in Eile waren. „Gib mir schnell das iPhone", schrie sie Karin an, die beinahe lethargisch nach dem Minicomputer, der an ihrem Gürtel hing, griff. Sofort flitzten Aslis flinke Finger über die Auswahlebene, doch die letzte Bildnachricht vom Serienmörder ließ sich nicht mehr rekonstruieren. „Scheiße, er hat uns wieder gelinkt", schimpfte die Deutschtürkin.

Karin liefen Tränen die Wangen herunter. Man merkte ihr sofort an, dass sie wieder am Ende ihrer Kräfte angelangt war. „Reiß dich zusammen, Karin. Wir kriegen ihn schon. Früher oder später macht er einen Fehler." Asli schenkte ihrer Kollegin erstmal einen Becher Kaffee ein, damit sie sich ein wenig beruhigte. Edith verließ bereits das Büro, um sich an die Arbeit zu machen. Schließlich galt es, den Mord an Lutz Pfeifer aufzuklären.

Wenig später verließ auch Karin Weber das provisorisch eingerichtete Büro der beiden LKA-Beamten. Wie in Trance wankte sie in ihr eigenes Office. Unfähig, einen richtigen Gedanken zu fassen, ließ sie sich in ihren Sessel fallen. Urplötzlich plagten sie stechende Kopfschmerzen. Sie fühlte, wie sich immer mehr ihre Nackenmuskulatur verspannte. Um der Ausbreitung der Beschwerden gleich Einhalt zu gebieten, öffnete sie ihre Schreibtischschublade und entnahm der kleinen blauen Verpackung zwei Schmerztabletten, die sie mit einem tiefen Schluck Wasser herunter spülte. Langsam schloss sie ihre Augen. Zur Entspannung legte sie sich langsam mit dem Rücken gegen die Lehne ihres Schreibtischstuhls. Mit ihren Fingerkuppen massierte sie sanft ihre Schläfen. Fast hatte sie das Gefühl einfach wegzunicken, weshalb sie auch nicht bemerkte, dass Asli Bülent ihr Büro betrat. „Alles OK bei dir? Hast du Kopfschmerzen?" Karin Weber nickte nur ein wenig und sprach kein Wort. Erst als sie die kleinen Hände von Asli auf ihren Schläfen spürte, mit denen sie sanft die Massage fortsetzte, öffnete sie ihre Augen. „Tut das gut?" „Und wie, das kannst du stundenlang weiter machen." „Das ist kein Problem für mich", antwortete die LKA-Beamtin und setzte ihre Massage auch noch am Nacken fort. Zehn Minuten später fühlte sich Karin wie neu geboren. „Das war wohl das Highlight des Tages." Asli trat nun vor Karin und pflanzte sich frech auf deren Schreibtisch. „Sag Bescheid, wenn du mehr möchtest", ließ sie noch grinsend folgen. Asli stieß kurz gegen die Maus von Karins PC, sodass der Rechner automatisch hochfuhr und die Anzahl der eingegangenen Mails sichtbar wurden. Asli klickte sie Stück für Stück für Karin an, bis sie auf eine von Udo Stein traf. „Da schaue ich jetzt aber nicht mit hinein. Das ist ganz sicher Liebesgeflüster. Ich bin gegenüber, wenn du mich brauchst." „Danke dir, Asli."

„Hallo, mein Schatz. Ich habe versucht, dich zwischen zwei OP-Terminen telefonisch zu erreichen, doch du warst nicht da. Geht es dir gut? Ich möchte ohne dich nicht mehr sein, Karin." Ein Schmunzeln sorgte ganz kurz für weiche Züge auf ihrem Gesicht. Sogleich schrieb sie zurück: Musste wegen eines neuen Falles mit einer Kollegin raus fahren. Bin jetzt wieder im Büro. Freue mich auf deinen Anruf, Karin. Bevor sie sich wieder ins Tagesgeschehen stürzte, nahm sie Udos Bild in die Hand und streichelte sanft mit dem Daumen ihrer linken Hand darüber. Urplötzlich vernahm sie wieder die Worte von Asli in ihrem Gedächtnis: Wenn du keinen Bock mehr auf den Polizeijob hast, schmeißt du einfach die Brocken hin, heiratest ihn und gehst nur noch shoppen, lässt dich massieren und bei der Kosmetikerin deines Vertrauens verwöhnen. Und wenn es zu langweilig wird, nimmst du dir einen Lover. Für Bruchteile von Sekunden dachte sie wirklich darüber nach, einfach aufzugeben und ein neues, völlig anderes Leben zu beginnen. Keinen mahnenden Augen mehr ins Gesicht blicken zu müssen, die sie gebrochen anstarrten in der Hoffnung, dass sie den Täter möglichst bald schnappte und hinter Gittern bringen möge. Nie wieder zu glücklichen Eltern fahren zu müssen, um ihnen vorsichtig beizubringen, dass eines ihrer Kinder sinnlos sterben musste, weil irgendein Verrückter seinen Trieben freien Lauf gelassen hatte. Karin war mit ihren Gedanken ganz weit weg und bemerkte erst gar nicht, dass ihr Telefon summte. Hastig stellte sie das Bild von Udo zurück an seinen Platz und nahm den Hörer auf. „Weber?" „Hallo, mein Schatz, da bin ich schon. Geht es dir gut, ohne dass du gerade in meinen Armen liegst?" „Wieso sollte es mir denn schlecht gehen?" „Weil das Weber so zögerlich kam." Karin schluchzte zweimal. „Karin? Was ist los?" Unter Tränen erzählte sie grob, was sie schon wieder erleben musste. „Du machst dich in deinem Job kaputt, mein Schatz. Häng die Mordkommission an den Nagel und werde meine Frau." „Ach, Udo, wenn das alles mal so einfach wäre." Langsam fing sie sich wieder. „Lass uns ein andermal darüber reden, ja? Ich muss mich an den neuen Fall heran machen." „OK. Kommst du heute Abend vorbei?" „Wenn du mir Asyl gewährst?" „Ausnahmsweise. Ich hab mich ja schon daran gewöhnt, dass ich mittlerweile nicht nur dich, sondern auch das LKA durchfüttern darf." Karin musste lachen. „Asli hat es sehr gut bei dir gefallen." „Das hat sie mir heute Morgen auch gesagt. Bring sie ruhig wieder mit, wenn sie möchte. Obwohl ich dich heute lieber ganz alleine für mich hätte." „Heute komme ich alleine vorbei. Du, ich muss jetzt noch was tun." „Dann bis heute Abend. Gegen acht?" „Ja, gegen acht. Ich freue mich schon." „Ich mich auch. Bis später."

Karin schüttelte sich wie ein Hund, dessen Fell nach einem Bad völlig durchnässt war, jedoch ganz sicher nicht, um sich zu trocknen. Es sollte wohl eine Maßnahme darstellen, dass vorhin Erlebte einfach abzuschütteln. Sie verließ ihr Büro, überquerte schräg den breiten Gang und betrat das Büro von Edith Steinbach und ihrem Stellvertreter Olaf Salcher, der heute seine Haare wieder zum Zopf zusammen gebunden hatte und damit eher wie ein Obdachloser aussah als wie ein leitender Beamter der Kölner Mordkommission. Sein mehr als legeres Outfit tat sein Übriges dazu. „Habt ihr schon etwas Neues im Mordfall Lutz Pfeifer?" „Ja, Karin", ertönte die kräftige Stimme von Olaf Salcher hinter dem großen Bildschirm seines PCs. „Dieser Georg Schneider ist mehrfach vorbestraft wegen Körperverletzung. Zuletzt wurde er wegen einer Kneipenschlägerei im Blauen Engel verhaftet. Er hatte dort einem Kellner ansatzlos mit der Faust ins Gesicht geschlagen, der wohl Heinz Moll schöne Augen gemacht hatte. Nur wenige Wochen vorher ist dies bei einem anderen Herrn schon einmal der Fall gewesen. Beide Verfahren wurden jedoch gegen Zahlung von Bußgeldern und Schmerzensgeld an die Opfer, die wohl Moll übernommen hat, eingestellt. Schneider gilt als extrem eifersüchtig und leicht reizbar." „Dann könnte er für den Mord an Lutz Pfeifer in Frage kommen?" „Unbedingt. Es deutet jedenfalls alles daraufhin, dass es sich um eine Beziehungstat handelt. Anscheinend sollte Pfeifer ein Denkzettel verpasst werden, der etwas zu heftig ausfiel und ihm schließlich so zum Verhängnis wurde." „Dann sollten wir Schneider ganz schnell zur Vernehmung hierher holen." „Meinst du, es reicht für einen Haftbefehl, Karin?" „Ganz sicher nicht. Unsere Beweise sind einfach noch zu dünn, Edith. Holt ihn morgen früh gleich zur Vernehmung hierher. Vielleicht verhaspelt er sich ja, wenn Olaf ihn erst einmal in die Mangel nimmt. Ich bin drüben, wenn ihr mich braucht. Ich rufe jetzt Ernst an, um zu hören, ob er mir etwas Neues zu erzählen hat." Karin drehte sich auf dem Absatz um und verließ das Büro ihrer Kollegen.

Zurück in ihrem Office setzte sie sich rasch einen Kaffee auf und griff nach ihrem Telefonhörer. Als sie über Kurzwahl die Rufnummer von Ernst Brandt eingab, flackerte unerwartet ihr Bildschirm auf. Vor Schreck ließ sie beinahe den Hörer fallen, doch lediglich das Polizeilogo des Bildschirmschoners kam zum Vorschein.

Beruhigt entspannte sich Karin wieder und ließ sich gegen ihre Sessellehne fallen. „Hallo, Ernst. Na, was macht mein alter Leichenselzierer?" „Hallo, Karin, ich hoffe du beziehst das ‚alter' nicht auf meine bisher zurückgelegte Lebenszeit, sondern auf meine Erfahrung als Pathologe und Gerichtsmediziner." „Ja, aber sicher doch." Ernst Brandt musste lachen. „Schön, dass ich dich wieder in besserer Verfassung vorfinde. Du rufst ganz sicher wegen der beiden Toten aus der letzten Nacht an, stimmt´s?" „Genauso ist es. Aber du hattest versucht mich zu erreichen. Was gibt es?" „Toter Nummer eins heißt Lothar Müller. Müller ist 41 Jahre alt und hat sich aus Liebeskummer mittels eines Cocktails aus freiverkäuflicher Schlaf- und Schmerztabletten sowie einer halben Flasche Cognac das Leben genommen. Laut meinem Untersuchungsergebnis starb Müller an Herzversagen. Der Tote Lutz Pfeifer wurde eindeutig und wahrscheinlich sogar während des unfreiwilligen Geschlechtsverkehrs mit zwei kräftigen Händen erdrosselt. Die Hämatome, die die beiden Daumen am Hals des Opfers hinterlassen haben, die letztlich das Zungenbein brachen und den Kehlkopf zerquetschten, sind deutlich zu erkennen. Ich vermute sogar, es lassen sich zwei Fingerabdrücke daraus ermitteln." „Soll das heißen: Unser Toter wurde vergewaltigt und während des Aktes umgebracht?" „So ist es, Karin. Unser Täter ist dabei sehr brutal vorgegangen und verletzte sein Opfer sehr heftig im Analbereich. Pfeifer muss stark geblutet haben, da sein Darmausgang extrem in

Mitleidenschaft gezogen ist." „Wann kannst du mir mehr über die Fingerabdrücke sagen, Ernst?" „Ich hoffe morgen früh. Das Verfahren ist sehr aufwändig, und wenn die Ergebnisse vor Gericht standhalten sollen, müssen wir sehr präzise vorgehen." „Bleib da bitte dran. Wir haben bereits einen dringend Tatverdächtigen. Wenn jetzt auch noch die Fingerabdruckanalyse passt, haben wir unseren Täter bereits ermittelt." Karin spürte, wie der Jagdinstinkt in ihr wuchs und ihr Selbstvertrauen erstarkte. „Keine Sorge, Karin, mein Team bleibt am Ball. Ich melde mich, wenn ich etwas Neues für dich habe. Was macht die Jagd nach unserem Serienmörder?" Sofort spürte Karin, wie ihr ein Schauer über den Rücken glitt. „Es gibt leider immer noch nichts Neues. Wir legen Steinchen für Steinchen unserer Erkenntnisse wie ein Mosaik zusammen und hoffen, bald das komplette Bild erstellen zu können. Dann werden wir gnadenlos zuschlagen." „Ich drücke euch die Daumen. Ich melde mich, Karin, und lass dich von dem Kerl nicht unterkriegen." „Es geht schon. Ich weiß deine guten Ratschläge zu schätzen, Ernst. Bis dann." Karin beendete das Telefonat. Sie spürte förmlich, wie ihr Körper von neuer Energie durchflutet wurde und sie regelrecht auflebte. Diese neu gewonnene Kraft wollte sie gleich in die Aufklärung des neuen Falls einbringen. Sofort stand sie auf und ließ zu Olaf Sacher ins Büro. „Ernst hat zwei sehr gut verwendbare Fingerabdrücke am Hals von Lutz Pfeifer entdeckt, die nur von unserem Mörder stammen können. Holt bitte gleich morgen früh den

Schneider hierher ins Präsidium. Wir nehmen Fingerabdrücke und vernehmen ihn. Vielleicht gesteht er ja gleich den Mord ein." „Alles klar, Karin, wir kümmern uns darum."

Kapitel 34

Karins Atemfrequenz lief beruhigend auf Minimum, obgleich sich dieser Zustand im Umbruch befand. Sie hatte ein leckeres Pastamenü kredenzt bekommen und zwei Glas gut gekühlten Frascati dazu getrunken. Jetzt lag sie in Udos Armen. Anfangs hatte er sie nur sanft an Hals und Armen gestreichelt, was eine sehr beruhigende Wirkung erzeugte. Doch seit er ihre Brustwarzen massierte, zart mit ihnen spielte und sie immer wieder durch den Stoff ihrer dünnen Bluse und den BH-Körbchen zwischen Daumen und Zeigefinger drückte, erhöhte sich ihr Herzschlag stetig um ein Vielfaches. Ihr Blick fiel auf die ziemlich eng sitzende Shorts von Udo, deren starke Wölbung im mittleren Bereich ihr Übriges dazu beitrug. Irgendwann drehte sich Karin ruckartig zu ihm um. Ihre Lippen legten sich auf die seinen, während ihre rechte Hand den Weg auf die Erhebung seiner Shorts suchte und auch gleich fand. Wie zwei Entfesselungskünstler drehten und wendeten sie sich nun so lange hin und her, bis sie beide keinen einzigen Fetzen Stoff mehr am Leib trugen. Ohne dem Vorspiel weiter zu frönen, nahm Udo Karin ganz fest, die wenig später laut stöhnend kundtat, dass ihr diese Attacke mehr als recht war und die höchste Erfüllung ihrer Lust nicht mehr lange auf sich warten ließ. Udo benötigte dafür noch etwas mehr Zeit, doch auch er konnte akustisch nicht verhehlen, wie gut ihm ihr zwischenmenschliches Spielchen gefiel. Als er sanft aus ihr heraus glitt, nahm er sie liebevoll in seine kräftigen Arme. Wenig später dösten beide eng umschlungen und schweißgebadet ein.

Irgendwann in der Nacht erwachte Karin. Sie spürte, dass sie alleine auf dem Sofa lag, zugedeckt mit einem Laken. Langsam erhob sie sich. Ihr Blick fiel auf die Dachterrasse. Udo stand splitternackt an der Terrasseneinfriedung und blickte in den sternenklaren Himmel. Da ihr Refugium von keiner Seite aus einsehbar war, schlenderte Karin, ebenfalls ohne sich etwas überzuziehen, zu ihm herüber. Udo hatte gleich bemerkt, dass auch sie aufgewacht war. „Komm her, mein Schatz. Schau dir die vielen Sterne am Himmel an. Wenn du in Afrika in den Nachthimmel schaust, kannst du noch viel mehr Sterne sehen. Gib deinen Job auf. Du machst dich doch kaputt damit. Lass uns gemeinsam durch die Welt ziehen. Werde einfach meine Frau, Karin." Sanft legte er seinen Arm um sie und wieder spürte Karin, wie eine Gänsehaut sich wohlig vom Hals über ihren ganzen Körper ausbreitete. Sie legte ihren Kopf gegen seine rechte Schulter und schwankte. Sollte sie wirklich alles hinter sich lassen und Udo folgen? Welche Zukunft würde sie in seinem Leben erwarten? War sie dann etwa nur noch das Luxus-anhängsel des erfolgreichen Arztes, von dem sie sich aushalten ließ? Dieser Gedanke schmeckte ihr überhaupt nicht. Udo schien ihre Gedanken zu erraten. „Wir finden ganz bestimmt eine interessante Tätigkeit für dich. Wir könnten eine eigene Stiftung gründen. Du könntest Veranstaltungen und Events planen und Geld für genital verstümmelte Mädchen sammeln oder für Kriegsversehrte, denen wir wieder eine zweite Chance für ein normales Leben geben können." Karin versteifte sich in ihrem Rücken. „Ich spüre, du denkst schon darüber nach." „Ja, stimmt, aber ich kann dir hier und jetzt noch keine Antwort geben." „Liebst du mich denn nicht oder nicht genug?" „Oh doch, Udo, ich liebe dich wirklich sehr, aber ich brauche noch mehr Zeit." „Die gebe ich dir gern. Ich habe nur furchtbare Angst, dass du dich irgendwann in deinem Job so aufgerieben hast, dass du mir zusammenklappst." „Ich steh das schon durch, und wenn ich soweit bin, dir für immer zu folgen, dann sage ich es dir." „OK, ich bin jederzeit für dich da."

Eine ganze Weile standen sie noch schweigend nebeneinander und schauten sich das Schauspiel am nächtlichen Himmel an, bis Karin immer wieder gähnen musste. „Ich glaub, ich geh ins Bett." „Ich komme mit." Sie tranken beide noch ein großes Glas Mineralwasser und verschwanden gemeinsam in Udos Schlafzimmer. Karin kuschelte sich wieder ganz eng an ihn. Ganz leise, als ob jemand ihre Gespräche belauschen könnte, besprachen sie noch alle möglichen Dinge, bis Karin einfach das Reden einstellte und durch stetes Atmen kundtat, dass sie eingeschlafen war.

Es regnete wie aus Eimern. Das morgendliche Gewitter hatte die schwüle Luft in der Kölner Bucht ordentlich durchgeschüttelt und gereinigt. Karin saß an ihrem Schreibtisch und wartete auf Edith und Olaf, die sich auf dem Weg befanden, Gregor Schneider zur Vernehmung abholen. Ernst Brandt hatte ihr bereits gemailt, dass sein Team die Fingerabdrücke aufnehmen und zum Vergleich in den Zentralrechner einscannen konnte. Außerdem wurde das gefundene Sperma auf seine DNA untersucht und die ermittelten Werte zum Vergleich vorbereitet. Nun fehlte nur noch die DNA von Gregor Schneider. Und sobald eine zwingende Übereinstimmung vorlag, hatten sie den Mörder von Lutz Pfeifer ermittelt. „Vielleicht endlich mal wieder ein Erfolg für mein Team und mich", flüsterte Karin leise vor sich, während sie ihre Mailbox durchsah. Doch diesmal gab es keine Psychoattacken gegen sie. Udo war nach Frankfurt unterwegs, wo er einem Kollegen bei einer speziellen Operation assistieren wollte. Auch wenn Karin ihn bereits jetzt vermisste und an den schönen gestrigen Abend denken musste, freute sie sich auch noch einmal auf einen ruhigen Abend alleine in ihren eigenen vier Wänden. Sie wand ihren Kopf dem Fenster entgegen und schaute in den verhangenen Himmel, aus dem es immer noch wie aus Kübeln schüttete. Wieder schweifte Karin mit ihren Gedanken ab. Sie dachte darüber nach, was Udo ihr gestern Abend noch einmal eindringlich erklärt hatte. Doch wollte sie das hier alles wirklich hinter sich lassen? Sie hatte es als

Frau in der schwierigen Hierarchie der Männerwelt schon verdammt weit gebracht. Nicht viele Kommissariate der Polizei wurden von Frauen geleitet. Ein wenig stolz war sie schon auf das, was sie in den letzten Jahren geleistet hatte.

„Wir haben ihn", holte sie Edith Steinbach zurück in die gnadenlose Welt der Verbrecherjagd zurück. Karin Weber drehte sich zu ihrer Kollegin um und sah, dass sie während des Einsatzes ziemlich nass geworden war. „Warst du mit dem Kerl schwimmen oder was war los?" „Schneider wollte türmen. Olaf und ich sind ihm eine ganze Weile hinterher gehetzt, bis wir ihn endlich hatten. Jetzt sitzt er im Verhörraum zwei und wartet auf uns. Selbst wenn er heute nichts sagt, können wir ihn wegen Widerstand gegen die Staatsgewalt noch etwas hier behalten." „Das glaube ich zwar nicht, aber alleine die Tatsache, dass er euch entkommen wollte, lässt schon darauf schließen, dass er Dreck am Stecken hat. Dann hören wir mal, was er uns zu berichten hat. Leg du dich erstmal trocken." Edith lachte und verschwand. Karin stand auf und ging lässig zum Eingang des Verhörraums zwei. Mit festem Griff öffnete sie die Türe. Der Kollege der Schutzpolizei, der auf Schneider aufpassen musste, grüßte Karin kopfnickend. Karin setzte sich dem Studenten gegenüber und erkannte sofort, dass auch Schneider bei der Verfolgungsjagd ordentlich nass geworden war. Als sich die Türe wieder öffnete, betrat Olaf Salcher den Raum und setzte sich gleich neben

Karin. Den Schulterpartien seines Leinenhemdes sowie seinen zum Zopf zusammengebundenen Haaren war deutlich anzusehen, dass sie dem Wolkenbruch eine ganze Zeit lang schutzlos ausgesetzt waren.

„Vernehmung von Gregor Schneider im Mordfall Lutz Pfeifer", diktierte Karin in das digitale Aufzeichnungsgerät und gab auch noch die Daten über Ort und Zeitpunkt der Vernehmung ein. „Herr Schneider, Sie kennen unser Mordopfer Lutz Pfeifer?" Nur durch ein eher verhaltenes Nicken gab Schneider dies zu. „In welchem Verhältnis standen Sie zu Herrn Pfeifer?" „Ich hatte kein Verhältnis mit ihm. Zweimal haben wir es gemeinsam mit Heinz gemacht, weil er es so wollte." „Heinz ist Ihr Lebensgefährte, Heinz Moll?" Wieder nickte Schneider. „Waren Sie nicht eifersüchtig, dass Herr Moll Sie beide für sexuelle Handlungen haben wollte und nicht nur Sie alleine?" Der Student wusste nicht, wie er die Frage beantworten sollte. Dies war ihm anzusehen. „Wahrscheinlich reichten Sie Herrn Moll nicht mehr?" Schneider sprang von seinem Stuhl auf, als hätte er einen Stich in seinen Allerwertesten erhalten. „Mit Pfeifer nehme ich es jederzeit auf. Er war im Bett nicht besser als ich, auch wenn Heinz das sagt, der Arsch." Der Zusatz mittels dieses Kraftausdruckes ließ darauf schließen, dass der Student Schneider schon einen gewissen Groll gegen seinen Lebensgefährten hegte. „Setzen Sie sich bitte wieder hin, Herr Schneider. Die sexuellen Vorlieben von Herrn

Moll interessieren uns herzlich wenig, auch wenn sich daraus ein Motiv ergibt, das Sie zum potentiellen Täter abstempelt. Wo waren Sie vorletzte Nacht in der Zeit zwischen 21:00 und 05:00 Uhr?" „Ich war im Blauen Engel." „Wann sind Sie dort eingetroffen? Lassen Sie sich nicht jeden Satz aus der Nase ziehen. Sie machen es sich und uns dadurch nicht leichter." „Ich war so gegen neun dort. Das kann Paulchen bestätigen, der kellnert dort. Es war nicht viel los an diesem Abend. Andy und Lutz saßen an einem der Tische und klönten. Weil ich sonst Niemanden kannte, habe ich mich zu den beiden gesetzt." „Sie sprechen von Andreas Wagner und Lutz Pfeifer? War dies von den beiden Männern gewünscht, das Sie sich so einfach zu ihnen setzten?" „Ja, ich meine Andy und Lutz. Wir haben da schon oft zusammen gesessen und gequatscht. Heinz hat Andy auch dort kennen gelernt." „Was geschah dann?" „Irgendwie bekam ich nach ein paar Bier Lust auf eine geile Nummer mit einem knackigen Typen." „Und weiter?", übernahm nun Karin wieder die weitere Vernehmung. „Eigentlich wollte ich Andy, der ist so süß und der hat …" „Danke, Herr Schneider, ersparen Sie uns die anatomischen Details. Und was geschah dann?" Karin Weber spürte, wie sie langsam sauer wurde ob der sich wie Kaugummi hinziehenden Vernehmung. „Andy wollte nicht, weil er noch mit Kunden verabredet war. Dann meinte Lutz, dass wir beiden es doch auch ohne Heinz machten könnten, und weil es doch beim letzten Mal auch so schön war. Eigentlich wollte ich Lutz gar nicht. Weil er aber ein wenig quengelte, habe ich schließlich eingewilligt. Wir sind dann in der Südstadt in den Stadtpark gegangen. Immer wieder sprach Lutz von Heinz und das er sich gut vorstellen könnte, mit ihm gemeinsam zu leben. Ich ließ mir zwar nichts anmerken, aber innerlich war ich schon verdammt aufgewühlt. Da wollte mir doch dieser kleine Knackarsch meinen Freund ausspannen. Als er mich dann auch noch anspornte, es ihm so richtig zu besorgen, gab es für mich kein Halten mehr. Lutz machte sich schon an meiner Hose zu schaffen, und als er sich meinen Schwanz …" „Ist gut, Herr Schneider, ersparen Sie uns diese Einzelheiten", unterbrach Karin wieder seinen Redefluss. „Was ist dann geschehen?" „Wir haben es dann so richtig fest getan. Irgendwann flehte Lutz mich an, ich sollte ihn so lange würgen, bis er ohnmächtig würde. Ich legte ihm meine beiden Hände um den Hals und drückte langsam, aber kontinuierlich immer fester zu. Das war einfach nur geil. Ich spürte, wie Lutz sich immer mehr verkrampfte und stetig enger wurde. Als es mir dann kam, ließ ich ihn los. Wenig später, als alles vorüber war, erkannte ich, dass Lutz immer noch ohnmächtig vor mir lag. Weil ich Angst bekam, habe ich ihn einfach so liegen lassen und bin abgehauen." „Und das sollen wir Ihnen glauben, Herr Schneider?" „Aber das ist die Wahrheit." „Ich sage Ihnen, wie es wirklich gewesen ist: Je mehr Pfeifer Ihnen von seiner Beziehung und seinen Gefühlen zu Heinz Moll erzählte, desto mehr gerieten Sie in Rage. Irgendwann schlugen bei Ihnen alle Sicherungen durch. Sie haben sich

Pfeifer gepackt, ihn entkleidet und noch während Sie ihn vergewaltigten erdrosselt. Wie haben Sie sich gefühlt, als Sie beobachten konnten, wie langsam das Leben aus Herrn Pfeifer wich?", versuchte Olaf Salcher Schneider zu provozieren. „So war es doch aber nicht." „Dann klären Sie uns auf, Herr Schneider!", wurde nun auch Karin Weber laut. „Ich sage jetzt überhaupt nichts mehr ohne einen Anwalt." „Gut, rufen Sie Ihren Anwalt an." „Ich habe keinen, Frau Weber." „Dann schauen wir, wer heute als Pflichtverteidiger Dienst hat und bestellen ihn her. Solange sind Sie unser Gast. Abführen", wies Hauptkommissarin Weber den Schutzpolizisten an. „Blöde Polizeitranse", rief Schneider Karin noch nach, als diese bereits den Verhörraum verlassen hatte. „Olaf, veranlass bitte, dass wir die Fingerabdrücke und eine DNA-Probe von Schneider erhalten. Aber bitte nur freiwillig." „Geht klar, Karin."

Kapitel 35

Ein Blick auf die Uhr signalisierte ihr, dass die Zeit schon wieder extrem schnell fortgeschritten war. Um nicht gänzlich zu unterzuckern, ging sie rasch in die Kantine. Sie setzte sich mit ihrem gemischten Salat, auf dem sich eine erkleckliche Menge an Putenstreifen breit machte, zu Olaf Salcher an den Tisch, der sich ebenfalls auf die Schnelle neue Energie über ein Schnitzel mit Pommes Frittes zuführte. „Und? Gibt er uns die Fingerabdrücke und die Speichelprobe?" „Ja, er hat gleich in seiner Zelle ohne zu murren beide

Proben abgegeben. Ich denke auch, dass er unter Vorsatz gehandelt hat und Lutz Pfeifer erwürgte." „Das sehe ich ganz genauso, Olaf. Wäre ja schön, wenn wir diesen Fall sehr kurzfristig gelöst bekämen." „Das wäre in der Tat ein echtes Erfolgserlebnis." Der kulinarische Ausflug in die Kantine währte nur etwa fünfzehn Minuten. Salcher ging noch in den Raucherraum, wo er sich eine selbst gedrehte Zigarette reinzog, während Karin gleich den Lift nahm und auf ihrer Abteilungsebene sofort in ihrem Büro verschwand.

Udo hatte versucht, sie telefonisch zu erreichen. Lächelnd ließ Karin Weber heißen Kaffee aus ihrer Thermoskanne in ihren Becher laufen, mit dem sie sich an ihren Schreibtisch setzte. Der Süßstoff hatte sich noch nicht ganz aufgelöst, als schon ihr Festnetztelefon summte. Bereits an der Nummer des Anrufers auf dem Display erkannte sie, dass es Udo war. „Hi, Udo. Na, hattest du einen erfolgreichen, blutigen Morgen?" „Hallo, mein Schatz, und wie. Die OP war ein voller Erfolg. Ein paar Wochen noch und der junge Patient sieht wieder fast so gut aus wie früher." „Du hörst dich richtig euphorisch an." „Genau so ist mir auch zu mute, Karin. Wenn es nicht noch zu einer postoperativen Komplikation kommt, werde ich den OP-Erfolg heute Abend mit Jo Klein ausgiebig bei einem leckeren Essen feiern. Wie war denn dein Tag bisher?" „Wir haben wahrscheinlich einen Mordfall aufklären können." „Das ist doch super. Schade, dass wir deinen und unseren Erfolg nicht gemeinsam begießen können. Es sei denn, du kommst gleich noch nach Frankfurt." „Nein, ganz sicher nicht. Feiert ihr mal schön. Muss ich halt alleine schlafen." „Wirst du es bis morgen aushalten?" „Ich werde es versuchen." „Die heiße Liebesnacht holen wir morgen nach. Dann lass es dir trotzdem gut gehen, mein Schatz. Bis morgen." „Schönen Abend euch beiden. Hoffentlich ist dein Kollege keine Kollegin mit den Maßen 90-60-90." Udo lachte laut los. „Nein, Karin, keine Sorge: Jo ist männlich und neigt etwas zu Adipositas." „Dann bis morgen Abend. Ich muss weiter machen." „Ich melde mich, wenn ich zurück bin. Tschöö, mein Schatz." Karin vernahm das typische Klickgeräusch, wenn ein Telefonat beendet wurde. Lächelnd legte sie sich in ihrem Sessel zurück. Sie freute sich schon auf den morgigen Abend mit ihm. Immer häufiger musste sie über sein Angebot nachdenken, seine Frau zu werden. Sie nahm sich vor, mit Udo darüber zu reden, wie er sich eine gemeinsame Zukunft mit ihr vorstellte. Irgendwie schmeichelte ihr der Gedanke, von einem so gut aussehenden und auch noch etwas jüngeren Mann umworben zu sein. Ob sie doch schwach werden würde?

Edith holte sie mit einmal wieder auf den Boden der Tatsachen zurück, als sie mit Schwung ihr Büro betrat. „Schneider ist geständig, Karin. Dr. Specht, sein Pflichtverteidiger, hat ihm wohl dazu geraten. Sie wollen einen Deal machen und den Tod von Lutz Pfeifer als Unfall hinstellen. Mal gespannt, ob der Staatsanwalt und der Richter da mitspielen." „Das sollen die Herren unter sich ausmachen. Wann wird er dem Haftrichter vorgestellt?" „Morgen früh." „OK, dann machen wir gleich Feierabend, was meinst du?" „Das ist eine gute Idee. Verdammt, es ist schon wieder fast sieben Uhr. Robert denkt sicher schon, ich hätte ein Verhältnis mit einem Kollegen." „Komm her, Edith, ich schreibe dir eine Entschuldigung." Die beiden Frauen mussten lachen. Während Edith sich bereits in den Feierabend verabschiedete, fuhr Karin ihren Rechner herunter und spülte kurz ihren Kaffeebecher durch. Dann fuhr auch sie nach Hause.

Eine beängstigende Stille empfing Karin in ihrem Haus. Immer noch öffnete sie die Eingangstüre ganz langsam. Und auch wenn dies wohl eher ein Reflex zu sein schien, mit der rechten Hand an ihrem Pistolengriff. Das, was sie hier noch vor gar nicht langer Zeit erlebte, huschte jedes Mal wieder an ihrem inneren Auge vorüber. Sie schaute gleich in die Küche und ins Wohnzimmer, doch alles war noch so, wie sie es vorgestern verlassen hatte. Sie griff nach dem Briefkastenschlüssel am Schlüsselbrett und schaute in ihren Postkasten. Auch hier fand sie nichts Unerwartetes vor, sah man mal von dem Schreiben ihres Energieversorgers zur anstehenden Preisanpassung ab, dass sie wütend auf ihren Schreibtisch warf. Es gab genug Strom auf dem Markt und das bei fallenden Preisen, und doch sollte sie acht Prozent Erhöhung akzeptieren? Sie beschloss, sich im Internet nach einem preiswürdigeren Stromanbieter umzuschauen. Pflichtbewusst schloss sie erst einmal ihre Dienstwaffe in den kleinen Wandtresor ein. Ein leichtes Hungergefühl signalisierte ihr Magen durch mehrfach anhaltendes Knurren. Heute wollte sie endlich einmal ihre Lebensmittelbestände kontrollieren und sich aus dem vorhandenen Angebot ihr Abendessen zaubern. Doch dazu musste sie einen Blick in ihren Vorratsraum werfen. Langsam schlenderte sie in die Küche. Sie legte die Hand auf den Griff der weiß lackierten Holztür, hinter der sie all das lagerte, was langfristig eine ausreichende Lebensmittelversorgung für mehrere Tage garantieren sollte und drückte ihn sachte herunter. Was ihr gleich auffiel war, das sich die Türe nicht wie gewohnt leicht öffnen ließ. Irgendetwas schien sie daran zu hindern. Karins Herz begann kräftig zu schlagen. Das Pochen in ihren Schläfen nahm heftig zu. Langsam brach Karin der Schweiß aus. Schon bald bildeten sich dicke Tropfen auf ihrer Stirn, die sich ihren Weg über die Schläfen nach unten suchten und auf ihre Schultern tropften. Hunderte Male hatte Karin Türen während polizeilicher Einsätze in fremden Häusern auf diesem Weg geöffnet, ohne sich große Gedanken darüber zu machen, was sich wohl dahinter verbarg. Doch hier und jetzt war es anders. Machte der Serienkiller jetzt seine Drohung wahr, nun sie zu töten? Er würde dazu die ganze Nacht Zeit haben, denn vor morgen früh würde sie niemand vermissen und nach ihr suchen. Vorsichtig ließ sie den Türgriff los. Instinktiv wanderte ihre rechte Hand herunter zu ihrem Gürtel in der Hoffnung, dass sie dort ihre

Waffe vorfand. Doch ordentlich, wie sie nun einmal war, hatte sie ihre Neunmillimeter Walther im Wandtresor eingeschlossen. Leise wie es nur eine Katze auf ihren Samtpfoten es kann, schlich sie rückwärts aus der Küche. Weil sie barfuß war, fiel ihr der Schleichgang nicht sonderlich schwer. Als sie die Diele erreichte, verschloss sie die Küchentüre und rannte hoch ins Schlafzimmer zu ihrem Wandsafe, dem sie sofort ihre Waffe entnahm. Siegessicher zog sie den Spannschlitten zurück und lud die Waffe durch. Metallisch klickend rutschte eine Patrone, von einer Feder geführt, ins Patronenlager. Unterstützt durch ihre Pistole und gestärkt mit frischem Mut, rannte sie die Treppe hinunter in die Küche und zog mit einem Ruck die Türe ihres Vorratsraumes auf. Schussbereit ging sie ein wenig federnd in die Knie in Erwartung jeglichen Szenarios.

Asli Bülent saß immer noch hinter ihrem Schreibtisch im Kölner Polizeipräsidium. Sie verband das Praktische mit dem Nützlichen. Wenn es in den Diensträumen zu später Stunde ruhig wurde, weil kein Telefonläuten mehr ihre Arbeit unterbrach und die meisten Kollegen bereits nach Hause aufgebrochen waren, konnte sie viel konzentrierter und effektiver arbeiten. Außerdem stand sie ohnehin, wenn sie sich früher auf den Heimweg Richtung Düsseldorf begab, bereits auf der Zoobrücke im Stau. Zuhause verpasste sie nichts. Ihre Lebensgefährtin hatte sich mit so einem ganz jungen Ding eingelassen und befand sich seitdem auf dem Sprung, die gemeinsame Wohnung zu verlassen. Ihr Verhältnis stand irgendwie schon eine ganze Weile auf der Kippe und Asli war die ewigen, ausschweifenden Diskussionen allmählich leid geworden. Obwohl sie eigentlich für ein geregeltes Privatleben überhaupt keine Zeit fand, würde sie irgendwann eine neue Liebe finden. Doch bis dahin wollte sie einfach nur noch ausschweifend leben. Karin gefiel ihr sehr gut, doch sie war eine echte Hetero und über beide Ohren in Udo Stein verliebt. „Ach, Karin, ich kann doch gönnen", sprach sie leise vor sich hin und widmete sich wieder den Ermittlungsakten in Sachen Serien-täter, die bereits einen ziemlichen Umfang angenommen hatten. Doch sie konnte sich noch so oft durch die vielen Seiten lesen: Sie fand einfach keinen Hinweis auf einen wirklichen Tatverdächtigen. Auch der Einblick in die Operationsmethoden eines plastischen Chirurgen bei Udo Stein in seiner Klinik heute Morgen hatten ihr nicht wirklich neue Erkenntnisse gebracht. Sicher war es sehr interessant gewesen und zweifelsfrei besaß ihr Täter, nachdem was sie auf den vielen Filmsequenzen gesehen hatte, sehr gute medizinische Kenntnisse, doch weitergebracht hatte sie das nicht. Die Kleine an Udos Rezeption, die dort die Patienten in Empfang nahm, gefiel ihr dafür auf Anhieb gut. Sicher hätte sie ihre Tochter sein können, doch wie viele ältere Männer verließen ihre Ehefrauen, nur um sich eine junge Geliebte zu angeln. Warum dann nicht auch sie? Claudia hieß das Mädel. Ein dunkelblauer Rock, dessen Saum eine gute

Hand breit über ihren Knien endete und eine weiße Rüschenbluse, durch deren feinen Baumwollstoff ein ziemlich teurer BH mit Spitzenbesatz schimmerte, umspielten ihre knackige Figur. Ihre dunklen Haare hatte sie mit einem Gummi zu einem Zopf zusammen gebunden. Ihre kleinen Füße steckten in feinen dunkelblauen Peeptoes, aus deren Öffnungen fachgerecht gestylte, rot lackierte Fußnägel zu erkennen waren. Claudia verstand es, majestätisch auf dem recht hohen Schuhwerk jeden Weg zurückzulegen. Ob sie nun zum Kopierer lief oder einem wartenden Patienten einen Kaffee servierte: Sie tat dies stets in ganz gerader Haltung. Dass sich dabei ihre recht kräftigen Brüste wie zwei feste Orangen aufstellten, ließ das Herz von Asli bei jedem Blick noch höher schlagen. Irgendwann verbarg Asli ihren bewundernden Blick nicht mehr, was bei Claudia jedoch zu keiner Veränderung ihres Auftretens führte. „Was für ein bildhübsches Geschöpf", entfuhr es ihr leise. Mit ihrer Konzentration auf den Fall war es nun endgültig vorbei. Immer wieder ging ihr die hübsche Claudia durch den Kopf, und weil ihre Armbanduhr ihr signalisierte, dass es langsam Zeit wurde, doch Feierabend zu machen, fuhr sie ihren PC herunter und verließ gegen halb neun das Präsidium. Noch während sie den Vorzug genoss, jetzt freie Bahn nach Hause zu haben, dachte sie an ihren kleinen elektrischen Freund, der hoffentlich all ihre Gedanken an Claudia vergessen machen würde.

Um Haaresbreite hätte Karin geschossen. Der Zeigefinger ihrer rechten Hand spürte bereits den Druckpunkt des Pistolenabzuges. Im Nachhinein war sie froh, es nicht getan zu haben. Sie hätte damit einen ihrer längsten Weggefährten für immer aus ihrem Leben verbannt. Vermutlich hatte ihr Schrubber dem Druck des Aufnehmers nicht mehr ganz Stand halten können, was dazu führte, dass er schlichtweg umgekippt war und damit eine Kettenreaktion auslöste. Der Aufnehmer war zu Boden gefallen und hatte sich in den Türspalt unter die Türe gelegt, was sofort deren einfaches Öffnen einschränkte. Der Schrubberstiel hatte sich offensichtlich so gegen das Türblatt gestützt, dass er sofort umfiel, als sie Türe öffnete. Karin musste laut lachen. Doch gleichzeitig weinte sie auch. Sie legte ihr Gesicht in ihre Hände und kämpfte gegen einen Weinkrampf an, der sie völlig unerwartet hin und her schüttelte. Langsam rutschte sie auf die Knie. Es dauerte eine ganze Zeit, bis sie sich wieder fing. Sofort ärgerte sie sich, dass sie so überreagiert hatte. Sie war einfach mit ihren Kräften am Ende. Karin Weber sicherte ihre Waffe und schloss sie wieder im Safe ein. Um sich etwas abzulenken, durchstöberte sie ihre Vorräte. Zwar fehlte ihr jeglicher Appetit, doch weil sie einfach der Meinung war, ihren Magen etwas füllen zu müssen, öffnete sie sich eine Dose Ravioli und erwärmte den Inhalt in einem Topf. Wenig später stocherte sie etwas unglücklich und lustlos in der italienischen Spezialität aus deutscher Weißblechdose herum, die sie auf ihrem Teller immer wieder hin und her schob. Mit einem kräftigen Schluck Rotwein spülte sie ihre Dosenkost herunter. Sie ließ den Blick durch ihren kleinen Garten schweifen, der sich allmählich durch ein wenig Wildwuchs mangels ordentlicher Pflege zu einem wirklichen Biotop zu entwickeln schien. Und trotzdem gefiel es ihr hier. Sie erinnerte sich an die Zeit zurück, als ihre Eltern noch lebten. Dort, wo jetzt die kleine, blaue Bank steht, hatte ihr Vater einen Sandkasten für sie gebaut, in dem sie immer gespielt hatte. Auch an den Platz rechts zwischen den beiden Apfelbäumen, wo Vater immer ihr Planschbecken aufstellte, konnte sie sich noch genau erinnern. Vater war schon über zehn Jahre tot. Als vor drei Jahren dann auch noch ihre Mutter verstarb, wurde es ganz still im kleinen Hexenhäuschen. Nachdem sie ihre erste Trauer abgelegt hatte, gestaltete sie das Häuschen innen ein wenig um. Es war einfach sehr schön hier, und schon musste sie an Udos Angebot denken, seine Frau zu werden. Ohne Zweifel besaß Udo eine tolle Dachterrassenwohnung mit allem Komfort, den man sich nur wünschen konnte. Doch würde sie sich dort wirklich so wohl fühlen, wie hier in ihrem Häuschen mit all den Erinnerungen? Karin goss sich ein weiteres Glas Rotwein ein, dass sie in einem Zug bis zur Hälfte leerte. Wieder musste sie darüber nachdenken, ob sie ihr Leben wirklich für einen Mann komplett umkrempeln wollte? Es ging ihr doch auch so ganz gut. Alles aufgeben, wofür sie so lange gearbeitet und oft sogar gekämpft hatte? Wieder floss gluckernd frischer Rotwein in ihr Glas und wieder nahm sie einen kräftigen Schluck. Udo war ihre ganz große Liebe: Das stand für sie fest. Vielleicht gab es ja auch noch einen Mittelweg, als gleich ihr ganzes Leben neu gestalten zu müssen. Als ihre Augen schwer wurden, räumte sie noch kurz auf und verschwand in ihrem Bett.

Kapitel 36

Karins Kopf plagten die Spielchen einer männlichen Katze, als sie am Morgen hinter ihrem Schreibtisch Platz nahm. Selbst das Rauschen und Zischen ihrer Kaffeemaschine, dass sie sonst überhaupt nicht wahrnahm, schmerzte unter ihrer Schädeldecke. Sie legte ihren Kopf in ihre Hände und döste noch ein wenig vor sich hin. So registrierte sie nicht, dass sich ihre Bürotüre öffnete und Asli eintrat. „Morgen, Frau Hauptkommissar. Du siehst aber verdammt verkatert aus. Hast du etwa gestern Abend ohne mich gesoffen?" „Morgen, Asli", drang es nur sehr leise zwischen den Händen ihrer Kollegin hervor. „Mit geht es mehr als beschissen." „Was hast du gestern gemacht? Hast du Streit mit Udo?" „Nein, überhaupt nicht. Ich habe halt nur nachdenken müssen." Karin war nun akustisch besser zu verstehen, weil sie ihren Kopf aus den stützenden Händen erhoben hatte. „Das müssen aber schon tief greifende Gedanken gewesen sein, wenn du diese mit Alkohol betäuben musstest. Ich möchte dich ja jetzt nicht zur Arbeit zwingen, aber wir haben wieder einen Mordfall." „Unser Serienkiller?" „Ja, wie es scheint. Es handelt sich um eine Floristin aus Ehrenfeld, die gerade von ihrer Kollegin im gemeinsamen Blumenladen tot aufgefunden wurde. Fahren wir?" „Ja, klar, ich komme mit."

Asli hatte das Fahren übernommen, während Karin weiß wie der Inhalt einer Mehltüte neben ihr im Beifahrersitz kauerte. „Wie bist du heute eigentlich mit der Fahne ins Büro gekommen?" „Weiß nicht so genau." „Wenn sie dich erwischt hätten, wäre der Lappen weg gewesen und sie hätten dir noch ein Disziplinarverfahren angehangen, du Dummchen. Warum hast du mich denn nicht angerufen? Ich hätte dich doch abgeholt." „Ach, ich weiß auch nicht, Asli. Lass mich einfach in Ruhe." Asli kam verständnisvoll dem Wunsch ihrer Kollegin nach und sofort ebbte ihre Unterhaltung völlig ab. Als sie die Venloer Straße entlang fuhren, erkannten sie bereits aus großer Entfernung an den Blinklichtern der Einsatzfahrzeuge, wo ihr heutiger Arbeitstag beginnen sollte. Asli Bülent stellte ihren Dienstwagen einfach in der zweiten Reihe ab. Ein ordentlicher Parkplatz in dieser Gegend war etwa so selten wie ein Sechser im Lotto. Die beiden Kriminalbeamtinnen verließen ihren Wagen und betraten den geschmackvoll mit Wohnaccessoires aufgepeppten Blumenladen. Ernst Brandt, in einen weißen Einmaloverall gehüllt, war bereits in seinem Element und scheuchte seinen Assistenten durch die Gegend. „Guten Morgen, zusammen", begrüßte er Karin und Asli. „He, Karin, du bist ja blasser als jede Leiche. Was ist los mit dir?" „Ich habe gestern ein wenig Rotwein zu mir genommen. Reicht dir das als Erklärung?", antwortete sie katzig. "Ich frage nicht weiter. Hier hast du eine Kopfschmerztablette, die du ohne Wasser zu dir nehmen kannst." Karin nahm die Tablette und zerkaute sie so rasch als möglich mit gequältem Gesicht. "Lecker?", fragte Asli frech nach. "Unbeschreiblich lecker." "Können wir dann jetzt?", erkundigte sich Ernst Brandt. "Ja, natürlich, schieß los, Ernst. Deine Tablette wirkt Wunder. Ich fühle mich wie neu geboren." "Unsere Tote heißt Gerlinde Sturm. Sie ist vierundvierzig Jahre alt, Floristin und Miteigentümerin dieses Geschäfts. Ihre Kollegin, die sie heute Morgen gefunden hat, sitzt in dem Sessel dort und wird von den Kollegen befragt. Todeszeitpunkt letzte Nacht zwischen 22:00 und 24:00 Uhr schätze ich mal vorsichtig. Todesursache dürfte wieder ein schwerer Schlaganfall und/oder ein Herzinfarkt gewesen sein. Dafür muss ich die Leiche erst obduzieren, um wirklich Aufschluss über die Todesursache zu erhalten. Es gab auch wieder eine Spermaspur auf dem rechten Fuß der Toten. Alles in allem möchte ich behaupten, wir haben es wieder mit unserem Serienmörder zu tun. Die Schnittführung und die Art der Häutung sind ebenfalls identisch mit unseren letzten Opfern. Doch seht selbst." Ernst Brandt nahm das Leinentuch vom Opfer, mit dem er pietätvoll den Leichnam abgedeckt hatte. Karin Weber kämpfte sofort mit einem heftig aufsteigenden Brechreiz, doch sie beherrschte sich eisern. Um sich abzulenken, wendete sie sich der Teilhaberin der Toten zu und beteiligte sich an deren Befragung durch eine Streifenpolizistin. Als sie eine Stunde später wieder im Streifenwagen Platz nahm, ging es ihr schon besser.

„Hast du neue Erkenntnisse gewinnen können?" „Leider nicht. Die Teilhaberin des Blumenladens, Frau Müller, hat ausgesagt, dass ihre Geschäftspartnerin seit drei Tagen nicht mehr im Laden erschienen ist, ohne sich abzumelden. Dies sei sonst wohl nie vorgekommen. Sie habe daraufhin per Telefon versucht, sie zu erreichen und sie sei auch bei Frau Sturm zu Hause vorbeigefahren, doch nirgendwo traf sie ihre Teilhaberin an. Sie konnte sich ihre unangemeldete Abwesenheit einfach nicht erklären, rechnete aber auch nicht damit, dass ihr etwas zugestoßen sein könnte." „Es ist einfach nur zum Kotzen. Wieder haben wir nichts, aber auch rein gar nichts in der Hand. Keine neuen Erkenntnisse, keine besonderen Spuren. Unser Täter ist wie ein Geist, der einfach keine Fehler macht." „Aber ein sehr gefährlicher, wenn ich mir so die Anzahl seiner Opfer sowie seine Art zu töten anschaue." Wenig später bog Asli Bülent auf den Parkplatz des Polizeipräsidiums ein. „Komm, Karin, stürzen wir uns wieder in die Tretmühle unserer Büros." Auch wenn die Freude nur bedingt groß war, verschwanden beide Kriminalbeamtinnen in ihren Büroräumen.

Karin setzte sich erstmal einen Kaffee auf. Während dieser zischend durch die Brüheinheit der Kaffeemaschine schoss, trank sie erst einmal eine halbe Flasche Mineralwasser als Durstlöscher in einem Zug aus. Mit einem nur wenig laut vernehmbaren Aufstoßen ließ sie die aufgestaute Kohlensäure entweichen. Es ging ihr jetzt wieder bedeutend besser. Voller Tatendrang setzte sie sich hinter ihren Schreibtisch. Nach dem zweiten Nippen an ihrem heißen Becher Kaffee summte ihr Telefon. Es war Udo. „Na, mein Schatz, geht es dir gut? Ich habe schon ein paar Mal versucht, dich zu erreichen, aber du warst nicht da. Gab es Ärger?" „Hallo, Udo, unser Serientäter hat wieder zugeschlagen." „Das tut mir leid für dich, Karin. Kann ich dir irgendwie helfen?" „Ich würde gern in deine Arme fallen, dich lange küssen, und dann erst kulinarisch und später im Bett von dir verwöhnt werden." „Das lässt sich alles und genau in dieser Reihenfolge einrichten. Wann kommst du?" „Es wird wohl so sieben Uhr heute Abend werden." „OK, ich erwarte dich. Lass dir den Tag nicht von diesem Irren verderben." „Ich versuch`s. Bis später." „Ja, bis heute Abend." Karin musste schmunzeln. Sie wusste, dass er sich bis heute Abend ganz sicher einiges für sie einfallen lassen würde. Karin nahm sein Bild in die Hand. „Du bist wirklich der beste Kerl, den ich je kennen gelernt habe und außerdem liebe ich dich, Udo Stein" sprach sie leise dem Konterfei ihres Freundes entgegen.

Lächelnd setzte sie das gerahmte Foto zurück auf den Schreibtisch. Dabei stieß sie gegen ihre PC-Maus, die sofort den Rechner von Stand-by hochfahren ließ. Wieder summte ihr Telefon.

Karin hob gleich ab. „Weber?" „Ich bin`s nur, Asli. Ernst hat mich gerade angerufen. Dein Anschluss war besetzt. Er hat sich unsere tote Floristin genau angesehen. Alles spricht schon vor der Obduktion dafür, dass es sich um denselben Täter handelt wie bei den anderen Frauen auch." „Hatten wir das nicht ohnehin schon vermutet?" „Ja, schon, aber du kennst doch Ernst. Der ist übergenau." Karin wand eher zufällig den Kopf ihrem Bildschirm entgegen. Was sie dort sah, ließ sie laut aufschreien. „Karin? Was ist los?" Doch Karin Weber brachte kein Wort mehr heraus. Ohne den Blick abwenden zu können, starrte sie mit weit aufgerissenen Augen auf ihr TFT. Sie zitterte am ganzen Körper. Dass ihre Bürotür aufgerissen wurde und Asli Bülent hereinstürzte, bemerkte sie überhaupt nicht. Die LKA-Beamtin rannte sofort zu Karin hinüber und stellte sich hinter sie. Doch mehr als eine letzte, kurze Sequenz eines Films konnte sie nicht mehr sehen. Karin Weber saß zitternd und weinend in ihrem Sessel. Zweifelsfrei stand sie unter Schock. Asli Bülent handelte sofort und rief den Notarzt, der wenig später eintraf. Da Karins Vitalfunktionen keinen Befund anzeigten, applizierte der Notarzt Karin ein leichtes Beruhigungspräparat. Doch als die Rettungssanitäter sie auf die Trage legen wollten, um sie ins Krankenhaus zu bringen, begehrte sie heftig auf. „Ich will nicht ins Krankenhaus. Lassen Sie mich bitte hier. Mir geht es schon wieder viel besser." Da der Notarzt nicht gegen den Willen eines bei vollem Bewusstsein befindlichen Patienten handeln wollte, gab er Karin Weber noch ein Medikament zum Schlafen und empfahl ihr, sich nach Hause bringen zu lassen, um sich dort auszuruhen. Karin bedankte sich bei dem Notfallmediziner für seine Hilfe und gelobte, seinen Rat zu befolgen. Alsdann packten der Arzt und seine Helfer ihr Equipment zusammen und verließen das Präsidium.

Kapitel 37

Asli Bülent und der Systemadministrator des Präsidiums Gerd Reinhart saßen gemeinsam vor dem Bildschirm im Büro der LKA-Beamtin und schauten sich angewidert den Kurzfilm an, den offensichtlich der Serientäter Karin Weber geschickt hatte. „Meine Hochachtung, Herr Reinhart, Ihre Fangfunktion hat sich heute richtig bewährt. Kommen Sie auf diesem Wege auch an die IP-Adresse des Versenders?" „Kann ich noch nicht sagen. Daran werde ich gleich mit Hochdruck arbeiten. Das ist ja furchtbar, was der Serientäter Frau Weber da geschickt hat." „Das ist es in der Tat, Herr Reinhart. Aber der Mann ist ein absoluter Psychopath. Er versucht, Frau Webers Willen zu brechen und ich glaube, es braucht nicht mehr lange, bis er das geschafft hat." „Wenn man sich überlegt, mit wem man eventuell Tür an Tür wohnt?" „Da gebe ich Ihnen Recht. Gut, das man das nicht immer weiß." „Ich geh dann mal wieder in mein Büro. Wenn ich etwas habe, melde ich mich bei Ihnen." „Alles klar und danke." „Keine Ursache. Mach ich doch gern, Frau Bülent." Als Asli wieder alleine in ihrem Office saß, ließ sie den Kurzfilm noch einmal ablaufen. Damit die gellenden Schreie nicht über den Gang schallten, stöpselte sie sich den Ohrhörer ein und steckte die Höreinheit in ihre Ohren. „Der Typ hat ja wohl total einen an der Klatsche", sprach sie leise vor sich hin, als sie sich die Computer animierten Sequenzen noch einmal anschaute. Karin Weber war genau zu erkennen, wie sie festgebunden in einem Stuhl saß, der eine Ähnlichkeit mit einem Zahnarztstuhl nicht verleugnen konnte. Ihre Hände ruhten auf den Armlehnen und waren mit Lederriemen daran befestigt. „Du bist die unfähigste Polizeibeamtin, die ich je gesehen habe. Ich kann so vielen Frauen wie ich mag ihre Gesichtshäute entfernen und in meine Sammlung eingliedern, ohne dass du mich bisher daran hindern konntest oder mich gar aufgespürt hast. Ich hatte dich gewarnt: Wenn du mich nicht fängst, musst du dafür büßen", schallte es Asli Bülent durch die Minikopfhörer in ihre Gehörgänge. „Deine Frist ist abgelaufen, Karin Weber. Du wirst mein nächstes Opfer sein." „Was bist du doch für ein Teufel! Ich werde alles dransetzen, Karin zu beschützen", zischte die LKA-Beamtin durch ihre Lippen. Auch nachdem sie den Kurzfilm noch weitere dreimal angeschaut hatte, fand sie keine Anhaltspunkte, die auf den Täter schließen ließen. Nur der Anblick, der sich ihr jedes Mal beim Betrachten des Films bot, drehte ihr immer wieder den Magen um. Der Psychopath hatte ihrem letzten Opfer eine Bildfolie mit Karins Gesicht auf deren Gesichtsschädel gelegt, und so entstand tatsächlich der Eindruck, als würde er Karin die Gesichtshaut entfernen. Auch die Schreie des Opfers waren schlichtweg unerträglich. Anscheinend hatte er diesmal auf eine ausreichende Sedierung des Opfers verzichtet. Ganz sicher sollte die herzzerreißende Geräuschkulisse der Grausamkeit seines Tuns noch Nachdruck verleihen. Asli Bülent schloss die Datei und ließ sich mit großen Schweißperlen auf ihrer Stirn in ihren Schreibtischsessel fallen. Sie verweilte dort ein paar Minuten, bis sie aufsprang und zu Karin ins Büro hinüber eilte.

Karin Weber hockte zusammengekauert hinter ihrem Schreibtisch und schaute eingegangene Mails an. Auch wenn sie sich alle Mühe gab, es so aussehen zu lassen, als wäre nichts gewesen, sah man ihr sofort an, wie schlecht es ihr wirklich ging. „Karin?", sprach Asli Bülent ihre Kollegin an, die leicht zusammen zuckte. „Ja, was gibt es?" „Wie geht es dir?" „Gut, danke der Nachfrage, wieso?" „Weil du aussiehst, als wäre das Gegenteil der Fall." „Liegt sicher an dem blöden Medikament, dass mir der Notarzt gespritzt hat. Ist gleich vorbei." „Komm, Karin, ich fahre dich nach Hause." „Unsinn, ich hab noch zu arbeiten. Außerdem ist heute Freitag. Wir haben das ganze Wochenende vor uns. Da kann ich mich wunderbar ausruhen." „Fährst du zu Udo?" „Ja, ich freue mich schon darauf. Er vermittelt mir ein Gefühl von Sicherheit. Wirst sehen, Asli, Montag bin ich wieder ganz die Alte." „Na, da bin ich aber mal gespannt. Komm, lass uns in die Kantine gehen und etwas essen." „Ja, das ist sicher eine gute Idee."

Als Karin Weber und Asli Bülent die Kantine betraten, hoben beinahe alle Anwesenden ihre Köpfe und schauten sie an. Sie versuchten, sich nichts anmerken zu lassen, doch Karin sah man schon von weitem an, wie angeschlagen sie wirklich war. Sie wählten beide das Putengeschnetzelte mit Reis und Salat und eine Flasche Mineralwasser dazu und setzten sich gegenüber an einen freien Tisch. Während Asli mit Hingabe das schmackhafte Ragout und den Reis in sich hineinschaufelte, stocherte Karin etwas gelangweilt in ihrem Essen. „Schmeckt es dir nicht?" „Doch, doch. Alle starren mich an, als wäre ich eine Außerirdische." „Kannst du das nicht verstehen, Karin? Du stehst bei dem gefährlichsten Serienkiller, den Köln je gesehen hat, als nächstes Opfer auf seiner Mordliste, und du sitzt hier und verspeist in Seelenruhe dein Mittagessen. Und dass es dir dabei nicht gut geht, sieht man dir auf hundert Metern schon an. Die Kollegen machen sich Sorgen um dich. Schließlich sind wir doch eine große Familie und alle fürchten, dich irgendwann tot und ohne Gesicht in einem schmuddeligen Keller aufzufinden." Karin Weber fiel ihr Besteck aus der Hand und schlug laut auf ihrem Tellerrand auf. „Na und? Soll ich jetzt dauernd mit vier Bodyguards und schusssicherer Weste herumlaufen oder mich vielleicht zu Hause einschließen? Ich habe keine Angst vor dem Kerl. Alle hier machen mir nur Vorwürfe. Was soll das alles? Ich kann mir den Namen und den Aufenthaltsort des Serientäters ja nicht aus den Fingern saugen. Vielleicht wäre es wirklich besser, wenn ich meinen Dienst quittiere." Karin Weber hatte sich sehr in Rage geredet. Entsprechend laut wurde ihre Stimme, sodass beinahe jeder im Raum mitbekam, um welches Thema es im Gespräch zwischen den beiden Frauen ging. „Jetzt reg dich mal wieder ab, Karin. Ich meine es doch nur gut." „Jeder meint es doch nur gut mit mir. Ich bin es leid, dauernd gute Ratschläge zu erhalten und mir von Jedem sagen zu lassen, was ich zu tun und zu lassen habe. Lass es dir schmecken, Asli. Mahlzeit." Karin Weber warf ihr Besteck auf den Teller. Mit Schwung sprang sie auf und verließ die Kantine, gefolgt von den Blicken vieler Augenpaare. Asli Bülent versuchte, sich nichts weiter anmerken zu lassen und aß mit Hingabe ihr Menü auf. Innerlich brodelte es jedoch in ihr. Besonders beliebt war sie ohnehin nicht im Präsidium, da sie vom Innenminister des Landes nach Köln geschickt worden war, um die Kollegen vor Ort zu unterstützen. Dies fassten viele Beamte als Bevormundung auf, weil sich damit die nächst höhere Dienststelle in ihre Belange einmischte. Als ihre Gabel für heute zum letzten Mal Geschnetzeltes mit Reis auf ihrer Zunge abgelegt hatte, stand sie auf und verließ die Kantine. Sie war nicht mehr in Stimmung für weitere kulinarische Freuden. Deshalb verzichte sie auf ihren sonst so heiß geliebten Cappuccino nach dem Essen.

„Hast du dich wieder beruhigt, Karin?", fragte Asli Bülent ganz vorsichtig in Karin Webers Büro hinein, in das sie nur ihren Kopf durch den Türspalt steckte. „Ich brauche mich nicht beruhigen, ich hab mich ja nicht einmal richtig aufgeregt." „Das sahen alle, die eben in der Kantine gesessen haben, aber anders. Bist ja wie eine Furie auf mich losgegangen." „Es tut mir leid, Asli. Ich bin einfach am Ende mit meiner Kraft." „Das weiß ich ja. Aber du lässt dir ja nicht helfen. Ich möchte für dich Polizeischutz beantragen. So wie du mit der Sache umgehst, ist das einfach viel zu gefährlich. Du hast ja genug Beispiele gesehen, wie dieser Irre Frauen traktiert. Möchtest du das etwa auch erleben? Wobei ich glaube, dass er sich für dich besonders unangenehme Dinge einfallen lassen wird." „Ach, Asli, ich brauche keinen Polizeischutz. Ich bin bestens in verschiedenen Kampfsportarten ausgebildet, und ich schieße immer noch wie vor zwanzig Jahren. Was soll mir da schon zustoßen?" „In dem Zustand, in dem du dich jetzt befindest, haut dich glatt ein Zehnjähriger aus den Schuhen", erwiderte Asli Bülent grinsend. Auch über Karins Gesichtszüge huschte endlich mal wieder ein Lächeln. „Na, möchtest du mich jetzt herausfordern?" „Mit dir ein bisschen rangeln, könnte mir schon gefallen, aber mich mit dir schlagen möchte ich mich ganz sicher nicht." Karin Weber hatte die Anspielung verstanden. Sie nahm Asli jedoch die eher sexistische Bemerkung nicht weiter übel. „Das könnte dir so passen. Das Nützliche mit dem Angenehmen zu verbinden." „Ich bin mehr für das Angenehme, Karin." Die beiden Frauen mussten nun richtig loslachen. „Was machst du heute Abend?" „Ich habe mich bei Udo zum Essen und verwöhnen lassen eingeladen." „Du hast es gut. Ich bin in meinem Büro, wenn du mich brauchst." „Alles klar. Bis später."

„Reinhart hier, hallo, Frau Bülent. Ich möchte Ihnen nur kurz einen Zwischenbescheid geben wegen der Ermittlung der IP-Adresse." „Hallo, Herr Reinhart. Haben Sie wenigstens gute Nachrichten für mich?" „Leider noch nicht, doch eines weiß ich schon: Der Täter kennt sich verdammt gut mit Computern und Netzwerken aus. Wie es scheint, steht der ursprüngliche Server, von dem aus er alle seine Nachrichten verschickt nicht im Ausland. Ich bleibe dran und melde mich, wenn ich etwas Neues für Sie habe." „Wunderbar, Herr Reinhart. Wir hören voneinander." Die LKA-Beamtin nahm sich wieder die Aktenordner zur Hand und begann noch einmal, Blatt für Blatt von vorne an durchzuarbeiten in der Hoffnung, vielleicht etwas übersehen zu haben. Doch sie kannte ihre analytische Vorgehensweise und war sich sicher, dass dem ganz bestimmt nicht so war. Trotzdem stieg sie wieder ganz tief in das Grauen der einzelnen Mordfälle ein und bemerkte überhaupt nicht, dass Karin Weber ihr Büro betreten hatte. „Stör ich?" Asli Bülent schreckte ungewollt hoch. „Nein, wieso? Ich kann nur einfach immer noch nicht begreifen, wie ein Mensch andere Menschen nur so furchtbar quälen kann und was das Motiv darstellt." „Ich hoffe sehr, dass uns dies unser Täter möglichst bald selbst erklären wird. Hast du Lust, heute mit uns zusammen zu essen? Udo fragt nach, ob du mitkommen möchtest." „Da sag ich natürlich nicht nein. Oder wäre dir lieber, ich würde absagen?" „Quatsch. Nur das Verwöhnprogramm nach dem Essen möchte ich alleine bei ihm erleben." Karin Weber lächelte. „Ich steh doch sowieso nicht auf Kerle. Aber wir beide mit einem Mann ist ganz sicher eine Sünde wert. Nein, Scherz beiseite: Ich komme gern zum Essen mit." „Dann lass uns gleich los. Fährst du hinter mir her?" „Ich möchte noch die eine Akte hier aufarbeiten. Dafür brauche ich noch eine halbe Stunde. Ich weiß doch, wo Udo wohnt. Ich komme nach." „OK, dann bis später." „Ja, bis gleich."

Kapitel 38

Als sich die mondäne Appartementtüre öffnete, stand Karin Weber, nur mit einem sündhaft kurzen Rock und einem ziemlich engen T-Shirt bekleidet, im Türrahmen und lächelte Asli Bülent lasziv an. So ganz konnte die LKA-Beamtin mit der Situation nichts anfangen. Ihre Kollegin schien schon einiges getrunken zu haben und nach dem Outfit zu urteilen, war dies nicht das Einzige, womit sie sich mit Udo bereits die Zeit vertrieben hatte. Wahrscheinlich lag es daran, dass Asli doch länger im Büro gearbeitet hatte als gedacht. „Hi, Karin, hast du etwas getrunken?" „Mhmm ja, und gevögelt haben wir auch schon", antwortete Karin leicht lallend. „Na, wunderschön. Bekomme ich denn noch etwas zu essen?" „Aber klar doch", vernahm sie die offensichtlich nicht alkoholisierte, euphorische Stimme von Udo Stein aus dem Wohnraum. „Komm rein, Asli", stammelte Karin. Asli Bülent ließ sich das nicht zweimal sagen und schob ihre leicht angetrunkene Kollegin beiseite. „Hallo, Asli, herzlich willkommen. Der Grill läuft auf Hochtouren. Du magst doch Lammkoteletts?" „Na, aber sicher doch, großer Küchenmeister. Bitte mit Brot, Salat und Kräuterbutter." „Wird sofort serviert, gnädige Frau", blödelte Udo herum. Doch er behielt wirklich Recht. Schon wenige Minuten später servierte ihr der Hausherr das gewünschte Menü. Udo Stein schien sich nur ein langes Hemd übergezogen zu haben, als es an der Türe geklingelt hatte. Während er sich zu Asli herunter beugte, um ihr den Teller auf ihren Platz zu stellen, konnte sie genau den Grund erkennen, weshalb sie Sex mit Frauen bevorzugte. Udo bemerkte, dass er ihr durch seine hastige und unbedachte Bewegung sein Geschlechtsteil offeriert hatte. „Tut mir leid", entschuldigte er sofort seinen Fauxpas und zog rasch die beiden Hemdseiten vorn zusammen. Dabei rutschte ihm der rechte Hemdärmel hoch. Ein winziges Tattoo wurde sichtbar. Asli Bülent musste grinsen, weil er sich offensichtlich dafür schämte und es gleich wieder verbarg. „Eine Sünde aus der Studienzeit. Jeder Teilnehmer unseres Anatomiekurses erhielt bei der Immatrikulation eine durchlaufende Nummer. Daraufhin haben wir uns dann alle das gleiche Tattoo stechen lassen. Es handelt sich um einen kleinen Äskulapstab mit der jeweilig zugeteilten

Nummer. Die Äskulapnatter trägt die Zahl als Anhängsel in ihrem Maul. Wir haben uns so durchnummerieren lassen und waren verdammt stolz auf unseren Kurs", versuchte Udo eine Erklärung für seine Tätowierung abzugeben, nach der Asli eigentlich gar nicht verlangt hatte. „Männer eben!", erwiderte sie grinsend. „Aber ganz sicher nicht nur Männer. Auch die Mädels haben mitgemacht. Jeder Medizinstudent, egal welchen Geschlechts, hat sich aus unserem Jahrgang im Anatomiekurs zwei dieses Tattoo stechen lassen." „Hat dieser Geheimbund noch Kontakt untereinander?" „Leider nicht. Viele haben sich das Teil wohl schon weglasern lassen. Guten Appetit, Asli." „Danke, Udo, es schmeckt wieder vorzüglich." „Das höre ich doch gern." „Wo ist eigentlich Karin?" „Ich glaube, ihr ist schlecht geworden. Als sie gegen sieben Uhr hier eintraf, war sie ziemlich durch den Wind. Sie hat gleich mehrere Gläser Cognac in sich hinein geschüttet und ist mehr oder weniger wie eine Furie über mich hergefallen." „Och, du Armer. Das war dir sicher sehr unangenehm." Udo kommentierte Aslis Bemerkung nur mit einem Grinsen. „Dachte ich mir." Asli Bülent schaffte noch eine weitere Portion, die diesmal jedoch aus einer gegrillten Dorade bestand. Zwischenzeitlich gesellte sich auch Karin Weber wieder zu ihnen. Es wurde noch ein netter Abend, doch ganz sicher nicht so ungezwungen wie der letzte gemeinsame Grillabend, den sie bei Udo verbracht hatten. Gegen halb zwölf fuhr Asli Bülent nach Hause. Ein wenig kam sie sich wie das fünfte Rad am Wagen vor. Karin hing fast nur noch an ihrem Udo oder saß sogar bei ihm auf dem Schoß. Auch einige weitere Gläser Wein nahm sie noch zu sich, was sie noch schriller werden ließ, als sie ohnehin schon war. Keine besonders feinen Voraussetzungen für einen gemütlichen Abend. Gegen eins lag Asli Bülent hundemüde in ihrem Bett.

„Du hast jetzt genug getrunken, Karin. Was ist überhaupt los mit dir? So anhänglich wie heute habe ich dich ja noch nie erlebt. Hast du es dir überlegt und möchtest nun doch meine Frau werden?" „Noch nicht so wirklich. Ich möchte nur so deine Nähe und deine Geborgenheit spüren, und ein wenig getrunken habe ich wohl auch." „Ein wenig getrunken? Du hast dir ganz schön die Kante gegeben. Was ist los?" Karin hatte sich eigentlich fest vorgenommen, Udo nichts von dem Video des Serientäters zu erzählen, doch sie spürte nun ganz stark, dass sie sich das Erlebte von der Seele reden wollte. Ganz nah kuschelte sie sich an Udo heran. Sie konnte ihm bei dem, was sie nun zu berichten hatte, nicht in die Augen sehen. Zu sehr quälten sie die Bilder, die sie jetzt vor Augen hatte, und sie wollte unbedingt vermeiden, dass Udo sie weinen sah. Doch ihr Schluchzen und Zittern während sie Udo von ihrem Erlebnis erzählte, ließ sich nicht verheimlichen. „Mein Gott, mein Schatz, du musst so schnell als möglich deinen Job an den Nagel hängen. Wenn das mit dir so weiter geht, solltest du schnellstens einen sehr guten Kollegen von mir aus der Fachrichtung Psychiatrie aufsuchen, der dir ganz bestimmt schnell helfen kann." Karin wendete sich um. Ihre von den vielen Tränen geröteten Augen sprachen Bände. Sie drückte sich fest an ihn. „Wenn ich hier bei dir bin, geht es mit gut." „Dann zieh endlich hierher, wenn es dir doch hilft." „Lass mir noch mehr Zeit, Udo, und dräng mich bitte nicht." „So viel du brauchst. Ich mache mir halt nur furchtbare Sorgen." Als Karin seinen nackten, warmen Körper ganz nah bei sich fühlte, spürte sie ein Verlangen nach Sex, wie sie es bisher noch nicht kannte. Ungestüm drängte sie sich Udo entgegen, und auch ihm schien dieser Angriff keinesfalls unangenehm zu sein. Sofort nahm er sie fest und heftig. Dem Stöhnen sowie ihren Lustschreien konnte er entnehmen, wie sehr sie sich diese Attacke wünschte. Bald hörte auch er auf zu denken und gab sich nur noch dem animalischen Liebesspiel hin. Nach gut einer halben Stunde endete ihr wildes Treiben. Udo ergoss sich laut stöhnend und stehend in Karin, ihre Schenkel fest zusammengedrückt und gleichzeitig ihre Füße liebkosend. Auch Karin folgte mit einem gewaltigen Höhepunkt.

Das anschließende Wochenende verbrachten sie gemeinsam. Udo kümmerte sich so gut als möglich um Karin. Sie machten Hand in Hand gehend lange Spaziergänge am Rhein und gönnten sich so manche kulinarische Köstlichkeit in verschiedenen Lokalitäten. Als Karin Montagmorgen gegen sechs Uhr in seinem Bett erwachte, gewann sie den Eindruck, eine Woche Urlaub läge hinter ihr. „Das war ein schönes

Wochenende. Morgen, Udo." „Du strahlst ja auch wieder. Schön, dass es dir besser geht. Morgen, mein Schatz. Aber trotzdem muss ich jetzt aus den Federn. Die Pflicht ruft. Ich habe heute wieder einige OPs auf dem Plan." „Ich steh auch gleich auf und mache uns Frühstück." Auch wenn sie heute beide zur Arbeit mussten, nahmen sie sich doch Zeit, gemütlich zu Frühstücken. Udo verließ die Wohnung zuerst. Karin räumte noch auf und machte die Betten. Bevor sie jedoch ins Büro fuhr, schaute sie bei sich zu Hause vorbei. Weil das frühe Wetter einen sonnigen Tag versprach, wechselte Karin noch den fahrbaren Untersatz und bestieg ihr Motorrad.

Kapitel 39

Asli Bülent stand bereits gegen halb sieben missgelaunt auf. Sie duschte, trank einen Becher Kaffee und zog sich an. Schon auf dem Weg ins Kölner Präsidium überlegte sie, wie sie nun weiter in ihrem Fall mit dem Serientäter vorgehen sollte. Weil ihr jedoch eine zündende Idee dazu fehlte, und sie heute auch noch telefonisch ihrem höchsten Chef im LKA Rede und Antwort stehen musste, verfinsterte sich ihre Miene zusehens. „Soll der Alte doch wieder rummeckern. Ich kann mir unseren Täter auch nicht aus den Rippen schneiden", sprach sie laut schimpfend vor sich hin und gab Gas. Entsprechend gelaunt traf sie im Präsidium ein. Nur spärlich grüßte sie den Pförtner und die Kollegen, die mit ihr im Aufzug nach oben fuhren. Bevor sie ihr eigenes Büro betrat, steckte sie zuerst ihren Kopf bei Edith Stein und Olaf Salcher in die Türe und wünschte kurz und knapp Guten Morgen. Noch ehe die beiden Kölner Beamten überhaupt reagierten, hatte sie die Türe bereits wieder von außen geschlossen. Sie wollte noch bei Karin Weber hinein schauen, doch deren Bürotür war noch verschlossen. Grummelnd verschwand Asli Bülent in ihrem Büro. Sie startete die Kaffeemaschine und ließ ihren PC hochfahren. Mit einem Becher heißen und sehr starken Kaffees setzte sie sich hinter den Schreibtisch. Mit dem rechten Fuß stampfte sie kurz auf den Boden auf, weil ihr PC immer noch mit der Arbeitsaufnahme beschäftigt war. Doch dann erstrahlte das Logo der Polizei auf ihrem Flachbildschirm. Sie hatte sich schon während der Fahrt nach Köln vorgenommen, dass Computer animierte Video über ihre Kollegin noch einmal anzusehen. Aus dem einmal wurde fünfmal und plötzlich stoppte sie die Wiedergabe. Sie war sich nicht sicher. Immer wieder schaute sie sich die Sequenz, die sie ins Nachdenken versetzte, an. Dann griff sie irgendwann zum Telefonhörer.

„Asli Bülent hier. Morgen, Herr Reinhart." „Morgen, Frau Bülent. Ich habe leider noch keine Neuigkeiten für Sie." „Darum geht es mir im Moment gar nicht. Können Sie das Video bearbeiten und Teile der Bilder vergrößern?" „Was für eine Frage, natürlich kann ich das. Das ist doch mein Job." „Super. Ich komme gleich zu Ihnen ins Büro. Ich glaube, ich habe etwas gefunden." „Gern. Ich setz uns einen Kaffee auf. Sie finden mich in Raum 011." „Tun Sie das, Herr Reinhart. Bis gleich." Sie machte sich nicht erst die Mühe, ihren PC herunterzufahren. Forschen Schrittes marschierte die LKA-Beamtin auf ihren flachen Sandaletten den Aufzügen entgegen. Sie wählte die Null und ließ sich vom Fahrstuhl ins Tiefgeschoss chauffieren. Den Raum 011 fand sie sofort. Sie klopfte kurz an, wartete aber erst gar nicht ab, bis der Kollege Reinhart sie herein bat. Überall standen Rechner und sonstiges Hightech Equipment aus dem Bereich der EDV herum und eine Menge Bildschirme flimmerten. „Ich freue mich, Sie in meinem Reich begrüßen zu dürfen, Frau Bülent. Ich bekomme hier unten eigentlich fast nie Besuch. Was kann ich denn für Sie tun?" „Es geht mir um die Vergrößerung einer Sequenz auf dem Video." „Nichts leichter als das. Einen Moment: Ich rufe das Video auf." Wie ein Klaviervirtuose streichelte der Systemadministrator über seine Tastatur. „Welchen Ausschnitt darf ich Ihnen vergrößern?" Asli Bülent führte den EDV-Kollegen so weit, bis sie das Bild gefunden hatten, wonach sie suchte. „Stopp. Das Bild bitte." Wieder betätigte der EDV-Spezialist alle möglichen Tasten in einer ihr nicht weiter zu erschließenden Reihenfolge und mit einer waghalsigen Geschwindigkeit, bis das Bild vergrößert auf allen Bildschirmen im Raum aufflackerte. Zu sehen war nur der Kopf, der das Konterfei von Karin Weber auf der Kopfstütze eines Zahnarztstuhles oder eines ähnlichen Gestühls zeigte. „Können Sie den Film Bild für Bild weiter abspielen?" „Ja, klar." Erst geschah nichts, doch dann kam ein Arm ins Bild, der von einem Arztkittel bedeckt war und in dessen Hand ein scharfes Skalpell funkelte. „Noch ein Bild weiter bitte. Und noch eins und noch eins. Halt", rief Asli Bülent. Der Täter setzte nun seinen zweiten Arm ein und hielt damit den Kopf von seinem Opfer fest. „Schalten Sie bitte den fürchterlichen Ton weg", bat die LKA-Beamtin. Dann starrte Asli Bülent genau auf das Bild, das sie eigentlich gehofft hatte, nicht sehen zu müssen.

Karin Weber ließ ihre BMW auf dem Parkplatz des Präsidiums auslaufen. Mit Schwung zog sie die schwere Maschine auf den Ständer und unterbrach mit dem Zündschlüssel die Aktivität des Motors, der brummend erstarb. Rasch zog sie den Helm aus. Sie griff sich den rechten Seitenkoffer, den sie von der Halterung löste. Beschwingt schlenderte sie ihrem Arbeitsplatz entgegen. Dem alten Pförtner, den sie schon über viele Jahre kannte, winkte sie kurz zu, bevor sie im Aufzug verschwand. Den Helm verstaute sie gleich in ihrem Schrank. Dem Motorradkoffer entnahm sie eine Jeans und ihre Nikes. All ihre Utensilien brachte sie in ihrem Schrank unter und schloss ihn ab. „Jetzt bist du wieder landfein, Karin Weber", sprach sie zu sich selbst. Sie schien in völlig gelöster Stimmung. Mit wenigen Handgriffen startete sie die Kaffeemaschine und nahm dann hinter ihrem Schreibtisch Platz. Erst als ihre Hand zum On-Schalter ihres PC griff, begann sie ein wenig zu zittern. Sekunden später flackerte das

Polizeilogo vor ihren Augen auf. Sie klickte sich gleich zu ihrer Website durch und öffnete ihr E-Mail Postfach. Nur etwa zwanzig neue Nachrichten fand sie darin vor. Doch bevor sie sich in die Mails einlas, goss sie sich einen Becher Kaffee ein. Viel Belangloses hatte man ihr wieder auf ihren Rechner geschickt. Natürlich auch Vernehmungsprotokolle und Tatortberichte anderer Abteilungen, die sie angefordert hatte, waren darunter. Der heiße Kaffee tat ihr gut und hellte ihre ohnehin schon gute Stimmung weiter auf. Glücklicherweise plagte sie heute kein Kater. Gestern hatte sie den ganzen Tag nur Mineralwasser getrunken. Der Ausrutscher der letzten Woche hing ihr immer noch irgendwie nach. „Egal, das musste einfach mal sein", unterbrach sie ihre stille Lesestunde und sprach leise das aus, worüber sie eigentlich gerade nachdachte. Immer wieder schweiften ihre Gedanken ab, doch mit einmal fasste sie den Entschluss, Udos Angebot anzunehmen und ihn zu heiraten. Allerdings nur unter der Voraussetzung, dass sie erstmal noch ein paar Jahre weiter arbeiten gehen wollte. Das musste er ihr als Kompromiss zugestehen. Ihre Euphorie nahm weiter zu. Beinahe bemerkte sie gar nicht, dass ihr Telefon summte. Als sie die Nummer auf dem Display erkannte, nahm ihre Herzfrequenz zu. Udo versuchte sie zu erreichen. „Verdammt, Karin, du bist ja richtig in ihn verschossen", sagte sie laut und nahm das Gespräch entgegen. „Hallo, mein Schatz. Geht es dir gut nach dem vielen Alkohol, den du am Wochenende so zu dir genommen hast?" „Hallo, Udo. Und ob es mir gut geht. Den Alkohol haben wir doch gleich wieder abtrainiert. Außerdem ist mein Absturz vom letzten Freitag ja schon zwei Tage her", ließ sie laut lachend folgen. „Das ist wohl wahr. Sehen wir uns heute Abend?" „Aber immer doch. Ich wollte mit dir über dein Angebot reden." „Das hört sich vielversprechend an. Jetzt habe ich keine Ruhe mehr. Wann wirst du hier sein?" „Sicher wieder so gegen sieben." „Ich freue mich schon." „Ich mich auch. Bis heute Abend." Karin beendete das Gespräch und freute sich, endlich mal eine private Entscheidung getroffen zu haben, die ihr gut tat. Strahlend schlürfte Karin ihren Becher Kaffee leer. Als nächstes wollte sie bei Edith und Olaf vorbeischauen und nachhören, was es Neues gab.

„Danke, Herr Reinhart. Ich habe genug gesehen. Wenn ich wieder etwas für Sie habe, rufe ich Sie an." „Jederzeit gern, Frau Bülent." Die LKA-Beamtin hatte es plötzlich eilig. Sie lief zum Aufzug und ließ sich gleich auf ihre Büroetage heben. Auf direktem Weg rannte sie zu ihrem Office. Als sie den Türgriff herunterdrückte bemerkte sie, dass ihr Büro immer noch verwaist war. „Na klar, Reiner Greiner hat sich doch für heute einen Tag Urlaub genommen", flüsterte sie und suchte in ihrer Handtasche nach dem Schlüssel. Als sie endlich an ihrem Schreibtisch angekommen war, wusste sie, was nun zu tun war. Sofort entnahm sie ihrem Stahlfach ihre Dienstwaffe mit den beiden Reservemagazinen und befestigte die ledernen Behältnisse an ihrem Hosengürtel. Der Geruch von Waffenöl stieg ihr in die Nase. Erst vor wenigen Tagen hatte sie noch einige Schießübungen in der LKA-Zentrale in Düsseldorf durchgeführt, um sich fit zu halten. Danach reinigte sie grundsätzlich ihre Dienstwaffe mit entsprechendem Öl. Sie erklärte das, was sie nun vorhatte, als LKA-Einsatz und gab dazu alle entsprechenden Angaben und Anweisungen in ihren PC ein. Danach verließ sie das Haus. In der Fahrbereitschaft erhielt sie ein ziviles Einsatzfahrzeug, damit sie ihren Einsatz durchführen konnte. Asli Bülent war fest entschlossen, endlich den Serienmörder festzunehmen, auch wenn sie dies alleine tun musste und vielleicht sogar wollte. Ihr Vorteil lag eindeutig im Überraschungsmoment.

Karin Weber schloss ihre Bürotür ab und schlenderte zum Büro ihrer Kollegen herüber. Nach kurzer Begrüßung nahm sie dort Platz und ließ sich von Edith Stein über den Stand der übrigen Fälle informieren. „Habt ihr heute Morgen schon unsere LKA-Leihgabe gesehen?", fragte Karin, als Edith Stein mit ihren Ausführungen geendet hatte. „Ja, kurz, sie hat uns zugewinkt und ist in ihrem Büro verschwunden", beantwortete Olaf Karins Frage. „Na, dann werde ich sie gleich mal besuchen gehen und hören, ob sie etwas Neues zu berichten hat. Ihr findet mich später in meinem Büro, wenn es Neuigkeiten gibt." „Alles klar, Karin", übernahm Edith die Wortführung.

„Asli Bülent vom LKA. Ich möchte bitte Doktor Stein sprechen", bat die LKA-Beamtin die hübsche, junge Frau an der Arztrezeption, die bei ihrem letzten Termin schon ihre Hormone in Wallung gebracht hatte und deren Aura auch heute wieder besonders erregend auf sie wirkte. „Ich schaue nach, ob Doktor Stein Zeit für Sie hat. Einen Moment, bitte." Die kleine, dunkelhaarige Schönheit mit Namen Claudia schwebte auf ihren Peeptoes an ihr vorüber und der feine Duft eines arabisch anmutenden Eau de Toilette begleitete sie. Schon wenig später kam sie zurück. „Doktor Stein hat kurz Zeit für Sie. Folgen Sie mir bitte." Asli Bülent ging der jungen Frau nach und erreichte so Udos Büro. „Hallo, Udo. Lange nicht gesehen." „Das ist wohl wahr. Nimm doch bitte Platz, Asli. Darf ich dir etwas anbieten?" „Danke, nein." Udo Stein setzte sich hinter seinen großen Schreibtisch und faltete seine Hände auf der Platte zusammen. „Du machst auf mich den Eindruck, als wärst du dienstlich hier. Ist es so?" „Genauso ist es." Asli Bülent verlor ihr Lächeln. „Udo Stein: Ich verhafte dich wegen Mordes an mindestens sechs Frauen. Alles was du jetzt sagst, kann vor Gericht gegen dich verwendet werden. Du hast das Recht zu Schweigen. Muss ich dir Handschellen anlegen?" Udo Stein zeigte überhaupt keine Gefühlsregungen. „Eigentlich hatte ich ja gehofft, Karin würde mich überführen, aber sie hat es wohl nicht geschafft." „Wie auch?! Sie ist doch total in dich verliebt. Also können wir?" „Nun gut." Udo Stein machte Anstalten sich zu erheben und griff dabei unter seine Schreibtischplatte. Asli Bülent erkannte zu spät, was der Psychopath mit seiner Handlung bewegte. Auch sie machte Anstalten, sich erheben zu wollen, als sie zwei schmerzhafte Einstiche an ihren Unterarmen verspürte. Sie versuchte noch, ihre Waffe aus dem Holster zu ziehen, doch bereits wenige Sekunden nach den Einstichen verschwammen alle Bilder vor ihren Augen. Ihre Walther Pistole rutschte zurück ins Lederfutteral an ihrem Gürtel. Sie fiel stark betäubt zurück in ihren Sessel und verdrehte die Augen. „Was ist los, Asli, du wolltest mich doch verhaften. Geht es dir etwa nicht gut?" Ein irres Lachen folgte. „Keine Sorge, meine Liebe, deine edlen Gesichtszüge mache ich unsterblich und werde sie für ewig in meiner Sammlung konservieren. Eine arabisch anmutende Schönheit fehlt mir ohnehin noch." Udo Stein sprang nun von seinem Sessel auf und öffnete eine Schranktüre. Aus der verdeckten Nische zog er einen leichten Rollstuhl heraus, auf deren Sitzfläche er sogleich den wehrlosen Körper der LKA-Beamtin positionierte. Hastig lief er zurück zu seinem Schreibtisch und drückte auf einen anderen Knopf unter der Schreibtischplatte. Eine Geheimtüre in seiner Schrankwand öffnete sich wie von Geisterhand geführt und gab den Zugang zu einem Lastenaufzug frei. Jetzt brauchte er nur noch einen Schlüssel von seinem Schlüsselbund in das Schloss zu stecken und eine leichte Rechtsdrehung zu vollziehen. Sogleich öffnete sich die Fahrstuhltüre. Ohne zu zögern schob er den Rollstuhl in die Kabine und drückte auf den Knopf mit dem Aufdruck K. Blitzschnell brauste der Lift ins Kellergeschoss. Als sich die Türe öffnete und er Asli Bülent hinausschob, wurde aus Udo Stein ein anderer Mensch.

Kapitel 40

Unverschlossen fand Karin die Bürotür ihrer LKA Kollegin vor, und auch die Deckenbeleuchtung war eingeschaltet. „Asli, bist du da?", rief sie in den großen Raum hinein, doch sie erhielt keine Antwort. Weil Karin Asli auf der Toilette oder auf dem Gang zur Kantine vermutete, beschloss sie, später noch einmal bei ihr vorbei zu schauen. Karin Weber schwebte förmlich zurück in ihr Office. Sie goss sich gleich einen Becher Kaffee ein und ließ sich auf ihrem Bürostuhl nieder. Vorsicht nippte sie an der heißen, wohlschmeckenden Flüssigkeit und betrachtete lächelnd Udos Foto. Doch, sie war sich sicher: Diesen gefühlvollen, liebenswerten und verständnisvollen Mann wollte sie heiraten und keinen anderen. Sie nahm sein Bild in beide Hände und küsste es. Um den Tag nicht völlig zu verträumen, stellte sie den Bilderrahmen zurück auf ihre Schreibtischplatte und bewegte ihre PC-Maus. Sogleich endete der Standby-Modus. Beschwingt drehte sich Karin mit ihrem Stuhl um hundertachtzig Grad nach hinten, um nach einem Stapel Akten zu greifen, den sie heute endlich aufarbeiten wollte. Als sie sich wieder umdrehte, blickte sie urplötzlich Udo ins Gesicht, der auf ihrem Bildschirm beinahe in Lebensgröße erschienen war. Sie erkannte ihn sofort. Daran bestand kein Zweifel, und dass die Übertragung in Echtzeit erfolgte, bemerkte sie an dem kleinen

Cut an seinem Kinn, den er sich heute Früh beim Rasieren zugezogen hatte und an dem Hemd, dass er am Frühstückstisch trug. „Hallo, Karin." Sie wunderte sich, weil er sie sonst mein Schatz nannte. „Was machst du in meinem PC?", fragte sie ihn grinsend. „Das ist schnell erzählt: Asli Bülent hat mich enttarnt. Es ist sehr schade, dass du es nicht geschafft hast, mich aufzuspüren." Karin Weber verstand überhaupt nicht, was er damit meinte. „Was redest du da?" „Na, ich bin euer Serienkiller", ließ er ohne die geringste Gefühlsregung folgen und sprach mit ruhiger, fast gelöster Stimme weiter. „Ich hatte sehr gehofft, du würdest mich enttarnen und festnehmen, aber nun hat dies Asli geschafft." „Hör zu, Udo, bei diesem Thema fehlt mir jeder Humor", entgegnete Karin Weber äußerst gereizt. „Wieso Humor, Karin? Humor ist ein wichtiger Wesenszug eines Menschen und du besitzt ihn. Das hast du mehr als einmal bewiesen und nicht nur, als du nackt in meinen Armen lagst und dich von mir hast verwöhnen lassen. Aber dies ist kein Scherz. Das bekommt als erste Asli Bülent zu spüren, die schon sehr bald ihr Gesicht verlieren wird. Das meine ich im wahrsten Sinne des Wortes, und dass ich ihre hübschen Gesichtszüge in meiner Sammlung verewigen werde, versteht sich von selbst. Falls du mir nicht glaubst, Karin, hier sitzt sie." Udo schwenkte seine Kamera ein wenig zur Seite und mit dem Fokus genau auf Aslis sedierten Körper. Sie schien zu schlafen. Angewidert fuhr Karin Weber zusammen. „Da staunst du, nicht wahr?" „Du bist das mieseste Dreckschwein, das mir je untergekommen ist und glaub mir, wenn Asli etwas zustößt, bringe ich dich um." „Jetzt habe ich aber richtig Angst vor dir bekommen. Seit Monaten fahndest du erfolglos nach mir. Im Gegenteil: Du fährst mit mir in Urlaub, lässt dich von mir kulinarisch und im Bett verwöhnen und jetzt das. Du bist undankbar, Karin. Glaub es mir. Ich habe keine der Frauen umgebracht. Das alle ihren in der Tat entstellten Anblick nicht ertragen konnten und an einem Schlaganfall oder Herzinfarkt verstarben, schmerzt mich außerordentlich, doch scheinen dies alles Kolateralschäden zu sein und keine Morde." „Du bist völlig wahnsinnig, Udo Stein." „Das ist jetzt aber überhaupt nicht freundlich von dir, dass du mir so etwas an den Kopf wirfst. Gestern Abend warst du beinahe geneigt, mich heiraten zu wollen und jetzt das." „Hör zu, Udo: Du sagst mir jetzt genau, wo Asli sich gerade aufhält. Hast du mich verstanden?" „Aber nicht doch. Ich mache sie durch die Aufnahme in meiner Sammlung unsterblich. Soll sie sich das entgehen lassen?" „Udo, lass Asli frei! Das ist jetzt nur noch eine Sache zwischen uns beiden." „Erst die Arbeit, dann das Vergnügen, Karin. Erst mache ich deine Freundin unsterblich. Sehen wir uns heute noch?" „Worauf du dich verlassen kannst, du Scheißkerl." Karin ließ ihren PC einfach abschmieren. Tränen der Wut, eher noch des Hasses, liefen ihre Wangen herunter. Karin steckte ihre Dienstwaffe ein und rannte in Aslis Büro zu ihrem PC. „Vielleicht hat sie ja eine Nachricht hinterlassen", flüsterte Karin leise.

Sie nahm sich erst gar nicht die Zeit, Platz zu nehmen. Mehrfach hämmerte Karin auf die Entertaste und sofort öffnete sich Aslis Bericht. „Diese blöde Kuh. Warum hat sie mir nur nicht Bescheid gesagt? Wir hätten den Kerl längst in U-Haft", schrie sie heftig schluchzend den Bildschirm an. Karin las Aslis Bericht nun quer, um mehr über den Ort zu erfahren, wo sie sich gerade aufhielt. Dann fand sie den entscheidenden Hinweis. „handelt es sich um eine Polizeiaktion des LKA gegen Dr. Udo Stein, während der ich Herrn Stein vorläufig wegen sechsfachen Mordes festnehmen werde. Nach meinen gesicherten Erkenntnissen handelt es sich bei dem Plastischen Chirurgen um den gesuchten Serientäter. Ich werde ihn in seiner Praxis festnehmen." Karin Weber endete mit dem leisen Vorlesen des Textauszuges. Sofort rannte aus dem Büro. Sie nahm die Treppe, um weitere Zeit einzusparen. Eines ihrer Dienstfahrzeuge stand brav auf seinem Parkplatz und genau dieses erweckte sie nun brutal zum Leben. Als wäre der Teufel hinter ihr her raste sie vom Hof. Mit der linken Hand setzte sie noch das Blaulicht aufs Dach. Der nächste Griff galt dem Martinshorn. Karin fuhr verdammt schnell und auch für einen Noteinsatz verdammt riskant. Kaum fünfzehn Minuten später klingelte sie an der Praxistüre von Udo Stein. Sofort wurde ihr geöffnet. Die junge Frau an der Rezeption nahm sie gleich in Empfang. „Hauptkommissarin Weber, wo ist Dr. Stein?"

Asli Bülent saß völlig unbekleidet in einem Spezialstuhl, wie ihn in ähnlicher Form auch Zahnärzte oder Fußpfleger nutzten. Ihre Füße standen auf Stützen und waren mit Lederriemen daran befestigt. Ihre gefesselten Hände ruhten auf Armlehnen und ihr Kopf war in einer gut gepolsterten Kopfstütze fixiert. Sie war bei vollem Bewusstsein, konnte alles sehen und riechen, doch bewegen konnte sie sich nicht, selbst wenn jemand ihre Fesseln gelöst hätte. Sie erinnerte sich an die Aussagen des Pathologen Ernst Brandt, der nach den Obduktionen immer wieder daraufhin gewiesen hatte, dass das Präparat, das den ermordeten Frauen appliziert wurde, unbekannter Herkunft sei und diese wohl alle Torturen bei vollem Bewusstsein erlebt hätten. Ein eiskalter Schauer lief ihr den Rücken herunter. Sie wusste noch nicht, ob sie sich nun einfach in ihr Schicksal ergeben oder den Versuch starten sollte, mit aller Kraft gegen ihre Situation anzukämpfen. Längst war ihr bewusst geworden, dass sie einen gewaltigen Fehler begangen hatte. Niemals hätte sie alleine hierher fahren dürfen. Doch hätte ihr Karin geglaubt, dass der Mann, den sie liebt, der wohl gefährlichste Serientäter ist, den Köln je erlebt hatte? Asli Bülent entschloss sich zu kämpfen, solange ihr dies noch sinnvoll erschien. Zuerst versuchte sie sich zu orientieren. Auch wenn die einfache Deckenlampe nur diffus den Raum erleuchtete, konnte sie alles gut erkennen. Auch der Schleier, der anfangs ihren Blick trübte, war verschwunden. Die Fesseln saßen fest. Sie würde sie nicht ohne fremde Hilfe lösen können.

Ein Geruchsgemisch aus Reinigungs- und Körperpflegemitteln waberte durch den Raum, der nach einer ordentlichen Lüftung schrie. Doch ein anderer penetranter Geruch zerstörte das eher angenehme Duftempfinden. Asli versuchte den Ursprung dieses unangenehmen, leicht metallischen Geruchsangriff auf ihre Nasenschleimhäute zu ergründen. Auf einmal war sie sich sicher: Es stank nach Kupfer und Eisen. Es roch nach Blut. Wieder lief es ihr eiskalt den Rücken herunter. Angst befiel sie, doch sie wollte noch nicht aufgeben. Vielleicht las Karin ja noch zeitig ihren Kurzbericht und machte sich mit einer Armada von SEK Beamten auf, ihr zur Hilfe zu eilen. Hoffnung keimte auf. Sie sah die unheimlich maskierten Spezialeinsatzkräfte regelrecht vor sich, wie sie mit ihren martialischen Schusswaffen das Gebäude stürmten und Udo Stein auf seiner Flucht erschossen. Plötzlich vernahm sie Schritte.

„Ich weiß nicht, wo sich Dr. Stein gerade befindet. Er hatte eben noch Besuch von einer Kollegin von Ihnen." „Danke", brüllte Karin zog ihre Waffe und stürmte auf die Türe zu, an der gut lesbar Büro stand. Mit der linken Hand drückte sie ruckartig den Türgriff herunter und betrat den Raum, ihre Waffe im Anschlag. Doch der Raum war leer. Karin stieg jedoch der Duft von Aslis Parfum in die Nase. Sofort rannte sie wieder an die Rezeption. „Wo sind der Doktor und meine Kollegin?" „Ich weiß es nicht. Vielleicht haben sie den Raum verlassen, ohne dass ich es bemerkt habe." Karin schob die

Dienstwaffe zurück in das Holster. Sie packte sich die junge Frau und drehte ihr den Arm auf den Rücken. „Jetzt hören Sie mir mal genau zu: Wenn Sie mir nicht in den nächsten drei Sekunden erklären, wohin Ihr Chef mit meiner Kollegin hin verschwunden ist, nehme ich Sie wegen Begünstigung und Behinderung fest und glauben Sie mir, es fallen mir ganz sicher noch eine Menge andere Tatbestände ein, die Sie jetzt erfüllen. Also machen Sie schon. Es geht schließlich um Leben und Tod." „Au, Sie tun mir weh. Ich weiß nicht, wohin mein Chef mit Frau Bülent gegangen ist." Karin schob die junge Frau in Udos Büro. „Gibt es hier einen Hinterausgang, ein zusätzliches Treppenhaus oder einen Lift?" „Das weiß ich nicht. Dr. Stein hat mir dazu noch nie etwas erklärt." „Gehen Sie einfach wieder an Ihre Arbeit." Sie ließ die junge Frau los und schubste sie barsch von sich. Als Karin Weber alleine in Udos Büro stand, schaute sie sich erstmal um, wenn ihr auch die Zeit unter den Nägeln brannte. „Hinter irgendeiner dieser Türen verbirgt sich ganz bestimmt ein geheimer Ausgang", sprach sie laut in den Raum hinein und begann, Türe für Türe zu öffnen. Sie fand eine kleine Waschgelegenheit mit Handwaschbecken, einen Barschrank mit Kühlfach, reihenweise Aktenschränke und sonst nichts. Doch so schnell ließ sich Karin Weber nicht beirren. Vor allem die nicht alle gleich aussehenden Aktenschränke weckten ihre Aufmerksamkeit. Sie untersuchte ein Regal nach dem anderen, verschob Akten, tastete nach versteckten Knöpfen oder Schaltern. Weil sie nichts Auffälliges fand, setzte sie sich auf Udos Ledersessel und kontrollierte seinen Schreibtisch. Sie ließ ihre Hände unter der Tischplatte entlang wandern und wurde plötzlich fündig. Mehrere Schalter fielen ihr auf. Sofort betätigte sie den ersten. Doch es geschah nichts. Immer wieder drückte sie darauf, bis sie erkannte, dass aus den Armlehnen des gegenüber stehenden Sessels kleine Spritzen hervortraten und eine Flüssigkeit versprühten. „So hat das Schwein hierseine Opfer sediert", entfuhr es ihr. Ihre Hand tastete zum nächsten Knopf.

Kapitel 41

„Was war denn mit Karin los? Die ist ja losgerannt, als wäre der Teufel hinter ihr her", fragte Olaf seine Kollegin. „Ich weiß es auch nicht. Jedenfalls fuhr wenig später, nachdem sie losgerannt war, ein Wagen mit Blaulicht und Sirene vom Hof. Ob sie etwas herausgefunden hat?" „Dann hätte sie uns doch ganz sicher kurz informiert. Und was ist mit der Bülent?" „Ich weiß es nicht, schauen wir in ihrem Büro nach." Olaf Salcher und Edith Steinbach fanden Asli Bülents Büro verwaist vor. Da jedoch Lüftergeräusche ihres PCs vernehmbar waren, liefen die beiden Kriminalbeamten um ihren Schreibtisch herum und schauten nach, ob auf dem Bildschirm etwas über ihren momentanen Aufenthaltsort zu finden war. Und sofort wurden sie fündig. „Ach du Scheiße, schau dir das an, Olaf, so wie es aussieht scheint unser Serienkiller dieser Dr.

Udo Stein zu sein, der Freund von Karin." „Das ist ja wohl nicht wahr, oder?" „Scheinbar doch, schau her, was die Bülent schreibt." „Dann hat die Bülent die Fahndung nach Dr. Stein zur LKA-Sache erklärt und ist alleine losgezogen?" „Das darf ja wohl nicht wahr sein! Entweder möchte sie die Lorbeeren zur Festnahme von Stein allein ernten oder sie wollte Karin die Schmach ersparen, ihren Freund verhaften zu müssen."
„Das heißt jetzt aber für mich, Edith, die beiden Ladies jagen unseren Serienkiller jeweils alleine?"
„So sieht es aus." „Sind die beiden jetzt völlig übergeschnappt. Der Typ ist ein Irrer und brandgefährlich. Wohin sind die beiden gefahren?" „Hier steht zur Praxis von Dr. Stein." „Los, wir trommeln das SEK zusammen und jagen den beiden hinterher. Hoffentlich kommen wir nicht bereits zu spät. Stein ist ein Psychopath und skrupellos."

„Hallo, Asli, gefällt es dir bei mir?" „Mach mich los, Udo, und lass mich gehen." „Aber ganz sicher nicht, meine Liebe. Ich mache dich unsterblich. Weil ich dich besonders schätze, zeige ich dir jetzt meine Sammlung der unsterblichen Schönheiten." Asli brach der Schweiß aus, der ihr langsam vom Kopf her den Rücken hinunter lief. Udo trat an die Stirnwand des OP-ähnlichen Raumes und ließ per Knopfdruck einen großen Vorhang zur Seite fahren. Asli Bülent stockte der Atem, als sie sah, was sich dort hinter verbarg. Aus einer gewaltigen Glasrahmenkonstruktion, die offensichtlich permanent gekühlt wurde, starrten sie ganz sicher zehn, aus glänzenden Steinen bestehende, Augenpaare an. Er hatte die Steine sauber in Kunststoffköpfe, die mit den Gesichtshäuten der Opfer überzogen waren, eingearbeitet. „Gefällt dir meine Arbeit?" Udo Stein fragte noch einmal nach, da ihr offensichtlich die Worte fehlten, das Gesehene zu begreifen und zu kommentieren. „Schau, dort ist noch ein Kopf frei. Eigentlich wollte ich Karin darauf unsterblich werden lassen. Jetzt hast du die Gunst dazu erlangt." „Sag mal, was soll denn dieser Unsinn?! Kein Mensch möchte, dass seine Gesichtshaut hier an deiner Wand hängt. Du bist ja völlig irre." Die LKA-Beamtin versuchte einfach die Flucht nach vorn. Udo stand still vor ihr und schaute sie unentwegt an. Asli versuchte die Taktik zu ändern. „Was glotzt du mich so an, Udo? Willst du mich jetzt vögeln? Ist doch mal ganz etwas anderes, es einer Lesbe zu besorgen. Gut, komm her und steck ihn mir hinein. Vielleicht bekehrst du mich ja noch und ich will es später nur noch so. So denkt ihr blöden Kerle doch immer über lesbische Frauen. Also los." Sie versuchte ihre Schenkel weiter auseinander zu spreizen, sofern es die Konstruktion des Behandlungsstuhles erlaubte. „Ich lasse mich nicht von dir provozieren, Asli. Sex ist für mich nicht sonderlich wichtig, egal welcher Profession oder Neigung meine Probanden nachgehen. Außerdem erregt es mich mehr, wenn du gleich deinen letzten Atemzug tust. Dann spritze ich dir mein letztes Geschenk für die Ewigkeit auf deinen rechten

Fuß." Udo Stein entnahm, während er mit ihr sprach, dem Kleiderständer rechts neben der Türe eine weiße OP-Schürze und streifte sie über. Einer Nierenschale, die abgedeckt auf dem Ablaufblech der Spüle lag, entnahm er eine Kanüle, deren Funktion er gleich prüfte und ein wenig Flüssigkeit in die Luft spritzte. Langsam ging er, die Spritze vor sich hinhaltend auf Asli Bülent zu, die ihre Augen vor Angst weit aufriss. „Bitte, Udo, lass mich gehen. Ich will noch nicht sterben." „Vielleicht stirbst du ja gar nicht, wer weiß das schon im Voraus. Es kann doch sein, dass du stärker bist als all die anderen Frauen, die hier verendet sind." Asli Bülent drehte und wendete sich in ihrem Stuhl, doch ihrem Schicksal konnte sie so nicht entfliehen. Sie spürte kaum den kleinen Einstich am linken Arm, der ganz schnell ihr Wahrnehmungsvermögen veränderte. Sie schloss kurz ihre Augen, da sie ein leichter Schwindel überfiel. Als sie diese jedoch wieder öffnete, erkannte sie Udo Stein, der mit einem spitzen und heftig glänzenden Skalpell vor ihr stand. Entgegen ihrem Willen und doch unfähig dagegen zu opponieren, fixierte der plastische Chirurg ihren Kopf ganz fest an der Kopfstütze. Seine feingliedrigen und mit OP-Handschuhen geschützten Hände hielten das Skalpell fest und suchten nach dem rechten Punkt, die extrem scharfe Klinge in ihre Gesichtshaut am oberen Rand ihrer Stirn einzustechen. Asli Bülent, unfähig die Situation zu ändern, begann flüsternd zu beten. Dr. Stein legte seinen Daumen und den Mittelfinger seiner linken Hand auf ihre Stirn und straffte damit ihre

Gesichtshaut direkt unterhalb des Haaransatzes. Ohne Hast drückte seine rechte Hand die Spitze der medizinischen Klinge in ihre Gesichtshaut bis sie Knochenkontakt erfuhr.

Der Druck auf den zweiten Schalter unter seinem Schreibtisch ließ ein Geheimfach auffahren, in dem eine Waffe lag. Doch dies interessierte Karin Weber nicht im Geringsten. Sie betätige den dritten und letzten Schalter. Eine Schranktüre öffnete sich und das darin befindliche Aktenregal fuhr zur Seite. Eine Fahrstuhltüre wurde sichtbar. Karin Weber sprang regelrecht von Udo Steins Schreibtischsessel auf und rannte zu der Lifttüre. Sofort hämmerte sie mit ihrem Zeigefinger auf den Rufknopf. Nur wenig später stoppte die Kabine vor ihr und die Türe öffnete sich. Ohne lange nachzudenken, drückte sie auf die Taste mit dem Buchstaben K. Da der Schlüssel im Funktionsschloss steckte, gehorchte ihr die Technik sofort. Die Türe schloss sich und sogleich sauste die Kabine ins Kellergeschoss. Diffuses Licht empfing sie, als sie die Fahrstuhlkabine verließ. Von irgendwo her vernahm sie das Summen eines Motors, dass sie einem Klimaaggregat zuordnete. Der schmale Gang führte an diversen Türen vorbei, wovon eine am Ende des Ganges halb offen stand und ein starker Lichtstrahl erkennbar wurde. Karin Weber war sich sicher, dass sie dort auf Udo Stein und ihre Kollegin treffen würde. Auf Zehenspitzen, fast wie eine Katze, die sich im Jagdfieber befand, rannte sie der Türe entgegen. Bevor sie in den Raum stürmte, lehnte sie sich kurz mit dem Rücken gegen die Wand, um einen klaren Gedanken zu fassen. Sie musste diesen Hass gegen Udo für kurze Zeit aus ihrem Kopf verbannen, um keinen Fehler zu machen. Asli und sicher auch sie selbst würden dies ganz sicher nicht überleben, davon war sie überzeugt.

Olaf Salcher war lange genug bei der Kripo und nicht umsonst Karin Webers Vertreter. Er wusste sofort, wie er solch eine Blitzaktion angehen musste und wen er dazu mitnehmen wollte. Als er sich mit Edith Steinbach in ihren Dienstwagen warf, stand die Planung des Einsatzes. Das SEK war informiert und ebenfalls mit einem Trupp zur Praxis des Serienkillers unterwegs. Auch die Schutzpolizei hatte er in den Einsatz involviert. Jetzt konnte ihnen nur noch der Faktor Zeit einen Strich durch ihre Rechnung machen. Mit eingeschaltetem Martinshorn und Blaulicht rasten die Einsatzfahrzeuge aus unterschiedlichen Richtungen zum Einsatzort. Jeder, der für diesen gefährlichen Einsatz eingeteilt war, ging still für sich das Szenario noch einmal durch. Die meisten von ihnen bekamen die furchtbaren Bilder der Opfer schon lange nicht mehr aus ihren Köpfen und das würde sicher auch noch eine ganze Zeit andauern, selbst wenn sie Dr. Stein heute festnehmen konnten. Das Grauen seiner Taten hatte sich ganz tief in ihr Gedächtnis hinein gefressen.

Kapitel 42

Karin verlagerte ihr Gewicht auf das rechte Bein und sprang in den beleuchteten Raum. Ihre Waffe trug sie schussbereit im Anschlag. Ihr Herz pochte auf Hochtouren. Doch der Raum war leer. Als sich ihre Augen endlich an das helle Licht gewöhnt hatten, erkannt sie eine große Glasscheibe, die den Blick in einen angrenzenden Raum freigab. Dort sah sie Asli Bülent auf einem Stuhl sitzen und über sie gebeugt stand Udo Stein, der etwas in seiner Hand hielt, dass auf nichts Gutes schließen ließ. Karin Weber rannte wieder auf leisen Sohlen los, bis sie die Verbindungstüre zum Nachbarraum erreichte. Der Serienmörder schien sie bisher noch nicht bemerkt zu haben. Vorsichtig drehte sie den Türgriff um hundertachtzig Grad. Geräuschlos schwang die Türe auf. Karin stürzte wie eine Furie in den komplett weiß gefliesten Raum. „Udo, lass auf der Stelle das Skalpell fallen und heb die Hände hoch", schrie sie ihn wie von Sinnen an. „Hallo, Karin, eigentlich hatte ich dich schon früher erwartet. Doch da du nicht rechtzeitig erschienen bist, habe ich schon einmal angefangen. Ich kann das Skalpell nicht fallen lassen, ich präpariere gerade Aslis Gesichtshaut ab", erwiderte der plastische Chirurg mit äußerst gelassener Stimme. „Das ist meine letzte Warnung, Udo, wirf endlich das Ding weg und mach zwei Schritte von Aslis Stuhl weg." „Ich denke gar nicht daran. Ich möchte sie doch unsterblich machen." Karin lud durch und schoss sofort, jedoch bewusst ziellos. „Willst du mich etwa mit deinen Schiesskünsten beeindrucken? Du wirst nicht auf mich schießen, dafür kenne ich dich viel zu gut, mein Schatz." Als Karin bemerkte, dass Udo Stein, ohne sich an ihr zu stören, das Skalpell weiter an Asli Bülents Stirn entlang fahren ließ, schoss ein weiteres Mal. Doch diesmal in Udos Oberschenkel. Sie hatte dabei wohl seine Beinarterie getroffen. Blut spritzte in großem Bogen aus der Wunde. „Du kannst mir nicht wehtun, mein Schatz. Ich habe dafür vorgesorgt." Ohne Unterbrechung führte er sein Skalpell weiter. Ihr nächstes Projektil zerfetzte seine linke Lunge und durchschlug die linke Herzkammer. Wie ein gefällter Baum fiel Udo Stein plötzlich zu Boden. Er verdrehte noch kurz seine Augen und starb, ohne ein weiteres Wort zu verlieren. Karin Weber öffnete sofort alle Fesseln von Asli Bülent. Doch damit war ihr nicht alleine geholfen. Eine ziemlich lange Schnittwunde von der Stirn zum linken Ohr hin klaffte ihr blutend entgegen. Wie von Sinnen zog Karin alle Schubladen auf, bis sie sterile Windauflagen fand, die sie ihrer Kollegin auf die tiefe Schnittwunde drückte. Als sie sah, dass ihre Maßnahme die Blutung allmählich stoppte, zog sie ihr Handy aus der Gürteltasche und rief nach dem Notarzt. Noch während sie alle erforderlichen Angaben dazu machte, stürmten schwer bewaffnete Beamte des SEK in Begleitung von Edith Steinbach und Olaf Salcher in den Raum. Wenig später brach Karin Weber zusammen und sackte zu Boden.

Zwei Wochen später klopfte es um die Mittagszeit bei Karin Weber an der Krankenzimmertüre. Langsam wurde das Türblatt aufgedrückt und Asli Bülent betrat ihr Zimmer. Ein Lächeln huschte über ihr Gesicht, als sie die LKA-Beamtin erkannte, deren Kopf ein ziemlich großer Verband, einem Turban ähnlich, schmückte. „Hallo, Asli, schön, dass es dir besser geht. Bist ja schon wieder auf den Beinen." „Hallo, Karin, ich bin gekommen, um mich bei dir dafür zu bedanken, dass du mir das Leben gerettet hast und um nachzusehen, wie es dir geht." „Physisch geht es mir ganz gut. Ich habe ein wenig abgenommen." „Und sonst?" „Frag besser nicht, Asli. Wenn ich an Udo Stein denke, steigt zuerst großer Hass in mir auf. Der Gedanke, dass dieser liebevolle, zärtliche Mann mein Liebhaber war, der eigentlich als brutaler Serienmörder unschuldige Frauen getötet hat, dreht sich mir der Magen herum. Stell dir nur vor, ich hätte sein Angebot ihn zu heiraten angenommen und sogar meinen Job bei der Polizei quittiert. Ich werde verrückt bei dem Gedanken." Asli Bülent erkannte sofort, dass Karin Weber weinte und ein Schauer sie schüttelte. „Jetzt pumpen sie mich hier mit Psychopharmaka in der Hoffnung voll, dass ich alles ganz schnell vergesse. Ich muss hier raus, Asli, zurück in mein Häuschen und in meine eigene Umgebung. Nur so kann ich das Erlebte schnell vergessen. Aber wie geht es dir überhaupt?" Karin Weber verließ ihr Bett und setzte sich mit ihrer Kollegin an den kleinen Tisch. „Ich hab viel Glück gehabt, sagen die

Ärzte. Hättest du nicht so beherzt eingegriffen, wäre mein Gesicht auf ewig furchtbar entstellt worden. So wird es bei einer schmalen Narbe bleiben, die ich jedoch mit meinen Haaren überdecken kann. Es wurden weder Gesichtsnerven noch Muskeln verletzt. Ich werde darüber wegkommen. Der Heilungsverlauf geht prima voran. In ein paar Wochen kann ich wieder Dienst schieben. Nur mein Boss hat mich anständig gerüffelt, weil ich die Aktion alleine ohne Unterstützung durchgezogen und dabei mein Leben aufs Spiel gesetzt habe. Ein Glück, dass er auf einen Eintrag in meiner Personalakte verzichtet hat. Dafür schreibt er sich den Erfolg auf die Fahne, dass einer seiner Knechte den gefährlichen Serientäter überführt hat, was die ortsansässige Polizei nicht schaffte. So sind sie halt, die Vorgesetzten. Jetzt ärgere dich bloß nicht. Dieses Konkurrenzdenken wird sich wohl nie ändern." „Ich bin froh, dass es dir wieder gut geht, Asli. In meinem Fall sind sich die Ärzte nicht so sicher, ob ich je wieder einsatzfähig und fit für den aktiven Dienst werde. Ich muss hier nur erstmal raus. Es war mir gar nicht bekannt, dass du auch in der Kölner Uniklinik liegst. Wie lange musst du noch hier bleiben?" „Wenn der Heilungsprozess weiter so gut verläuft, wohl noch eine Woche." „Und was wirst du dann machen?" „Ganz sicher erstmal drei Wochen Erholungsurlaub. Danach wird sich für mich sicher der nächste Job finden, wo sie mich hinschicken." „Wollen wir nicht zusammen Urlaub machen? Vielleicht sogar bei mir im Haus?" „Das wäre echt toll. Meinst du denn, sie lassen dich hier weg?" „Ich werde einfach darauf bestehen. Es wird uns sicher gut tun, wenn wir uns die ganze Geschichte mal gegenseitig von der Seele reden." „Das denke ich auch." „Ich werde dies den Ärzten gegenüber bei der nächsten Visite erklären und um meine Entlassung bitten. Dann können wir mal so richtig die Sau herauslassen." „Das machen wir." Die beiden Frauen unterhielten sich noch etwa eine Stunde über Gott und die Welt, vermieden jedoch, das Thema Serienmörder anzusprechen. Als Karin Weber langsam ermüdete, verließ Asli Bülent leise ihr Zimmer.

Zwei Wochen später, nach langen Gesprächen mit ihren Ärzten, wurde Karin Weber endlich entlassen. Das Taxi hielt kurz nach Mittag vor ihrer Haustüre an. Als sie die üppige Blumenpracht sah, die kräftig gewachsen und glücklicherweise von ihrer Nachbarin mit grünen Daumen gehegt und gepflegt worden war, stiegen Karin Freudentränen in die Augen. „Ist das hier das Reha-Zentrum Weber?", vernahm sie eine ihr gut bekannte Stimme hinter sich. Karin drehte sich um. Asli Bülent stand mit zwei großen Einkaufstüten und jeder Menge Gepäck hinter ihr. Karin ließ ihre Reisetasche fallen und fiel Asli um den Hals. „Ich bin so froh, dass du da bist. Lass uns herein gehen." Karin wie auch Asli erholten sich sehr rasch. Die Idee, gemeinsam das Erlebte zu verarbeiten, trug schnell Früchte. Nach der ersten Woche ohne auch nur im Geringsten über den Fall zu reden, saßen sie eines Abends nach einem guten Abendessen in

Karins Garten. Erst schwiegen sie, schlürften heiße Espressi und genossen die wunderschönen Bilder, die die Sonne, während sie langsam am Horizont unterging, an den Himmel projizierte. Die beiden Frauen waren sich während ihrer gemeinsamen Rekonvaleszenz näher gekommen und streckten sich nebeneinander auf ihren Liegen aus, stets darauf bedacht, nicht ihre heißen Minikaffees zu verschütten. Karin war die Erste, die ihr anfängliches Tabuthema aufgriff, ohne Asli jedoch dabei anzuschauen. „Hast du eigentlich noch Infos zum Fall Udo Stein erhalten?" „Ja, hab ich." „Und?" „Die Spurensicherung hat Udos klinische Praxis und die Kellerräume sowie seine Wohnung komplett auf den Kopf gestellt. Dabei stellten sie fest, dass er mindestens zwanzig Opfern die Gesichtshaut entfernt hatte. Allerdings hat er erst damit angefangen, die toten Frauen auszustellen, nachdem er dich das erste Mal bei einer Pressekonferenz gesehen hatte. Stein hat ein regelrechtes Tagebuch geführt, worin immer wieder dein Name auftauchte. Er hat dich abgöttisch geliebt. Mit den Spermaspuren auf den Füßen der Frauen wollte er dir vermitteln, wie sehr er dich auch sexuell begehrte. Udo Stein war ein absoluter Psychopath. Außerdem einer der besten plastischen Chirurgen Europas und ein PC-Freak ohne Gleichen. Laut Aufzeichnungen seines Doktorvaters nach speziellen Tests lag sein IQ bei fast 170. In einem seiner Kellerräume fanden unsere Leute einen IT-Raum mit Apparaturen, wie sie sonst nur von echten Profis verwendet werden. So konnte er überhaupt nur in die EDV des Präsidiums eindringen. Unsere Psychologen gehen jedoch davon aus, dass er dir wohl niemals etwas angetan hätte. Wenigstens haben sie darüber keinen Eintrag in seinem Tagebuch gefunden. Sei froh, dass alles vorüber ist, Karin." „Das bin ich ja auch." „Aber?" „Ich habe ihn wirklich geliebt. Er konnte so liebevoll und fürsorglich sein. Glaub mir, Asli, er hat mir jeden Wunsch von den Augen abgelesen. Wahrscheinlich hätte ich mich wirklich für ihn entschieden." Karin Weber saß ganz still auf ihrer Liege. Tränen rannen ihr über ihre Wangen. Asli Bülent beugte sich zu ihr herüber und tupfte sie mit einer Serviette ab. „Ich bin in meinem ganzen Leben noch nie so enttäuscht worden wie von Udo. Dafür hasse ich ihn tausendfach." Karin verfiel in einen Weinkrampf und zitterte. „Verzweifle nicht. Ich bin doch jetzt für dich da, Karin." Asli Bülent nahm ihre neue Freundin fest in ihre Arme und drückte ihren Kopf gegen ihre Brust. Sofort beruhigte sie sich. Das Zittern endete und auch der Strom ihrer Tränen verebbte. „Lass uns nur noch in die Zukunft blicken, Karin und versuchen, die Vergangenheit zu vergessen. Wir fangen einfach ein ganz neues Leben an. Nur wir beide." Karin Weber lächelte Asli an. „Ja, du hast Recht. Versuchen wir es miteinander." Nach den drei Wochen Genesungsurlaub konnten beide Kripobeamtinnen wieder in ihren Job einsteigen. Ob sie jedoch jemals vergessen konnten, was ihnen widerfahren war, stand in den Sternen. Als Paar blieben sie jedenfalls tatsächlich zusammen.